शामी काग़ज़

नासिरा शर्मा

वाणी प्रकाशन

वाणी प्रकाशन
4695, 21-ए, दरियागंज, नयी दिल्ली 110 002
शाखा
अशोक राजपथ, पटना 800 004
फ़ोन: +91 11 23273167 फ़ैक्स: +911123275710
www.vaniprakashan.in
vaniprakashan@gmail.com

SHAMI KAGAZ
by Nasera Sharma

ISBN : 978-93-5000-045-8
Social, Historical & Political Stories on Iran

प्रथम (वाणी) संस्करण 2009
आवृत्ति संस्करण 2014

मूल्य : ₹350

शुभम् ऑफ़सेट, दिल्ली-110 032 में मुद्रित

वाणी प्रकाशन का लोगो मक़बूल फ़िदा हुसेन की कूची से

अपने पिता
स्वर्गीय प्रोफ़ेसर ज़ामिन अली
को
सादर समर्पित

दो शब्द

मेरी ईरान पर लिखी ये चन्द कहानियाँ उन यात्राओं की उपलब्धियाँ हैं जो मैंने पिछले चार सालों में की हैं। आप इन कहानियों को पढ़ें, इससे पहले आपसे कुछ कहना चाहूँगीं। ये कहानियाँ यथार्थ की धरती पर बोई एक ऐसी खेती हैं जिसके सन्दर्भ में मैं अमीरखुसरू के शब्दों को मैं दोहरा सकती हूँ :

मन तो शुदम, तो मन शुदी
मन तन शुदम, तो जां शुदी

(मैं तुझ में और तू मेरे में एकाकार हो गया, मैं शरीर बना तू उसकी आत्मा) सूफी-दर्शन से ओत-प्रोत इस पंक्ति जैसा हाल मेरा भी था; अपना पराया कुछ न था। बस, जो मेरे दिल और दिमाग़ ने देखा, समझा और महसूस किया, वह काग़ज़ पर ढलकर कहानी बन गया। इस तलाश में सीमा का ध्यान न रहा। सच्चाई भी यही है। कि न मैं सीमा-रेखाओं को पहचानती हूँ और न ही मेरा विश्वास है उन पर। मैं तो केवल दो हाथ, दो पैर, दो कान, दो आँख, एक दिल और एक दिमाग़ वाले इन्सान को पहचानती हूँ। वह जहाँ भी, जिस सीमा, जिस परिधि में जीवन की सम्पूर्ण गरिमा के साथ मिल जाए, वहीं मेरी कहानी का जन्म होता है।

अहसास की भूमि पर रचा मेरा यह कहानियों का संकलन 'शामी काग़ज़' एक ऐसा दर्पण है जो ईरानी रंगों से शराबोर होने के बावजूद, इन्सानी भावनाओं का प्रतीक है और उसमें हर देश, भाषा, रंग का इन्सान अपना प्रतिबिम्ब देख सकता है। सभ्यता ने उसे चाहे नई पहचान देकर विभिन्न नामों और विभिन्न देशी सीमाओं में बाँध दिया है, मगर इससे इनकार नहीं कि हम सब आदम की औलाद वास्तव में एक-दूसरे के अंग हैं जिनकी सृष्टि और उत्पत्ति का स्रोत एक है।

ये कहानियाँ केवल उस जनसमुदाय की संवेदनाओं और वेदनाओं की धड़कनें हैं जो धरती से जुड़ा, आशा और निराशा का संघर्षमय सफर तय कर रहा है। ईरान में एक वर्ग विशेष और है, जिसे मैंने देखा, मगर मुझे उसमें न ज़िन्दगी की तपकन महसूस हुई न टीसन बल्कि ज़िन्दगी सोल सिंगार किये सौन्दर्य की प्रतिमा बनी मुझे

इतनी बेमानी, इतनी बेजान लगी कि यदि मैं उस पर कलम उठाती तो केवल तिलस्म और अय्यारी की दास्तान सुनाती या फिर काम-वासना से परिपूर्ण योरोपीय यन्त्र-चालित जीवन की, शोख रंगों से लिपी-पुती झांकियाँ दिखाती, जिनका विषय एक होता पर कहानियाँ भले अनेक होतीं। कारण, उस वर्गविशेष में जीवन एक ही तरह से, एक ही दिशा की ओर दौड़ता है।

तीन वर्षों के अन्तराल में लिखी मेरी ये कहानियाँ ईरान के उस दौर की साक्षी हैं जब हज़ारों जिज्ञासाओं से भरी 'नासिर खुसरू कबादियानी' और 'बाबक-ए-खुर्रमदीन' की जन्मभूमि पर मैंने क़दम रखा। मेरी बेचैन और बेक़रार आँखों ने चेनार, तबरीज़, काज के दरख्तों के सौन्दर्य, अलबुर्ज के बहते पानी, दमाबन्द की रूपहली, बर्फीली पेरशानी, फलों से लदे वृक्ष और फूलों से भरी धरती और किसी ज़िद्दी आशिक़ की तरह बिखरे झूमते बालों वाले बेदेमजनूं के दरख़्त को अपने में जज़्ब कर लिया। प्रकृति ने मुझे अपनी ओर आकर्षित ही नहीं किया बल्कि अभी तक जो फारसी साहित्य पढ़ा था उसमें जीवन का संचार किया। जलते पर तेल का काम फारसी भाषा की मिठास, गहराई, व्यापकता ने किया जिसके हज़ार अर्थ, हज़ार कोण मुझे सुनने और समझने को मिले। प्रकृति-सौन्दर्य, ऐश्वर्य, टीमटाम, खुशहाली, इश्तेहारबाज़ी, शांति, मस्ती के साथ दबीज पर्दों के बावजूद जिस बेचैनी का दहकता लावा फूलों से भरी इस धरती के नीचे किसी उपयुक्त समय के इन्तज़ार में उबलता, खौलता बह रहा था, उसे मैं सर्वथा नज़रअन्दाज़ न कर सकी।

हँसते-मुस्कुराते चेहरों में परस्पर न विश्वास था न इत्मीनान। क़हक़हों के पीछे एक ठंडा भय व्याप्त था जो मुझे मानसिक रूप से बुरी तरह से झिझोड़ता और कचोटता था। बारिश होने से पहले वाली घुटन के बीच, दिखावे के मज़बूत कवच से ढके-छुपे सीने को क़लम के जरिए उघाड़ने के लिए आतुर हो उठी जिनके होंठ सिले हुए थे और उसी दर्द को समझने-जानने की आतुरता और व्याकुलता का प्रमाण 'शामी-क़ागज़' के रूप में आपके सामने है।

कहानियों का परिवेश ईरान का है इसलिए कहीं-कहीं पर नाम, स्थान, शब्द ऐसे आये हैं जिनका अर्थ और व्याख्या करना ज़रूरी जान पड़ता है। इस आवश्यकता के कारण शब्द-तालिका किताब में पीछे दी जा रही है

अन्त में मैं उन सारे लोगों की आभारी हूँ जिन्होंने मुझे न केवल कहानी लिखने के लिए प्रेरित किया बल्कि मेरी कहानियों के किरदार भी बने। धन्यवाद।

डी-37/754, छत्तरपुल हिल,
नई दिल्ली-110074

–नासिरा शर्मा

अनुक्रम

ख़ुशबू का रंग

परिन्दों के लौटने का मौसम आ गया है। बर्फ पिघल-पिघल कर पहाड़ों के दामन पर जमा हो गयी है और ज़मीन नन्ही-नन्ही हरी कोंपलों से भर गयी है। मगर मैं वहीं उसी तरह खड़ी हूँ। तुम्हारे लौटने की कोई ख़बर मुझ तक नहीं पहुँचती है, जबकि बेजुबान परिन्दे बिना पुराने ठिकानों को भूले लौट रहे हैं। ये घोंसले दुरुस्त करेंगे और रहना शुरू कर देंगे, मगर मैं उसी तरह लुटी तन्हा-सी, तश्ना रह जाऊँगी। मौसम यूँ ही बदल जायेंगे और मैं तिनका-तिनका जोड़ कर बस उन्हें सँभालती ही रह जाऊँगी। बहुत चाह कर भी उन्हें घर का रूप न दे सकूँगी।

तुमसे जुदाई के बाद तुम्हारा वह पहला ख़त हज़ारों बार पढ़ा था। हर बार ग़ुसलख़ाने के नम माहौल में घण्टों बहते नल के नीचे खड़ी हो कर बेतहाशा रोयी थी। मगर आज भी उस जुदाई की जलन और कसक में कोई कमी नहीं आयी है। आज भी तुम्हारा ख़त जैसे नज़रों के सामने है, 'तुमसे दूर हर चीज़ जो नज़रों के सामने है, ऐबदार लग रही है। चूँकि क़सम खा चुका हूँ कि रोऊँगा नहीं, बल्कि एक बंजारे की तरह ज़िन्दगी के हर पड़ाव पर मेरी नज़रें, तुम्हारी ही तलाश में, तुम्हें खोज लेने की चाह में भटकती रहेंगी।' और मैंने पूरी ज़िन्दगी तुम्हारी उस नज़र के इन्तज़ार में गुज़ार दी।

घर में सब ही पीछे पड़े थे। असलियत मालूम होने पर माँ का रो-रो कर बुरा हाल हो गया था। मगर बढ़ती उम्र की बहार का रुख़ मैंने सबकी मर्ज़ी के ख़िलाफ़ पतझड़ की ओर मोड़ दिया था, इस उम्मीद पर कि मौसम के बदलने के साथ सब कुछ बदल जायेगा।

मुझे घर के सारे लोगों पर ग़ुस्सा था। बुआजी पापा को उलाहना देतीं, 'देख लिया न लाड़-दुलार का अन्त! मना किया था कि अकेले मत भेजो, डिग्री के बिना ज़िन्दगी में कौन-सा दाग़ लगा जा रहा था। मगर यह दाग़ जो बैठे-बिठाए लगा बैठी है, अब इसका इलाज तुम ही बताओ।'

माँ हमेशा जवानी के तक़ाज़ों, बुढ़ापे के सहारे का ख़ौफ़ दिलातीं पर उन्हें मैं कभी न बता पायी कि माँ! दिमाग़ी तक़ाज़े भी तो होते हैं जो जिस्म से बहुत

ऊपर की चीज़ हैं। जिस्म का क्या, कल कुछ भी हो सकता है, यह चलता-फिरता बदन मिनटों में मिट्टी में मिल जायेगा, सिर्फ़ उस तन में रहने वाली रूह, उसका वजूद, उसकी फ़िक्र बाक़ी रह जायेगी। मगर मैं कुछ न कह पाती, बस घुटती रहती और एक-एक साल गिन-गिन कर काटती, जाने कब तुम आओ? दिन तो वे गिनते हैं जिन्हें साल ख़त्म होने का इन्तज़ार होता है मगर मुझे तो सालों के गुज़रने का इन्तज़ार था। कभी-कभी लगता, शायद जन्म-जन्मान्तर तक राह ही देखती रह जाऊँगी या फिर इस भय से जम जाती कि कभी तुमको देख भी पाऊँगी या नहीं? माँ ने एक बार मुझे बहुत समझाया था, हज़ारों क़समें, मिन्नतें की थीं जिनका मेरे पास एक ही जवाब था, अगर मैं उनकी इकलौती आरज़ू, इकलौती लड़की हूँ तो उस इकलौती आरज़ू की भी तो इकलौती तमन्ना थी, जिसके लिए वह सब कुछ कर सकती थी। माँ ने परेशान हो कर शायद पापा से कहा था, अरसे बाद भटकता इतना बढ़िया पैग़ाम वह लौटाना नहीं चाहती थीं। इस उम्र में कुछ लड़कियों को तो यह भी नसीब नहीं होता है। पापा ने मुझे अपने पास बुलाया था। उन्होंने जो भी कहा था, मेरे पास उसका भी जवाब था, 'आपने मुझे जो कुछ सिखाया है, क्या मैं उसे ग़लत समझूँ?'

'पर बेटी, वह न हमारी जाति का, न बिरादरी का, न देश का, फिर उसका क्या ठीक? कितने साल राह देखोगी?'

'पापा, मैं एक ही बात जानती हूँ, वह भी आपकी बतायी हुई कि जिस पर आस्था रखो, उसके प्रति पूरी तरह ईमानदार रहो। दूसरी रही माँ की बात, उसका जवाब यही है कि आपने मुझे फिर बचपन में सब कुछ ग़लत क्यों सिखाया था? अब बहुत समय बीत गया है मगर अब भी यदि आप मानते हैं कि आपका अब तक का दिया हुआ वह सब कुछ झूठ है, तो मैं अपने को बदलने को तैयार हूँ।'

माँ और पापा, उस हक़ीक़त से इनकार के लिए तैयार न थे, इसलिए मैं तुम्हारी तरफ जाने वाले रास्ते पर तन्हा निकल गयी। भटकने का सवाल न था क्योंकि तुम्हारी चाहत का चिराग़ मेरे हाथों में था, बस तुम्हें ढूँढना भर था, जाने तुम ज़िन्दगी के किस मोड़ पर अचानक आ मिलो, इस आशा में हर पड़ाव पर मैं ठहर कर दम लेती, फिर तुम्हें ढूँढने के लिए दिनों के रास्ते पर चल पड़ती।

एक बार तुमने बहुत घबरा कर कहा था, "सुनो! अगर कभी तुम सुनना कि मैं जेल में हूँ तो घबराना मत, किसी-न-किसी तरह से वहाँ से निकल आऊँगा।"

'तुम अपने उसूलों की सच्चाई के लिए लड़ोगे तो मुझे हमेशा अपने साथ पाओगे', मैंने इतने घमण्ड, इतने नाज़ से यह बात कही थी कि तुम मुझे देखते ही रह गये थे। लौटना मुझे था, मैं लौट आयी इस वायदे के साथ कि हम जल्द ही एक-दूसरे के हो जायेंगे। मगर मैं इन्तज़ार करती रह गयी और तुम कोशिश।

दूरियाँ इतनी बढ़ीं कि वह शहरों से बढ़ कर ज़मीन और आसमान में बदल गयीं।

मुझे याद आ रहा है कि तुम कमरे में मुझे कहीं नहीं बैठने देते थे, सिवाय अपनी लिखने की मेज़ के। कहते थे कि किताबों के बीच से दिखता तुम्हारा चेहरा मुझे अच्छा लगता है और मैं उस गर्म कोने में लैम्प की तेज़ रोशनी की तपिश को सहती हुई सिर्फ तुम्हारी ख़ातिर बैठी रहती थी।

चलते समय तुमने अपने को मेरे सामने खड़ा करके कहा था, "यह घर है, जहाँ तुम्हारी साँसें बसी हुई हैं। ये किताबें हैं जो मुझे जान से ज़्यादा अज़ीज हैं। जो पसन्द हो, ले लो। और मैं तुम्हारे सामने खड़ा हूँ। इस तन के साथ जो सुलूक चाहो, कर लो।" मैंने काँपते, लरज़ते हुए तुम्हारी पेशानी का बोसा लिया था, और अपने को सँभालते हुए कहा था, 'अपनी फ़िक्र, अपने विचार मुझे दे दो। बस! मुझे और कुछ नहीं चाहिए।'

और तुमने जवाब में इतना कहा था, 'इस दिमाग़ की हर फ़िक्र का दारोमदार तुम ही रहोगी, कोई दूसरा नहीं।' यह कह कर तुमने मेरे माथे का चुम्बन लिया था, जिसकी जलन मुझे आज भी महसूस होती है। उस लम्हे भर की तुम्हारी मर्दाना .खुशबू ने मुझे ज़िन्दगी भर तृप्ति का एहसास दिलाया।

कभी-कभी मेरा दिल फटने लगता, अपने पापा के विचारों में डूबे-झुके व्यक्तित्व को देख कर, जिसे माँ की जुदाई ने तोड़-सा दिया था। उनके पास मुझसे कहने को कुछ भी नहीं रह गया था। हम दोनों एक ही घर में अपनी-अपनी दुनिया में खोये रहते। पापा ने अपने को बाग़वानी में लगा लिया था और मैंने अपने को लिखने में। पापा के पौधों के फूल माँ की तस्वीर के नीचे सजे होते तो मुरझाने से पहले सुबह-शाम बदल दिए जाते और माँ की तस्वीर के पास की रैक मेरी लिखी किताबों और पेपरों से भरती चली गयी। मगर लिखने के बीच में जब कभी नज़रें अपने झुर्रियों से भरे हाथ पर पड़तीं तो उन्हीं पर अटक कर रह जातीं। हर रेखा, हर झुर्री से अतीत झाँकने लगता और सारी रेखाएँ मिल कर तुम्हारे चेहरे में बदल जातीं। और मैं तुम्हारी गहरी आँखों में डूबी तुम्हारी सरग़ोशी को सुनती। 'छोटे मगर ख़ूबसूरत हाथ!' लगता, चुटकियों में रख कर दिल को किसी ने मसल दिया हो।

एक दिन बाज़ार में घूमते हुए यूँ ही तुम ज़ेवर की दुकान में घुस गये थे। एक अँगूठी ख़रीद ली थी। वहीं दुकान पर मेरी उँगली में पहना कर बोले थे, "इसे कभी अपने से जुदा न करना।" सपनों में बहती-सी मैं बाहर निकली—जैसे किसी ने चलने की ताक़त छीन ली हो। अजीब बात है। कभी यही प्यार एक जोश, एक उबाल बन कर ख़ून में लावे की तरह फूटता है और कभी ऐसी कमज़ोरी का एहसास दिलाता है जैसे एक ठण्डी-सी लहर सारे बदन को बेजान बना रही हो। मेरे सफ़ेद

पड़ते चेहरे को देख कर तुमने कहा था, 'क्या बात है?'

'कुछ नहीं चलो, कहीं और बैठते हैं, मुझे चक्कर आ रहा हैं।'

सामने के रेस्तराँ में हम लोग बैठ गये। तुम आने वाली ज़िन्दगी में डूबे थे, 'हमारे सिर्फ दो बच्चे हों। लड़का मेरी शक़्ल का और लड़की तुम्हारी। मेरे कहे जाने वाले बच्चों की तुम माँ होगी। यह सोच कर मुतमईन हो जाता हूँ कि उनका भविष्य रोशन होगा, तुम एक अच्छी प्यार करने वाली माँ साबित होगी।'

मगर मैं बंजर धरती की तरह सारी ज़िन्दगी वीरान, खाली पड़ी रही और ममता के उबलते सोतों ने भी उस सोंधी .खुशबू से मुझे वंचित रखा जो बरसात की बूँदें धरती को बख़्शती हैं। बल्कि जिस दरख़्त की जड़ें मेरे पूरे जिस्म में गहरी उतर कर फैल गयी थीं, उसकी शाखाएँ उतनी ही खाली और खंखड़! पूरे नंगे, सूखे दरख़्त पर केवल दो चन्द्राकार रेखाएँ थीं या यूँ कहूँ कि ज़िन्दगी भर तुम्हारी खुशबू सूँघने की लम्हे भर की गुनहगार और माथे पर दूज के चाँद की मोहर का इल्ज़ाम, बस। मगर इन गुज़रे हुए तमाम सालों में, मैं अफ़वाहों की सलीब पर टँगी तुम्हारे विचारों के कवच को पहने हर चोट को निराश कर लौटा देती। इस लम्बी सन्नाटी पगडण्डी पर बहुत लोग मिले, कुछ अच्छे भी लगे मगर सिर्फ अच्छे लगने की हद तक। तुम्हारी हद तक पहुँचने का न किसी में दम था, न ही मुझे तुमसे कोई अच्छा दिखा जो मुझसे तुम्हें छीनने का हौसला रखता।

मोहब्बत का यह मौजूदा पुल जिस पर आज मैं तन्हा खड़ी हूँ, इसकी शुरुआत मेरी एक कहानी से हुई थी। और यही कहानी हमारी दोस्ती के पुल की पहली निशानी थी। इस कहानी में वह सब कुछ, जो मैं इतने सहज भाव से उगल गयी थी। जिसे तुम राख में दबी चिंगारी की तरह दिमाग़ में छुपाये छटपटाते हुए सुबह का इन्तज़ार कर रहे थे। तुम्हारे दिमाग़ ने मुझे परख लिया था। अपनी तरह टकराने, लड़ने-भड़कने वाला समझ कर अपने को रोक नहीं पाये थे। अपनी किताब जो किताबों के ढेर के पीछे काग़ज़ में लिपटी, छिपी हुई पड़ी थी और ख़ामोशी से छपी थी और ख़ास लोगों के हाथों में पहुँच गयी थी। इसलिए अपनी घुटी आवाज़ को मेरी कहानियों में ललकार की शक्ल में देख कर तुम दीवानावार मेरी हर कहानी पर अपनी पसन्द की मोहर लगाते चले गए थे और यही निशानियाँ हमारी चाहत का पुल बन गयीं। तुमने बताया कि यदि यह किताब आम लोगों तक पहुँच जाए तो मैं कम-से-कम दस साल के लिए लोहे के पिंजड़े की नज़र हो जाऊँगा।

आज हम एक-दूसरे की धरोहर बने, माथे पर ज़ख्म खाये अलग-अलग मुल्क़ों में आँसुओं में डूबे पिघल रहे हैं।

कुछ दिन बाद पापा भी मुझे छोड़ कर चले गए। मुझे अकेला देख कर एक

भीड़-सी जमा रहती जिसमें रिश्तेदारों, दोस्तों के बहुत-से चेहरे याद रह गये हैं, जो मुझे अपनी तरह जीना सिखाना चाहते थे। कुछ ने यह भी कहा, 'लड़कियों की तरह रहो।' तो क्या मैं लड़की न थी, औरत न थी? लड़कियाँ कैसी होती हैं? क्या वे किसी का इन्तज़ार नहीं कर सकती हैं? क्या वे अपने पैरों पर नहीं खड़ी हो सकती हैं? मगर इन सवालों का जवाब उनके पास नहीं था। मैं ठीक उस पुराने कुएँ की तरह हूँ, जिसमें हर गुज़रने वाला अपनी शक्ल, अपनी आवाज़ की वापसी सुनना पसन्द करता है।

और मैं उन ज़बर्दस्ती के हक़ जताने वालों के ख़िलाफ़ कुछ भी न कर सकती थी। बस, उस ख़ामोश दर्पण की तरह थी जिसमें चिड़िया अपने को देख कर, हक़ीक़त को समझे बिना चोंच मारती है, फिर उत्तर न मिलने पर थक कर उड़ जाती है। और मैं दिमाग़ी व जिस्मानी तौर पर तेज़, नुकीले नश्तरों के ज़ख्म सहती हुई, इन रिश्तेदारों और दोस्तों के उड़ जाने पर एक लम्बी सन्तोष की साँस खींचती। फिर वह समय भी आ गया जब मैं तन्हा लोगों की नज़रों में किसी जादूगरनी की तरह उस सुनसान घर में रहने लगी जो चारों तरफ से बेशुमार लताओं, पेड़ों और लम्बी घासों से घिरा हुआ था।

दिन महीने बने, महीने साल, एकाएक तुम्हारे ख़त आने बन्द हो गये थे, जिससे पता लग गया था कि अब तुम आज़ाद नहीं रह गये हो। तुम्हारी नई किताब शायद हुक्म के बादशाह के हाथ लग गयी थी।

दस साल बाद आज़ाद किये गये लोगों में भी तुम न थे। आख़िर गये कहाँ? और मैं दुनिया की नज़रों में न सुहागिन बनी, न विधवा, परन्तु अन्दर-ही-अन्दर इस दौरान गुज़रे सारे हादसों को झेल गयी थी।

बाग़-ए-शहनशाही' में घूमते हुए तुमने एक बार बड़े लाड़ में आ कर कहा था, "लो, यह हाथ तोड़ डालो।"

मैं इस लाड़ को समझ न सकी थी, तो भी दूर से उस हाथ के बेशुमार चुम्बन ले कर कहा था, "नहीं! ये हाथ तोड़ने वाले नहीं हैं। मैं तो इनकी क़ीमत का सही अन्दाज़ा भी नहीं लगा सकती हूँ।" यह कह कर मैंने उछल कर सड़क के बीच में आनेवाली नाली को पार किया था मगर पत्थर से ठोकर खा कर मैं लड़खड़ा गयी थी। तुम्हारी परेशानी देखने के लायक थी। कभी मुझसे पूछ रहे थे, कभी झुक कर पैर देख रहे थे। आज मेरा सारा वजूद ज़िन्दगी की बेशुमार ठोकरों से ज़ख्मी है, जिसे देख कर तुम शायद फूट पड़ो और वह आँसू स्वाति के पानी की तरह मेरे ज़ख्मों को धोता मेरे दामन को मोतियों से भर दे। मगर ऐसा नहीं होगा। यह तो बस एक नाक़ाम-सी आरज़ू है। जब कभी जीने का दिल चाहता है तो यूँ ही अनहोनी-सी बातें सोचने लगती हूँ।

तुमसे मिलने के कुछ दिन बाद हम बातें कर रहे थे। उन दिनों हम न

मर्द थे, न औरत। बस दो ज़बान, दो दिमाग़ थे। एक बार औरतों पर बहस करते हुए तुमने कहा था, 'औरतें कोई लिबास नहीं हैं जो सुबह-शाम बदली जायें और उन्हें उतारे कपड़े की तरह गुसलखाने के एक कोने में गन्दी छींटों के हवाले कर दिया जाये। वे भी इन्सान हैं, उन्हें देवी के तख़्त और कुलटा के नापदान से निकाल कर इन्सान की तरह अच्छाई-बुराई के साथ जीने का हक दिया जाये।' और मैं मन्त्रमुग्ध-सी तुम्हें देखती रह गयी। लगा, मेरे ही विचार तुम अपने शब्दों में दोहरा रहे हो और मैं अपनी छवि आईने में देख रही हूँ। मगर तब पता नहीं था कि सूरज की किरण की तरह झिलमिलाते इस आईने का दूसरा रुख ठीक सुख की पीठ की तरह दुःखदायी और अन्धकारमय है जिसमें डूबी मैं ज़िन्दगी भर अपने को दुबारा देखने के लिए बेचैन, छटपटाती रह जाऊँगी।

घर का लम्बा सन्नाटा, सिमटती धूप की परछाइयाँ, बन्द अँधेरे घर के कोने, उलझन, घबराहट, बेचैनी, मेरी तन्हाई में ऐसा ज़हर भरतीं कि मैं हवा में उछाले सिक्के की तरह कलाबाज़ी खाती हुई यह न समझ पाती कि मेरे पैरों के नीचे ठोस धरती भी है या नहीं? या मैं केवल भावनाओं के काल्पनिक पंखों पर सवार उड़ रही हूँ? ऐसे मौकों पर बस एक सवाल सिर उभारता, आख़िर मेरी क़िस्मत के फूलों को मेरी पहुँच के दायरों के पार क्यों खिलना था। 'यह सब कुछ, क्या मेरे साथ ही होना था?' तुम तक पहुँचने के लिए अब तक हर काल्पनिक सवारी पर बैठ चुकी थी। हवाओं, बादलों, चाँद, सूरज—सबसे पैग़ाम भिजवा चुकी थी, पर आज तक किसी पैग़ाम का जवाब नहीं आया था, न किसी सवारी ने मुझे तुम्हारे कूचे तक पहुँचाया था, बल्कि भूल-भुलैया में छोड़ दिया था।

शाहीन का ख़त आया था। उसने लिखा था, 'तुम आ जाओ, उसी कमरे में जिसकी दीवारें बनफशई हैं, जिसकी छत पर ज़िन्दगी की तरह लुभावनी व भुलावे जैसी रंग-बिरंगी क़न्दील टँगी है, जिसके कोने में किताबों से भरी मेज़ के पीछे रखी कुर्सी खाली है। वहाँ हम दोनों बैठ कर गुजरे लम्हों को जियेंगे और जी भर कर रोयेंगे। रोने को अरसे से दिल चाह रहा है मगर ऑफ़िस में काम और घर में बाबा की मौजूदगी बाँधे रहती है—आओ देखो! उस कमरे के दरवाज़े पर बना सवाल का मामूली-सा निशान जिसने हमारी ज़िन्दगी को कैसा बेमानी-सा बना दिया है। यह सवाल घर के ज़र्रे-ज़र्रे में डूबा हमसे सवाल करता है कि वह कहाँ है जिसके स्पर्श, जिसकी आवाज़, जिसकी महक की हमें आदत पड़ गयी थी? हमारे पास इस सवाल का क्या जवाब है?

तुम आ जाओ। कितनी बार बुला चुकी हूँ। एक बार फिर मैं तुम्हारे लम्बे स्याह बालों में ब्रश करूँगी, साड़ी के रंग की नेल पॉलिश से तुम्हारे गुलाबी नाख़ून

रँगूँगी जो तुम सूखने से पहले पोंछ डालोगी। फिर तुम्हें तुम्हारी पसन्द का वह लोकगीत सुनाऊँगी जिसे सुन कर तुम चुप हो जाती थीं और तुम्हारी आँखें बोलने लगती थीं, मगर उस लोकगीत पर शोरा नाचेगी नहीं। वह तो यहाँ से दूर अपने शौहर के साथ है। वह नाचना भूल गयी है, ढेरों बच्चों को धोबी की लादी की तरह उठाये ज़मीन ही तकती रहती है।'

मैं जाकर वहाँ क्या करती? मेरे पास स्वयं सवालों की क़तारें थीं। एक बार शहर से गुज़रते हुए मैंने यूँ ही तुम्हारा चश्मा लगा कर कहा था, ''आज तुम्हारा मुल्क़ तुम्हारी नज़रों से देखती हूँ।' 'देखो मेरी नज़रों से। उसमें शानदार, हसीन इमारतें, म्युज़ियम के सच्चे मोती, पन्ने, लाल, हीरे, सामानों से उबलती दुकानें नहीं दिखेंगी बल्कि कच्चे मिट्‌टी के घर, गली-कूचों में बोरा ओढ़े बच्चे और सड़क के किनारे तरबूज़ के साथ रोटी निगलने वाले मज़दूर दिखाई देंगे।'

पूरे रास्ते तुम ख़ामोश थे। तुम्हारा चश्मा लगाये मैं हड्‌डियों के नंगे, भूखे इलाक़े में घूम रही थी, 'तुम सोचते हो हम लोग बेहतर हाल में हैं? ''नहीं, लेकिन दिखावे का चाबुक सिरों पर नहीं सनसनाता है।' मगर पिछले माह आये शाहीन के ख़त को मैं भुला न पायी, न उसके बुलावे को टाल ही सकी। लिखा था, 'बाबा की कोशिशों और आँसुओं ने तुमको पा लिया है और तुम बहिश्ते ज़हरा के एक कोने में सुख की नींद सो रहे हो।'

पढ़ कर जैसे दिल को क़रार आ गया कि तुम्हारा पता तो चला। दौड़-भाग कर इजाज़तनामा लिया और जहाज़ पर बैठ गयी। कितने युगों बाद मंज़िल की तरफ़ जाने वाले जहाज़ पर बैठी थी। उड़ान के साथ ही दिल उलटने लगा। नीचे गुज़रती फ़ीरोज़े की पहाड़ियों पर सिर पटक-पटक कर रोने लगी। मगर क्या यूँ सिर पटकने से तक़दीर का लिखा मिटा सकती थी?

बहिश्ते ज़हरा ख़ामोश था, दरवाज़े पर के नीले गुम्बद जैसे बोलना भूल गये थे। शाहीन मेरे पीछे चल रही थी और मैं इस तरह से तुम तक चलती गयी जैसे मुझे तुम्हारे गले में जयमाला डालनी हो। शर्म की जगह मैं ग़म से निढाल आँसुओं के सैलाब को चीरती बढ़ रही थी। तुमसे मेरी यह दूसरी मुलाक़ात थी। तुम मनों मिट्‌टी के बोझ में दबे हुए थे और मैं बिना मरे ही अँधेरे में छटपटाती रही हूँ, दिल पर एक बड़ा पत्थर जो मन भर मिट्‌टी से भी कहीं भारी है, मेरे सीने पर रखा हुआ था। ऊदे, नारंगी फूल तुम्हारी पसन्द के रंग क़ब्र पर रख देती हूँ। सफ़ेद संगमरमर के नीचे तुम सारे रिश्ते, सारी बग़ावत, सारे इन्क़लाब को भूल कर साकित पड़े हो। मेरे साथ मेरे बच्चे नहीं हैं जो दो संस्कृति, दो देशों के मिलन से होने वाले थे। न लड़का, जो तुम्हारी शक्ल का और न लड़की, जो मेरी तरह होने वाली थी।

वहीं क़ब्र पर शाहीन ने क़ालीन बिछायी और तुम्हारी पसन्द के फल सजाये। इस रस्म के मुताबिक़ जिसका मतलब था, तुम भी हमारे बीच हो। तुम्हारी जगह

शाहीन मेरी प्लेट में पकी अंजीरें रख रही थी और मैं बीस साल पहले की शाम में खोयी जाने क्या-क्या निगलती रही। शाहीन ने बताया कि तुम अपनी हरकतों से बाज नहीं आये थे। जेल में भी ऐसी हरकतें करते कि मजबूरन तुमको गोली से उड़ाने का फ़ैसला किया गया।

मरने से पहले तुमने एक ख़्वाहिश ज़ाहिर की थी कि गोली सिर पर न मारी जाए और चाहे बदन के सारे हिस्से भून दिये जाएँ। आखिरी ख़्वाहिश की कद्र करते हुए गोली सीने पर मारी गयी थी। बग़ावत नहीं, शायद इन्सानियत के बारे में सोचने का यह इनाम था, जो सीना तान के तुमने सहा होगा।

एक बार तुमने कहा था, 'जानती हो, बुढ़ापे में अपने दाँत जिस जगह गाड़ूँगा, वहाँ से घास उगेगी। यही मेरी पवित्रता की निशानी होगी।' आज मैं सोच रही हूँ कि जहाँ तुम्हारा खून गिरा होगा—गर्म, उबलता, जोशीला, सुर्ख़ खून, वहाँ लाल फूल तो जरूर खिला होगा। हो सकता है कि उस फूल को हुक्म की तानाशाही ने रौंद डाला हो। यह भी हो सकता है कि रौंदने के बावजूद दुबारा निकला हो। टपके खून की बूँद धरती के सीने में गहराई से जज़्ब हो गयी होगी जिनसे सुर्ख फूल खिलते रहेंगे।

घर के माहौल ने मेरे रहे-सहे हवास भी मुझसे छीन लिए। बाबा की हालत देखी नहीं जाती थी। आँखों में मोतियाबिन्द उतर आया था। बस तुम्हारे लिखे काग़ज़ों को सीने से लगाये, उन्हें पागलों की तरह चूमते रहते थे। मुझे देख कर वह ऐसा फूट-फूट कर रोये थे कि मुझे अपने सारे ग़म मरते हुए लगे थे। महसूस हुआ—मैंने तो तुम्हें सिर्फ़ कुछ दिन देखा था, बाबा ने बरसों तुम्हें गोदियों में खिलाया था।

शाहीन ने वह कमरा जिसके दरवाज़े पर सवाल का निशान बना था, खोला। जानी-पहचानी खुशबू के ग़ुबार में मैं डूब गयी। ऊपर छत पर क़न्दील रौशन थी। टेलीविज़न पर जंगली, हरी नाजुक लताओं की सूखी टहनियाँ सजी थीं। शाहीन ने तुम्हारे तकिये के नीचे से पर्चा निकाल कर दिया। आखिरी दिन पाँच मिनट की मुलाक़ात में मरने से पहले तुमने यह लाइनें मेरे लिए लिखी थीं।

"पढ़ लो न?" शाहीन ने ताज्जुब से मुझे देखा।

"अब जल्दी क्या है?" खिड़की से सामने घरों के पिछवाड़ों को देखते हुए मैंने कहा। नन्हा-सा पर्चा मुट्ठी की छोटी-सी दुनिया में क़ैद हो गया। उस हल्की फ़ालसाही दीवारों वाले कमरे में हम सुरमई फूलदार क़ालीन पर बैठ गए। ऐसा लगा कि मैं पानी से भरे सुरमई बादलों पर सवार हूँ और कभी किसी लम्हे झम-झम कर बरस पड़ूँगी। शाहीन उठी, दराज़ खोल कर उसने तुम्हारा कंघा निकाला। मेरे बाल खोल दिये जो बजाय क़ालीन पर लोटने के मेरे कंधों से चिपक गये। शाहीन ने बातें शुरू कर दीं। थोड़ी ही देर बाद शहनाज़, मरयम और बतूल भी आ गयीं।

माहौल वही था, बस ज़रा-सा फ़र्क़ था। बालों की लम्बाई और स्याही सफ़ेदी में बदल गयी थी और यादों की सफ़ेदी वक़्त के स्याह पहियों में ऐसी उलझ गयी थी कि उन तारों को सँभाल-सँभाल कर निकालना था।

शाहीन उठी और चाय बना लायी। चाय से भरा फिनजान और शक्कर के दो क्यूब तुम्हारी मेज़ पर रख कर उसने सबको चाय दी। 'आज हम सब ठीक बीस साल बाद दुबारा दूध की चाय पी रहे हैं," यह कह कर शाहीन ने बिस्कुट की प्लेट आगे बढ़ायी। लुका-छुपी के खेल की तरह कई साये चेहरों से गुज़र कर घर के कोनों में समा गये।

रात को बाबा के सो जाने पर मैंने और शाहीन ने बड़ी ख़ामोशी से उनके सीने से काग़ज़ उठाए और सारी रात मैं उन्हें दूसरे काग़ज़ों पर नक़ल करती रही। शाहीन ख़ामोश, घुटनों पर ठुड्डी रखे मुझे देखती रही।

तुम्हारी क़ब्र के पास मैं सुबह से बैठी हूँ। उठने का दिल नहीं चाह रहा है। फिर जाने कब मुलाक़ात हो? अगले जन्म में? या शायद कभी नहीं।

एक लम्बे सफ़र के हर पेंचो-ख़म को मैं सिर्फ चन्द घण्टों में दोहरा गयी जिसे जीने के लिए मैंने सारी उमर गुज़ार दी। घुटनों पर से पेशानी उठाती हूँ। हाथों में तुम्हारा लिखा पर्चा है। खोल कर पढ़ती हूँ–

'इस घटना को कहानी का अन्त समझ कर उदास मत होना। अभी दास्तान को मंज़िल तक पहुँचने के लिए बहुत रंग चाहिए। जानती हो, तुम्हें भी रंग भरना है। इस दास्तान का सफ़र लम्बा ज़रूर है मगर अन्तहीन नहीं।'

सामने नज़र डालती हूँ, सूरज दोबारा उगने की उम्मीद लिये डूबने की तैयारी कर रहा है। सामने से बेशुमार परिन्दों के झुण्ड चले आ रहे हैं। कुछ बीच में उतर कर ज़मीन से बिखरे तिनके चुन रहे हैं। सबको बसने की जल्दी है। बरसों से देखते आये इस दृश्य में खो जाती हूँ। जाने कहाँ से शोला लपकता है! उम्मीद का आख़िरी तिनका उठाती हूँ। 'काश! मैं तुम्हारे करीब दफ़न हो सकूँ!' क्या ऐसा हो सकता है? क्यों नहीं? ज़िन्दगी में न सही, मर कर तुम्हारी कुरबत तो पा सकती हूँ।

बहुत दिनों से ख़ामोश दिये की लौ धीमे-धीमे रोशन होती है। एक सन्तोषभरी रौशनी का हाला मेरे चारों तरफ खिंच जाता है। सन्दल का कलम तुम्हारे सिरहाने रख देती हूँ, 'मेरी तरफ़ से क़बूल करो।' ग़म की सारी परछाइयाँ जाने कहाँ छुप गयीं। बस आखिरी उम्मीद के शोले की गर्मी मेरा सारा वजूद जलाये दे रही है।

शाम ढल गयी है। पेड़ों के साये बहिश्ते ज़ेहरा की क़ब्रों पर झुक गए हैं। तुम्हें उन्हीं सायों के सुपुर्द पर क़ब्र के अँधेरे को सीने में छुपाये बाहर आती हूँ।

मिस्र की ममी

योता ने कहा, "कुरूश! यह ज़िन्दगी बार-बार नहीं मिलेगी। इसे काँटों में मत उलझाओ। उलझते जाओगे, यह सुलझेगी नहीं।"

कुरूश को ख़ामोश देख कर योता तिनतिना उठी, "जो है, उसे वैसे ही अपनाने में हर्ज़ क्या है? आखिरी अंजाम तो सबका मौत है। क्या यह सफ़र हम खुशी से नहीं गुज़ार सकते? बहुत ज़रूरी है ग़म को सीने से लगाये रखना?"

"यही तो मेरा कहना है योता! मरना तो सबको है एक दिन। फिर रौंदते-कुचलते भागने की क्या ज़रूरत है? अगर धीरे-धीरे रास्ते को सँवारते मंज़िल तक पहुँचा जाए, तो कैसा है?"

"तुम समझने की कोशिश करो, कुरूश।" योता की आवाज़ में विनती थी।

"ज़िन्दगी का अर्थ सिर्फ़ मस्ती नहीं। सही ज़िन्दगी तो वह है जो ग़मों की खाइयों और संघर्ष की सुरंगों से गुज़रती है। इस सफ़र में पल-दो-पल सुस्ता लेना बुरा नहीं है।"

"उफ़! कुरूश! यह केवल भावुकता है। कोरी भावुकता, सच्चाई से कोसों दूर—ज़िन्दगी में ज़रूरतों की आग इन बातों की ताब नहीं रखती है।"

"ठीक है। मानता हूँ ज़िन्दगी में सिर्फ शब्दों से पेट नहीं भरा जाता है। ज़िन्दगी कम है, यह भी मानता हूँ। मगर चूँकि ज़िन्दगी कम है, जल्द ख़त्म हो जायेगी, इस हवस में जो चाहे भर लो, यह कहाँ का इन्साफ़ है? जानती हो, मौत तो लम्हा-लम्हा भी होती है। साँस का रुक जाना ही तो मौत नहीं है। इन्सानियत का गिरना भी तो मौत है। मगर योता, मैं जानता हूँ, तुम यह समझना नहीं चाहती हो।"

"तुम केवल किताबों की दुनिया में खोये रहते हो। हसीन शब्दों, काल्पनिक परवाज़ों से निकल कर ज़िन्दगी की तक़लीफ़ों को समझो। अपने आस-पास नज़र तो डालो।" योता झुँझला गयी थी।

"नज़र डालने का काम कभी-कभी कर लेता हूँ योता! इसलिए कह रहा हूँ। यदि हमारे पास दो रोटियाँ हैं, तो उन्हें हम बाँट कर क्यों न खायें, हवस का नतीजा बदहज़मी के सिवा और कुछ नहीं है।"

"हमारे पास है कहाँ कुछ? यह उनसे कहो जो सोने-चाँदी में खेल रहे हैं, जिनके पास बेतहाशा है, बेशुमार है।"

"उनके पास अक़्ल की कमी है या यूँ समझो वे अक़्ल और दिल के मालिक होते ही नहीं। वे तो तिजोरी में बदल जाते हैं।"

"उफ़! तुम क्यों नहीं देखते हो कि इस दुनिया में भी तो समानता नहीं है। ऊँच-नीच, खूबसूरती-बदसूरती—जब ख़ुदा यह फ़र्क़ न मिटा सका तो हममें कितनी बिसात है!" योता ने आखिरी सहारा लिया।

"हम कोशिश तो कर सकते हैं और फिर हर इन्सान के सोचने का ढंग होता है। ख़ुदा ने क्या सोच कर दुनिया बनायी है, मुझे उससे सरोकार नहीं है। मैं क्या सोचता हूँ, अपने आस-पास वालों के लिए वह ज़्यादा महत्त्वपूर्ण है।"

"मगर इसके साथ ज़िन्दगी के दूसरे कर्तव्य भी तो हैं?"

"मैंने इनसे कब इन्कार किया है?"

"तो फिर वह ऑफ़र क़बूल क्यों नहीं कर लेते?"

"अपने विचारों की क़ुर्बानी की यह क़ीमत बहुत कम है। मैं इससे भी बड़ी-बड़ी चीज़ें ठुकरा सकता हूँ।"

"मुझे भी?"

"तुम और मेरे विचार एक ही तराज़ू के दो पलड़े हैं। जिस दिन तुम मुझसे मुझे अलग करने की कोशिश करोगी, मेरे विचार, मेरे कर्तव्यों का पलड़ा भारी पड़ेगा।"

योता के होंठ काँप कर रह गये। अपमान और रोष से उसका रोम-रोम जल उठा। दोनों ख़ामोश हो गए।

कुरूश, योता को पसन्द न करता हो, ऐसी बात न थी, मगर वह योता के ख़यालात के अनुसार अपने को ढालने को तैयार न था, बल्कि वह योता की मदद चाहता था। मगर योता को केवल भविष्य की चिन्ता मारे डाल रही थी। इस कारण ऐसी नोंक-झोंक रोज़ होने लगी थी। योता को कुरूश से शिकायतें थीं। अब तो उसे महसूस होने लगा था कि ख़ूबसूरत जुमले भी ज़िन्दगी में फीकापन ले आते हैं। ये किताबी बातें जब हक़ीक़त की सख़्त चट्टान से टकराती हैं तो शब्दों का यह अम्बार भाप के बादलों की तरह उड़ जाता है। तब दश्लेलूत[1] में घूमते बगूलों की तरह इन्सान आसमान और ज़मीन से रिश्ता तोड़ कर सिर्फ हवा में उड़ता रहता है।

जिस समय योता घर पहुँची, शाम ढल चुकी थी। हवाओं में जाड़े की आमद की ख़ुनकी थी। माँ और बाबा टेलीविज़न देख रहे थे। बाबा शायद तिरयाक[2] काफ़ी

---

1. ईरान में स्थित रेगिस्तान का नाम है।
2. तिरयाक एक प्रकार की भांग है जिसका पीना जुर्म है परन्तु ईरान में विषहर औषधि के रूप में इसकी खेती होती है।

देर से पी रहे थे, क्योंकि आँखें सुर्ख थीं और गाल कुछ फूल गए थे। माँ के अभ्यस्त हाथ कन्द के टुकड़े तोड़ने में लगे थे। वह ख़ामोशी से घुटनों के बल बैठ कर समावर पर रखी केतली से चाय उड़ेलने लगी।

"बाबा, आपको दूँ?"

"हूँ!" हाथ में फिनज़ान ले कर अली सीरजानी बोले, "कुरूश मिला था?"

"हाँ बाबा! वहीं से आ रही हूँ।"

थोड़ी देर वे कुछ सोचते रहे, फिर अँगीठी के अँगारों को चिमटे से इधर-उधर करते हुए मानो स्वयं से बोले, "लड़का शरीफ़ है, मुझे पसन्द है। मगर एक ही बात खटकती है, बात-बात पर अड़ जाना। ऐसे के साथ ज़िन्दगी गुज़ारनी मुश्किल होगी।" तिरयाक का छोटा-सा टुकड़ा वफूरे पर चिपकाते हुए उन्होंने लम्बा कश खींचा। आँखें बन्द कर वह सोच में डूब गए।

"तुमने बात की?" सिद्दीके ख़ानम ने कन्द के चूरे को बोतल में भरते हुए पूछा।

"हाँ माँ! बात तो हुई।" योता का लहजा तरल था।

"क्या कहा?" अली सिरजानी ने आँखें खोल कर पूछा।

"बाबा! मैंने कहा था, पर उसका जवाब वही पुराना है, 'मैं लोगों के बीच रहना चाहता हूँ, मशीनी अम्बारों और सिक्कों की रेल-पेल में नहीं, जहाँ कोई न मेरी बातें समझ सकता है, न मुझे।' समावर को बुझाते हुए योता ने जवाब दिया।

"बेटी, अहमद के बाद तुम ही हमारी आरजू हो।" अली सीरजानी की आवाज़ डूब गयी। आँखें धुँधला गयीं। कितने साल गुज़र गए। लगता है, अभी की बात है। उस दिन लगा था, सारा शहर ख़ून में नहा गया है। अरसे तक हर चीज़ लाल रंग में रँगी नज़र आती थी। फिर लाल रंग से ही उन्हें नफ़रत हो गयी।

"जो तुमने चाहा, हमने दिया। इस मामले में भी तुम्हारी राय अव्वल रहेगी। हमारी इतनी इच्छा है कि तुम खुश रहो और हम मुतमईन।"

थोड़ी देर चुप रहे, फिर बोले, "जो कुछ जमा पूँजी है, वह बस मेरी इज़्ज़त है। और मैं क्या दे सकता हूँ तुम्हें? कई लड़के हैं, जिनका पैग़ाम आया है। हर बाप की तरह मैं भी चाहता हूँ कि मेरी बेटी सकून से रहे, दौलत में खेले। मगर बखुदा बेटे, मेरी तरफ से ज़ोर न समझना। हर हालत में तुम्हारी खुशी हमारी खुशी है।"

"खाना लगाऊँ?" सिद्दीक़े ख़ानम ने वफूरे और तिरयाक के टुकड़ों को तिलेदानी में लपेटते हुए पूछा।

"मैं लगाती हूँ।" यह कह कर योता चाय के जूठे बर्तन उठा कर चली गयी। उसके जाने के बाद सिद्दीक़े ख़ानम अली सीरजानी से बोली, "तुम अब कुछ मत कहना, लड़की परेशान दिख रही है। मैं रात को ख़ुद बात करूँगी।"

खाने पर योता सिर्फ़ रेहान की पत्तियाँ कुतरती रही और सोचती रही, 'योता, सच, तुम आज फ़ैसला कर ही डालो।'

बर्तन वग़ैरह धोकर किचन का दरवाज़ा बन्द कर सिद्दीक़े ख़ानम योता के कमरे में गयी। इधर-उधर की बात करने के बाद वह सीधे मतलब पर आ गयी।

"बेटी, ज़िन्दगी का फैसला सोच-समझ कर करना चाहिए। अब वह ज़माना तो रहा नहीं कि जैसा-तैसा मियाँ मिला, गुज़र-बसर हो गयी। अब तो गुड्डे-गुड्डियों की तरह रोज़ शादी, रोज़ तलाक़ की बात सुनती हूँ। पढ़ी-लिखी मैं हूँ नहीं। नाम करने को 'गुलस्ताने सादी' पढ़ी थी, जिसके इनाम में ऐसी मार खायी थी कि अब भी याद है। क़सूर क्या था, बस इतना कि अच्छे घर की लड़कियाँ मौलवी-मुल्ला से नहीं पढ़ती हैं। मगर अनपढ़ हो कर भी इतना जानती हूँ, वह भी ज़माना देख कर कि जब एक मर्द से नहीं पटती तो दूसरे की क्या गारण्टी? फिर बेटा, औरत की भी आबरू होती है। बिल्ली का बच्चा नहीं है कि सात घर झाँकना ज़रूरी है।"

"फिर मैं क्या करूँ माँ?" योता निढाल हो कर माँ की गोद में लेट गयी।

"बेटा, कुरूश पसन्द है तो ठीक है, वरना इन चारों को देख लो। मैं तो यही समझती हूँ कि दुनिया का हर मर्द एक-सा है। तुम्हें घर देगा, बच्चे देगा, हँसी देगा, रोना देगा। कहीं किसी चीज़ की मात्रा कम होगी, कहीं ज़्यादा, मगर कुछ दिन बाद औरत सारी कमियाँ, सारी खूबियाँ भूल कर शौहर, बच्चे और घर की हो जाती है। वही उसकी कामना, वही उसकी सीमा। उसका स्वयं कहीं घुल जाता है। इसलिए जो करो, सोच-समझ कर करो।"

माँ जितनी देर बोलती रही, वह सोचती रही, ठीक तो है। हमेशा मैं ही कुरूश से कहती हूँ। लगता है, बस मुझे ही उसकी चाह है और वह...अगर मान लो, मैं कुरूश से शादी करती हूँ और उसे अहमद की तरह कुछ हो गया तो? माँ-बाबा बरदाश्त कर पायेंगे? फिर मेरा भविष्य, इस रंग बदलते शहर में? मैं किसकी पनाह लूँगी? किसके कंधे पर सर रख कर रोऊँगी? माँ-बाप के बाद मुझे कोई और नहीं दिखता। अहमद की मौत के बाद सारे रिश्तेदारों से केवल दुआ-सलाम का रिश्ता रह गया था। उनका भी कहना ठीक था, कि जिस थाली में खाएँ, उसी में छेद करना कहाँ की अक़्लमन्दी है। फिर क्या वह क्लर्क बन जायेगी या कॉलगर्ल! नहीं, नहीं। इतनी सख़्त ज़िन्दगी वह नहीं गुज़ार सकती है। अहमद ठीक कुरूश की तरह बातें करता था और एक दिन सब कुछ ख़त्म हो गया। अब माँ और बाबा की साँसों का सहारा मैं ही हूँ, वरना इस जवान मौत ने उन्हें कहीं का न रखा था।

सारी रात सोचने के बाद वह इस नतीजे पर पहुँची कि यदि मैं कुरूश से शादी करती हूँ तो माँ-बाप बोलें भले न, मगर खुश न होंगे। इसलिए सुबह उसने माँ को अपना फ़ैसला सुना दिया। फ़ैसला सुनाने के बाद उसे यक़ीन था वह रोयेगी।

पर आँसू नदारद। बल्कि उसकी जगह दिल ठहर गया था। उसको सकून मिल गया था। ऐसा सकून, जो किसी मरने वाले के लिए रो लेने के बाद मिलता है।

नया घर मोहक भी था और बहुमूल्य वस्तुओं से सजा हुआ भी। दौलत का अन्दाज़ा तो उसे मंगनी की अँगूठी से ही हो गया था।

अकबर सिपहरी आज से तीस साल पहले .खुरासान के किसी गाँव में मामूली काश्तकार थे। जाने एकाएक क्या सर में समाया कि अंगूर-सेब का बाग़ और छोटा-सा खेत बेच कर तेहरान में आ बसे। खरीदे घर का आधा हिस्सा किराये पर उठा दिया। आधे में .खुद रहते थे। ख़ानदानी छपाई का काम भी कर रहे थे। ख़र्च ही कितना था? कुल तीन जानें। साल के समाप्त होते-होते उन्होंने दूसरा घर भी खरीद लिया और किराये पर उठा दिया। तेहरान शहर शैतान की आंत की तरह फैल रहा था। लोगों को मकान की ज़रूरत थी और मालिक मकानों को रुपये की। अकबर सिपहरी ने ज़माने की दुखती नब्ज़ पर हाथ रखा था। परिणामस्वरूप इन तीस सालों में वे ज़मीन से उठ कर आसमान पर चमक रहे थे। लड़का शहाब, जिसने मैट्रिक के बाद ही बाप का धन्धा सँभाल लिया था, छपायी को कला बना कर लोगों के सामने इस तरह रखता कि लोगों में इस हस्तकला का एक क्रेज़-सा फैल गया था। यह कारोबार इतना बढ़ा कि अब मेन मार्केट में इनके दो शो-रूम हैं और बाहर के कपड़ों पर छपायी के बहुत सारे ऑर्डर।

शहाब बिज़नेस के सिलसिले से जब-तब विदेशों में जाता रहता और यादगार के तौर पर वहाँ से उपहार लाना न भूलता और योता विदेशी सामान से भरे घर में एक गुड़िया के समान सजी-बनी, अपने को परियों की शहज़ादी समझती, सपनों के सरसराते पर्दों के बीच तैर रही थी।

हनीमून से लौट कर योता का यह ख़याल पक्का हो गया था कि दुनिया के सारे मर्द एक-से होते हैं और औरतें भी। एक कमाता है तो दूसरा घर के दायरे में सुख-सुविधा को बाँधता है। बहुत उमंग से उसने घर को सजाना शुरू किया। सपनों में बसे घर को सचमुच वह जीना चाहती थी। जब शहाब घर पर न होता तो वह हर कमरे को एक-एक कोण से देखती और उसे सजाती, वरना उसके रहने पर आये दिन दावत, घूमना, बस! वह आराम करने को तरस जाती थी।

योता अपने फ़ैसले से सन्तुष्ट ही नहीं, खुश भी थी। रोज़ एक नया दिन होता—मस्ती से भरा, उमंगों से छलकता हुआ। इतना कुछ देखने को था अन्दर-बाहर कि योता डूब कर रह गयी थी। उस पर से सहेलियाँ जो तारीफ़ें करतीं, तो उनकी हर हसरत भरी आह मरहम का काम करती, बल्कि इन आहों की पर्तों ने उसको अपना पिछला भूलने में बड़ी मदद की थी।

ऊपर छत पर पीली धूप फैल गयी थी। सिद्दीक़े ख़ानम ने जल्दी-जल्दी भीगे कपड़े फैलाये और नीचे चली आयीं, वरना धूप के फैलते ही लाल टमाटरों के रस से भरी थालियाँ छत पर सूखने को फैल जायेंगी और वह अपने चारों तरफ इतना ज़्यादा लाल रंग नहीं देख सकती हैं। उनका दिल डूबने लगता है, बल्कि दिल के दौरे जैसी क़ैफ़ियत हो जाती है।

नीचे आ कर उन्होंने समावर रौशन किया, फिर खुद ही बोली, "अजब है दुनिया का कारोबार! जब जवानी रहती है तो ज़माना अपना होता है। जब बुढ़ापा आता है तो सब कुछ पराया होने लगता है।" पनीर के टुकड़े को पानी से निकाल कर प्लेट में रखा, फिर जैम की शीशी उठायी, "दुनिया का दस्तूर है, जीने की रस्में हैं, सब पूरी करनी हैं। बिना इच्छा के आये थे, बिना इच्छा के जायेंगे।" चाय दम दे कर उन्होंने नाश्ते की ट्रे उठायी, तब तक अली सीरजानी गुसलखाने से निकल आये थे।

"शाम को तैयार रहना, मैं जल्द लौट आऊँगा, सात बजे से पहले योता के घर पहुँच जायेंगे।"

"थोड़ा पहले आना, बाजार से फल, फूल और शीरीनी ले लेंगे। रोज़-रोज़ का हवाई जहाज़ का सफर है, ख़ुदा अपने अमान में रखे।"

"हूँ, चलो लड़की आराम से है। हमें और क्या चाहिए।"

"हाँ! खुदा का शुक्र है। सुक़ून से मरना तो नसीब होगा।" अहमद की ख़ून में डूबी लाश को याद कर उन्होंने आह भर कर कहा।

योता का दूधिया घर रंगीन फूलों की लताओं से घिरा था। वह कमरे में तेज़ी से कपड़े सूटकेस में लगा रही थी। शहाब क़ालीन पर लेटा, अंगूर के ख़ोशे को मुँह पर लटकाये अंगूर खा रहा था। दूसरे हाथ में पकड़ी तस्बीह को वह नचा रहा था। दोनों हरकतों से बेचैनी टपक रही थी। लग रहा था कि वह कुछ सोच रहा है। फिर उचक कर उठा और मेज़ से गाड़ी की चाबी उठा कर बोला, "अभी आया।" योता अचकचा गयी, "ज़रा भी क़रार नहीं है।" कल सुबह वह शहाब के साथ अमरीका जा रही है। सारे दिन मेहमानों के सत्कार के बाद अब कहीं सामान रखने का मौक़ा मिला है। अभी फरज़ाना के घर जाना है। उसने तेज़ी से सूटकेस बन्द किया।

"उफ़! वह लाल मैक्सी तो रखी ही नहीं! दर्ज़ी ने चार बजे भेजने को कही थी..." योता गैलरी में आयी और दर्ज़ी के यहाँ फ़ोन मिलाने लगी।

रात दबे पैर आने वाली सुबह की ओर बढ़ रही थी। शहाब गहरी नींद में डूबा था। आज पूरे हफ़्ते भर बाद घर आया था—थका-थका-सा और आते ही सीधे ऑफिस

गया। फिर घर लौटते ही सामान पटक कर सो गया। योता बिस्तर पर आँखें खोले बीते सालों की रोशनी में डूबी थी—इन चन्द सालों ने बाईस सालों की ज़िन्दगी बदल कर रख दी। उसे लगता, वह योता कोई और थी। रोने-हँसने वाली गुड़िया, जो ज़रा-सी बात पर .खुश हो जाती थी। ज़रा-से दुःख पर टूट जाती थी। मगर अब वह देवों के किले में क़ैद शहज़ादी थी, जो न हँस सकती है, न रो सकती है। बस मुस्कुरा सकती है।

इन सारे सुखों के बावजूद वह अन्दर से खोखली है, ज़ख्मी है। जितना वह देख रही है, समझ रही है, पा रही है, उसकी बेचैनी को बढ़ाता है। उसका सारा जोश ज़मीन की सतह को छूने लगा था। वह बुझती जा रही थी। उसे यह सब बड़ा रूटीन-सा लगने लगा था, मगर इस तरह से सोचने का मौक़ा उसे कम ही नसीब होता और जब सोचती तो उदासी की गहराइयों में डूबने लगती।

ऐसी ही एक सूनी दोपहरी में जाने कैसे उसे कुरूश का कमरा याद आ गया। दो कमरों का मकान—आवश्यकता की हर चीज़ मौजूद, आराम की हर चीज़ ग़ायब। काले, टेढ़े-मेढ़े बर्तनों से भरा उसका किचन। यहाँ इस नये घर में शुरू में काम करने में उसे बड़ी परेशानी होती कि कौन-सी केतली में चाय दम दे? एक नहीं, दो नहीं—एक लाइन में दस-बारह विभिन्न देशों से आयी केतलियाँ सजी हुई थी। कौन-सी ट्रे उठाए—प्लास्टिक, स्टील या शीशे की, फूलदार या सादी? अभी पिछली बार शहाब अमरीका से टेलीविज़न ले आया है। पहले से तीन-तीन मौजूद थे। उसके लिए जगह बनाना भी मुश्किल काम था। अन्त में वह जापानी टेलीविज़न किचन के रेफ़्रिजरेटर के ऊपर रख दिया कि चलो, काम करते में दिल न घबरायेगा।

एक बार कुरूश के किचन में वह खड़ी थी। बोली, "यह बर्तन बदलो कुरूश!"

"क्यों?"

"देखते नहीं हो?" उसने फ्राइंग पैन का टूटा हैण्डिल दिखाया।

"इन बर्तनों को मेरी आदत पड़ गयी है और मुझे इनकी। देखती नहीं हो, कितने संवेदनशील हैं। ज़रा-सा छूने से तपने लगते हैं। ऐसा मज़ेदार खाना किसी और बर्तन में नहीं पक सकता है।

वह इतने लम्बे-चौड़े जवाब पर खिलखिला पड़ी थी, फिर चिटखी नमकदानी जो सेलोटेप से जोड़ी गयी थी, उठा कर बोली, "अपने अगले संकलन का नाम तुम 'नमकदानी के ज़ख्म' रखना। सच, तुम कवि, लेखक बड़े भावुक होते हो।" उसकी खिलखिलाहट में कुरूश की हँसी भी शामिल थी। मगर अब उसे लगता है कि इस क़िस्म की दरारें, चटखन, उसके अपने अन्दर भी आ गयी हैं। उन्हें बन्द करने के लिए वह सेलोटेप की तलाश में अकेले घर में पगलायी-सी फिरती है। क्या कमी है उसे? घर सामान से भरा है, शरीर ज़ेवर और मेकअप से। पर वह क्यों इतनी उदास, इतनी थकी-थकी रहती है? क्या वह खुश नहीं है? यही

उसने चाहा था, फिर यह बेक़ैफ़ी क्यों? तभी दरवाज़े की घण्टी बज गयी। उसने वहीं से बटन दबाया, दरवाज़ा खुल गया, ज़हरा ख़ानम सफ़ाई करने आयी थी।

योता सोच रही थी, 'मैं सिर्फ सफ़ाई का हज़ार तुमान देती हूँ यानी कुरूश की तनख़्वाह का पाँचवाँ हिस्सा।' उसे इस तुलना से थोड़ी-सी राहत मिली। आजकल हर बात में वह कुरूश के दो कमरों वाले मकान का इस बड़े महल जैसे घर से मुक़ाबला करती। कभी-कभी उसे लगता, वह ऐसा क्यों करती है? अपने खालीपन को इस तरह से भरना तो नहीं चाहती है?

शादी वाले दिन कुरूश आया था। मुबारकबाद देने के बाद बोला, "तुम आज हर रात से ज़्यादा हसीन लग रही हो।" उसकी गहरी आँखों के साकित समुद्र को देख कर हीरों के ज़ेवरात के नीचे से बेशुमार पसीने की लड़ियाँ बदन पर बह निकली थीं। थोड़ा रुक कर बोला, "जो चाहती थी, मिल गया। ऐसे नसीब वाले कम होते हैं। हमेशा खुश रहना।" यह कह कर वह चला गया था।

शादी के छह साल गुज़र गये। योता की गोद ख़ाली है। शुरू में ज़िन्दगी जीने की तमन्ना, खुशियाँ समेटने की इच्छा ने इस ओर ध्यान ही न देने दिया—कौन फँसे?, यूँ हर दूसरे मास जो हवाई यात्रा होती है, धरी-की-धरी रह जायेगी। ज़िन्दगी कुछ इस तरह से गुज़र रही थी कि न कभी शहाब को इस कमी का ख़याल आता, न ही योता को। शायद शहाब को फ़ुरसत ही नहीं है कि ऐसी समस्याओं को समझे। वह तो व्यापार में ऐसा फंसा है कि रोज नये खुलते दरवाज़ों में दाख़िल होने से ही उसे फ़ुरसत नहीं मिलती है। घर की ज़िन्दगी से सन्तुष्ट, पूर्ण रूप से काम में डूब गया है। मगर योता उतनी ही खाली-खाली-सी, टूटी-बिखरी-सी, सेलोटेप के टुकड़ों को ढूँढती हुई। शहाब के पास वह नज़र ही न थी कि वह योता की आत्मा में झाँकता, उसे टूटने से बचाता। उसके पास या तो समय न था, या फिर वह सन्तुष्ट था कि औरत की ज़रूरतें खाना-पीना, ओढ़ना-पहनना ही हैं।

योता की हर बात को कुरूश ने इतना महत्त्व दिया था कि उसके अन्दर की नाज़ुक औरत जाग उठी थी जो गुनगुनाहट से ही जी सकती थी, खिल सकती थी। मगर इस घर में उसे लगने लगा था कि वह एक बन्द डिबिया है, जिसकी कोई बात किसी की समझ में नहीं आ सकती है कि वह चाहती क्या है, उसके मन में क्या है? शायद किसी में इतनी ताक़त भी नहीं कि डिबिया खोल कर देख ले कि वह खाली है या भरी है। या कहीं उसमें बहुमूल्य अलमास (हीरा) तो नहीं छुपा है।

उसके मन में एक ख़्वाहिश जागी। उसे लगा, यदि ऐसा न हुआ तो शायद वह घुट-घुट कर मर जायेगी और इस पिरामिड में हीरे-जवाहरात के बीच वह चलती-फिरती, मगर मुर्दा ममी की तरह रह जायेगी।

शहाब दो हफ़्ता हुए, जापान गया है। सास-ससुर मशहद गये हुए हैं। वह अकेली है। सोचती है, इस बार हर हालत में शहाब के साथ एक हरे-भरे घर का नक़्शा बनायेगी जिसमें शोर-शराबा, हँगामा होगा वरना इस घर की ख़ामोशी क़ब्र का अहसास दिलाती है। साथ चलने को शहाब और सास-ससुर, दोनों ही कह रहे थे। मगर उसने तबीयत की ख़राबी का बहाना बना लिया था। वह नहीं जाती, कहीं नहीं जाती, उसने अनमने मन से सोचा।

दोपहर को उसने अपनी अमरीकी कार निकाली ताकि माँ के पास हो आए। पहलवी पर पहुँच कर बजाय आगे बढ़ने के, उसने गाड़ी गली में मोड़ कर खड़ी कर दी। इंजन बन्द करने से पहले उसने चन्द मिनट कुछ सोचा, फिर कार की चाबी निकाल कर वह ख़ामोशी से आगे बढ़ी। सीढ़ी पर चढ़ने से पहले थोड़ा झिझकी, फिर सीढ़ी चढ़ने लगी। सीढ़ी पर अँधेरा था। टूटे शीशे से धूप का चकत्ता सीढ़ी को थोड़ा-सा रोशन कर रहा था। वह अंदाज़े से ऊपर पहुँच गयी। हल्के-से दरवाज़े को थपथपाया, जो सिर्फ भिड़ा हुआ था। 'बेफरमाईद'—अन्दर से जानी-पहचानी आवाज़ आई।

वह ख़ामोशी से अन्दर चली गयी। कमरे में वह बैठा कुछ लिख रहा था। कमरा वैसा ही था, जैसा छोड़ कर वह गयी थी।

"कहाँ थे?" योता ने कोई जवाब नहीं दिया। वह समझ गयी, कुरूश को किसी का इन्तज़ार था। लिखाई ख़त्म कर वह उठा। जैसे ही उसकी नज़र योता पर पड़ी, वह चौंक गया।

"तुम?"

"हाँ, मैं, योता!"

"हाँ, मैंने पहचान लिया कि तुम योता हो। कैसी हो?"

"अच्छी हूँ।"

"बिज़नेस कैसा चल रहा है?"

"बहुत अच्छा।"

"अब तो लगता है, कि तुम ख़्याबान शाह की सारी दूकानें और शेमरून के सारे बंगले ख़रीद लोगी।" कुरूश ने मज़ाक से कहा।

"शायद।" योता के लहजे में हल्का-सा घमण्ड था।

"अच्छी हो! .खुश हो!"

"बहुत!"

"अच्छा, शहाब कहाँ है? साथ क्यों नहीं लायी?"

"ठीक है! उन्हें कहाँ फ़ुरसत इन सब बातों के लिए?" योता का लहजा अब भी बदला नहीं था, नाज़ से उतना ही ओत-प्रोत था।

"अच्छा! क्या पियोगी, चाय या शर्बत?"

"कुछ भी, जो तुम्हें पसन्द हो?"

उसके इस जवाब से कुरूश ने बहुत गहरी नज़रों से योता को देखा और कमरे से बाहर चला गया।

थोड़ी देर बाद कुरूश फलों से भरी ट्रे ले आया। प्लेट और छुरी योता को पेश करके बोला, "नाशपाती लो, बहुत मीठी है।" कुरूश भूला न था कि योता को नाशपाती बहुत पसन्द है।

"तुम एकदम नहीं बदले। जैसा छोड़ कर गयी थी, वैसा ही पाया।" बड़ी नफ़ासत और नज़ाक़त से, जिसमें हल्का-सा घमण्ड भी था, योता ने कहा।

"दुनिया की भी तो हालत नहीं बदली। न अमीर ग़रीब नहीं हुआ, न ग़रीब अमीर। अपनी-अपनी जगह पर दोनों क़ायम हैं।"

"तुम अब भी उसी भावना को ले कर जी रहे हो कि जब तक घर-घर में पंखा-कूलर न हो जायेगा, तुम नहीं इस्तेमाल करोगे?" योता ने कमरे का मुआयना करते हुए शरारत से पूछा।

"तुम तो शादी के बाद ज़्यादा समझदार हो गयी हो।" कुरूश मुस्कुरा पड़ा।

"हाँ, अब मैं शायद ज़्यादा गहराई से चीज़ें समझने लगी हूँ।" योता ने दार्शनिक अन्दाज़ से कहा।

"अच्छा!" कुरूश की मंद हँसी कमरे में बिखर गयी।

"तुम अब भी उस नारे पर विश्वास रखते हो कि इन्सान को अपने को बूँद-बूँद दूसरों में बाँटना चाहिए?"

"तुम समझदार ज़रूर हो गयी हो, मगर शब्दों का उचित प्रयोग करना अभी नहीं आया है। वह मेरा नारा नहीं, बल्कि मेरे जीने का मक़सद है।"

योता ख़ामोशी से कुरूश का चेहरा देखने लगी।

"आज इतने दिनों बाद आयी हो, अच्छा लग रहा है। मगर कई सवाल भी दिमाग में उभर रहे हैं।"

"बस यूँ ही देखने चली आयी कि तुम वही हो या बदल गए।"

"कैसा लगा?"

"वही, अपने नाम की तरह। अपनी सभ्यता पर इतराये हुए, उससे जुड़े हुए, बुज़ुर्गों की तरह बातें करते हुए।" अब योता के लहजे में घमण्ड की जगह नर्मी का पुट था जिससे शरारत टपक रही थी।

"मैं तो समझता था, आधी दुनिया देखने के बाद तुम्हारे ख़याल कुछ और होंगे?...अच्छा बैठो, मैं चाय लाया।" कुरूश बाहर निकल गया।

यह कमरा उनके हर राज़ का गवाह था, जो कुछ उनके बीच छह साल पहले हुआ था। इस कमरे को सजाने की बात ले कर वह कितनी बार उलझ गयी थी। कुरूश पलंग हटाने को तैयार न था। योता का कहना था कि पलंग अगर दीवार

से मिल जाये तो ज़्यादा जगह निकल आयेगी। पालना भी रखा जा सकता है। बच्चों की दुकान से जो घर के पास, बस-स्टाप के रास्ते में पड़ती थी, उसने चुपचाप एक पालना पसन्द भी कर रखा था। योता ने लम्बी साँस खींची।

कुरूश चाय का फ़िनजान ले कर ख़ामोश बैठ गया।

योता ने चाय का घूँट भरा, फिर एकाएक ख़ामोशी तोड़ी।

"जानते हो कुरूश, मकान बनने से पहले राज मज़दूर की यही कोशिश होती है कि उसकी नींव मज़बूत पड़े, फूल लगाने से पहले माली भी अच्छे बीज, पौधों की तलाश करता है और एक औरत, एक माँ भी यही चाहती है कि वह एक ऐसे बच्चे को जन्म दे, जिसमें सारी ख़ूबियाँ हों।"

"बिल्कुल दुरुस्त। कोई नयी बात तो नहीं है! क्या..."

"नहीं कुरूश! कभी हमने नहीं चाहा था, मगर अब लगता है उस घुटन भरे सैलाब में डूबने से बचने का एक ही तरीक़ा है कि मैं माँ बन जाऊँ। एक ऐसे बच्चे की माँ, जो खुले दिमाग़ और सेहतमन्द जिस्म का मालिक हो। जिसके चेहरे पर दौलत नहीं, बल्कि बुद्धि की प्रखरता हो।"

"फिर?" कुरूश सरापा सवाल बन गया।

"तुम इन्सानों में अपने को बाँटने की बात कहते हो और मैं इन पाँच सवालों में प्यासी उस आबेनैसां की तलाश में थी, जो सीप में गिर कर मोती बन जाता है।" योता कमरे में बसे अपने अतीत में ऐसी डूब गयी थी, बल्कि टूट गयी थी कि उसे ज्ञात न था वह क्या कह रही है।

"योता! कभी हमने—दोनों ने—यह सपना साथ देखा था। आज भी तो देख सकते हैं?" योता के चेहरे पर कई सवाल आये। कुरूश यह वाक्य कहता खिड़की के पास खड़ा हो गया, "मगर उस सपने में मेरे बच्चे मेरे आँगन में खेलते, मेरे सीने पर अपना मासूम चेहरा रगड़ते और अब..."

"मेरे घर में उनको किसी बात की कमी न होगी। उनका भविष्य रोशन होगा, मैं वचन देती हूँ।" योता व्याकुलता से बोली।

"ख़ूब!" थोड़ी देर तक कुरूश ख़ामोश खड़ा रहा, फिर मुड़ कर बोला, "योता जान! मैंने तुमसे कहा, हमेशा कहा कि औरत के लिए मेरे ख़याल दूसरों से जुदा हैं। मेरी पत्नी वह औरत भी बन सकती है जो विधवा हो, वह भी बन सकती है जो बच्चों की माँ हो, और वह भी जो तलाक़शुदा हो। मगर इन सब बातों के बावजूद एक शर्त है कि वह सही मायनों में औरत हो। बहरहाल, मेरी तनहाइयों की दास्तान इस कमरे में महफ़ूज़ है। अफ़सोस कि इन दीवारों की ज़बान नहीं है जो बताती कि मेरे रात-दिन पिछले पाँच सालों में किस तरह गुज़रे हैं...मगर आज तुम्हारी इस बात से मेरे दिल का वह नरम कोना जिसमें तुम थी, जख़्मी हो गया है।" इतना कह कर कुरूश अपने का सँभालने के लिए किताबें उलटने लगा।

योता को लगा, उस शीशमहल से निकलना क्या इतना आसान है? बल्कि नामुमकिन। सारे शहर ने तो उसकी तस्वीरें उन अनगिनत शीशों में शहाब के साथ उसकी पत्नी के रूप में देख ली हैं।

"जानती हो! एक आँधी पश्चिम से आयी है, इसलिए कि हमारी हज़ारों सालों से पुरानी तहज़ीब को छिन्न-भिन्न कर दे, बरबाद कर दे, हिला दे, बल्कि उसे उखाड़ फेंके और उसकी जगह अपना सिक्का जमा दे। बाहर का यह बढ़ता प्रभाव हमें कहाँ ले जाता है? मुझे भ्रम नहीं, यक़ीन है कि उस आँधी ने तुम्हें भी लपेट लिया है..." कुरूश बिना योता के ओर देखे मेज़ पर बिख़रे काग़ज़ समेटता रहा, "तुमको तरह-तरह की चीज़ें जमा करने का शौक़ नहीं, आदत पड़ गयी है। अब तुम चाहती हो, उस घर में कुछ अच्छे बच्चे सज जायें, जिन्हें तुम शान से समाज में गर्दन ऊँची कर मिलवा सको, उनकी बुद्धि की प्रखरता पर नाज़ कर सको।"

अपने उबाल को रोकते हुए कुरूश योता के समीप खड़ा हो गया, "मेरे लहजे में कटुता ज़रूर आ गयी है, मगर योता, मैं जो कह रहा हूँ सच कह रहा हूँ।"

कुरूश ने योता के लरज़ते बदन को देख कर कहा, "एक मामूली आदमी से मज़ाक ख़ूब किया। मज़ाक बुरा न था। बस, दुःख इस बात का है कि दौलत के नशे में तुमने मुझे भी ख़रीदने की जुर्रत कर डाली।"

योता की आँखें बहुत देर से रोके बाँध को तोड़ कर झरने लगीं। यहाँ भी उसे नहीं समझा गया। हर जगह, नयी ज़ंजीरें उसे बाँधती रही हैं जिन्हें तोड़ना हमेशा उसके वश के बाहर रहा। कुरूश उसके जड़ शरीर और लगातार बहते आँसुओं को एकटक देखता रहा। पाँच छट सालों से अपने को भुलावे में बहलाने वाली योता हक़ीक़त से टकरा कर चूर-चूर हो गयी थी। कमरे में बन्द चन्द मिनट ख़ामोशी रही।

"मैं तुम्हें समझ रहा हूँ योता।" कुरूश के लहजे के गीलेपन ने योता को बिखेर दिया।

"तुमको मुझसे क्या चाहिए? मैं लोगों में अपने को बूँद-बूँद बाँटना चाहता हूँ। बोलो, बोलो योता! मेरे वजूद से तुमको कौन-सी बूँद चाहिए? विश्वास, सन्तोष, जीने का सही तरीका, एतिमाद,...मैं तुम्हारे सारे ज़ख़्म भरना चाहता हूँ। बोलो, तुम्हें क्या चाहिए?" कुरूश की गहरी आँखों के साकित समुद्र में तूफानी लहरें उठ रही थीं, "सिर्फ यही है मेरे पास, जो मैं तुमको दे सकता हूँ। इन्हीं बूँदों से मिल कर मैं बना हूँ।" और योता को लगा, उसका वजूद सचमुच मिस्र की ममी की तरह बेज़ान, साकित और सर्द हो गया है।

दादगाह

सुबह के साढ़े नौ बजे हैं। दादेगुस्तरी की बड़ी-सी इमारत के सामने कारें रुक रही थीं और लोग ज़िन्दगी से तंग क्रोध, थकन, झुँझलाहट, दुःख में डूबे 'हिमायते ख़ानवादेह' के विभिन्न कमरों में जा रहे हैं। कुछ लोग सामने बैठे क्लर्क से फ़ार्म भरवा रहे हैं। नम्बर ले रहे हैं ताकि किसी और दिन आ कर अपनी घुटन भरी दास्तान की गिरह खोल सकें। सारे कमरे क़रीब-क़रीब भर गए थे जहाँ वकील टूटते सम्बन्धों के कारण, झगड़े की वजह सुन रहे हैं, उसी के अनुसार मुकदमे की तारीखें आगे-पीछे भी कर रहे हैं।

कमरा नं. 47 में अली रज़ा बैठे हैं। तलाक़ का फ़ार्म ख़ानम मरज़िया की तरफ से है। उम्र 21 वर्ष।

खानम मरज़िया दुःख की पराकाष्ठा से मुट्ठियाँ अपनी जाँघों पर मार कर दुःख और झुँझलाहट के स्वर में कहती है, "वकील साहब, मैं औरत नहीं केवल जूस निकालने की मशीन बन कर रह गयी हूँ। नहीं जानती कि पति-पत्नी का क्या सम्बन्ध होता है। विवाहित जीवन का क्या उद्देश्य होता है। बस, मैं इतना जानती हूँ कि मेरे पति और मुझमें आकाश-पाताल का फ़र्क़ है। यह फ़र्क़ मिट नहीं सकता है। मैं ज़िन्दगी से थक चुकी हूँ। आजिज़ आ चुकी हूँ। मुझे निज़ात चाहिए। मुझे स्वतन्त्र कर दें। मैं आभारी हूँगी कि आपने एक बेगुनाह की जान बचायी।"

"शान्त होइये। आराम से बैठिये और मुझे पूरी बात बताइए। यों परेशान होने से मुसीबतें हल नहीं होती हैं।" अली रज़ा ने समझाते हुए कहा।

मरज़िया कुर्सी पर बैठ गयी। थोड़ी देर बाद अपने को सँभाल कर बोली, "शादी के हफ़्ते भर बाद ही इन्होंने मुझसे मुसम्मी के जूस का फ़रमाईश की कि मैं अपने हाथ से निकाल कर दूँ। मैंने बहुत कहा कि हाथ से निकालने में परेशानी होगी। मशीन से जल्दी काम हो जायेगा, पर ये नहीं माने। अन्त में मैंने मशीन की जगह अपने हाथों का इस्तेमाल किया, पर उस दिन से आज का दिन है कि मैं 24 घण्टों में से 6 घण्टे मुसम्मी का जूस निकालती हूँ। इन्हें सुबह, दोपहर, रात—तीन समय जूस चाहिए। सिर्फ़ जूस—उठते, बैठते, सोते, जागते।

"अगर इच्छा की सीमा यहीं तक होती तो मैं सब्र कर लेती क्योंकि कभी-कभी मैं जूस बाज़ार से .ख़ुसरू की नज़र बचा कर ले आती थी, पर मेरे कर्तव्यों में से एक कर्तव्य यह भी है कि मैं इन्हें चम्मच से खाना खिलाऊँ—क्या यही है शादी का अर्थ? क्या इसी को पत्नी होना कहते हैं? इन हरकतों के पीछे कौन-सी भावना है? क्या यह जान-बूझ कर मेरी सहनशक्ति को कुचलने का प्रयास नहीं है?" उत्तेजना से मरज़िया की साँस फूलने लगी। "मैं जो सह चुकी हूँ, उम्र भर के लिए काफ़ी है। अब मुझे तलाक़ चाहिए। मेरा सब्र का पैमाना लबरेज़ हो चुका है।" कह कर वह युवती निढाल, कुर्सी से टिक गयी।

अली रज़ा ने ख़ामोश बैठे उसके पति से पूछा, "मिस्टर .ख़ुसरू, आपको कुछ कहना है?"

.ख़ुसरू वतनदूस्त ने गला साफ़ किया, थोड़ी दूर तक सिगरेट से निकलते धुएँ को देखते रहे, फिर सामने दीवार की ओर देखते हुए सहजता से बोले, "मेरी पत्नी मरज़िया ने जो भी कहा है, सच कहा है। इन सारे कष्टों का कारण मेरा वह लगाव है, जो मुझे मरज़िया से है। अपने इसी प्रेम, इसी पसन्द के कारण मेरा दिल चाहता है कि मेरा हर काम मरज़िया अपने हाथों से करे। यहाँ तक कि पूरा खाना न सही, पर खाने का पहला कौर और सूप का पहला चमचा मेरे मुँह में डाले। इससे यह असर होता है कि मैं बड़े चाव से सन्तुष्ट होकर पेट भर कर खाना खाता हूँ—बहरहाल अगर मरज़िया को यह पसन्द नहीं है तो मैं उसके कष्टों का कारण नहीं बनना चाहता हूँ—जैसा वह चाहे।" यह कह कर खुसरू बेताल्लुक़-सा बैठ गया। अली रज़ा ने उन्हें थोड़ा मशविरा दिया और अन्त में कहा कि वे तीन मास साथ रह कर देखें। यदि सम्बन्ध बेहतर न हों तो तलाक़ मंजूर हो जायेगी।

उसी गैलरी में रूम नं. 18 में मिस्टर नखई अपने सामने बैठी औरत को देख रहे हैं और उसका पति उनसे कह रहा है, "कुछ भी कीजिए, किसी तरह आज अभी इसी समय मुझे मुक्तिनामा दे दें। मुझे तलाक़ का काग़ज़ दे कर मुझे बचा लीजिए, वरना मैं पागल हो जाऊँगा। आप जो कहें, मैं करने को तैयार हूँ। यहाँ तक कि मैं धूप में उल्टा खड़ा हो सकता हूँ पर मुझे आज़ादी चाहिए।"

मिस्टर नखई ने धीरे-से कहा, "भावुक न बनिए, शान्त रहिए। आराम से मुझे अपना दोस्त समझ कर सब कुछ कहिए पर मूल कारण पर आइए। केवल शब्दों के जाल से काम नहीं बनेगा।"

"मैं आज अपनी बीवी हंगामे के घर से बाहर निकलने के पौन घण्टा बाद बाहर निकला क्योंकि इसके साथ निकलने में मुझे शर्म आती है। आप इसकी सजावट पर निगाह डालें। इसने मेरी ज़िन्दगी में कैसा हंगामा बरपा कर दिया है,

मुलाहिज़ा कीजिए। कानों में तागे की रील को रँग कर बुन्दों की तरह पहन रखा है। टूटे चाकू का हार पहने हुए है। मैं जानना चाहता हूँ कि यह हरकतें स्वयं अपना या मेरा मज़ाक उड़ाने के लिए नहीं तो फिर आखिर किसलिए करती है?"

"ख़ूब-ख़ूब, मेरा शरीर है। मैं जैसा चाहूँ, उसे सजाऊँ। तुमसे क्या लेना-देना है?" हंगामे ने बड़े हठीलेपन से कहा।

"सुना आपने? मेरे समझाने पर ऐसे उल्टे-सीधे जवाब मुझे मिलते हैं, घर में ऐसे डरावने ज़ेवरों की लाइन लगी है। मैंने क़ीमती ज़ेवरों से इसे लाद दिया है कि मेरी तरफ से कोई कमी न हो, पर हाय अफ़सोस! सिवाय हाथ मलने और शर्म से नज़र झुकाने के मेरे पास कुछ न रहा।" युवक ने सर को अफ़सोस से हिलाया।

"मैंने कौन-सी बदक़ारी की है कि इनका सर झुकने का कारण बनी? एक तो मैं इनका पैसा बचाती हूँ। दूसरे, मेरी इस ख़ूबी की यह तारीफ़ नहीं कर सकते हैं कि मेरा बेकार चीज़ों को भी देखने का अपना एक दृष्टिकोण है, जिसमें सौन्दर्य-बोध है।"

"जो भी हो, मुझे इस डरावने माहौल से निकलना है वरना मैं पागल हो जाऊँगा या फिर मेरा हार्ट फेल हो जायेगा। मेरे बस की बात नहीं है।" मिस्टर नखई ने उन्हें समझाया कि जब आप लोगों के बयान के मुताबिक़ ही आप लोग शादी के सात मास में छह मास प्रसन्न रहे। यह नया शौक़ केवल मास भर पुराना है। उसे कम करने की कोशिश करें। आप दोनों एक-दूसरे की भावना को समझें, आपे से बाहर न हों। यह क्यों भूलते हैं कि आपने अपनी पसन्द की शादी की थी। उन्हें थोड़ा बातों से ठण्डा करके नखई ने कहा, "आपके केस की सुनवाई तीन मास बाद होगी। तब तक शायद आप एक-दूसरे को समझ सकें। मुझे .ख़ुशी होगी।"

कमरा नं. 45, सुहेल दरियाग़श्त 23 वर्षीया फ़ीरोज़ा से तलाक़ माँगने का कारण सुन रहे हैं।

"वकील साहब, मैं फ़ुटबाल के खेल के बारे में कुछ नहीं जानती, पर इतना जानती हूँ कि मेरे पति इस्माईल उसके सच्चे आशिक़ हैं। शादी के हफ़्ते भर बाद ही इनके रंग-ढंग देख कर मैंने दाँतों तले उँगली दबा ली। अपने आश्चर्य और दुःख को दबा कर मैंने सोचा कि स्वयं इस खेल में दिलचस्पी लेने लगूँ पर अफ़सोस, जब मैच देखने न जाते तो 8 मीटर लम्बी गली में मोहल्ले के बच्चों के साथ बनायी फुटबाल टीम में मेरे 32 वर्षीय पति प्लास्टिक की फुटबाल के पीछे किसी 15 साल के लड़के की तरह भागते। कितना बड़ा मज़ाक है मेरे साथ! ऑफिस से आ कर न खाना-खाना याद रहता, न कपड़े बदलना—पर इस झगड़े की शुरुआत उस रोज़ से हुई जब ऐसी ही एक शाम को मैं अकेली टी.वी. देख रही थी और यह हमेशा की तरह फुटबाल खेल रहे थे कि एकाएक गली में शोर उठा। मैं घबरा

गयी। इस्माईल की आवाज़ सुन कर मैं बाहर भागी। जो दृश्य मैंने देखा, काश! धरती फट जाती और मैं समा जाती। पड़ोसी का शीशा टूट गया था। किसने तोड़ा? ज्ञात नहीं—पर लड़कों की भीड़ में चूँकि यह सबसे बड़े थे, इस कारण इन्हीं से पूछा जा रहा था। घर आ कर कानों में उँगली डाल कर बैठ गयी कि कुछ न सुनूँ—मैंने मोहल्ले में निकलना, यहाँ तक कि बाज़ार जाना बन्द कर दिया कि लोग मुझे देख कर क्या सोचेंगे—बस, अब मेरे सब्र का पैमाना चूर-चूर हो गया है। मुझे तलाक़ चाहिए, जितनी जल्द हो सके मुझे इस क़ैद से रिहाई दिलवायें। मुझे ख़ाली हवा में साँस लेने दीजिए।''

सुहेल दरियागश्त ने चश्मा ठीक किया। इस्माईल की ओर मुख करके पूछा, ''आपको कुछ कहना है?''

इस्माईल ने कहा, ''मेरी पत्नी ने ठीक कहा है, पर मेरी पत्नी उस उमंग, उस जोश, उस .ख़ुशी से पूर्णरूप से अनभिज्ञ है जो एक खिलाड़ी के दिल में उबलती है, फूटती है। मुझमें न सिंगार की, न शराब की, न परायी औरतों की लत है। हर इन्सान की एक विशेष आदत होती है। इसी तरह मेरी भी एक आदत है, फुटबाल खेलना!...यही मेरी .ख़ुशी, मेरा शौक़ है। यदि फ़िरोज़ा को नहीं पसन्द है तो मैं राज़ी हूँ।'' इस्माईल ने सर झुका लिया।

दरियागश्त के समझाने पर फ़िरोज़ा ने तड़प कर कहा, ''इनका शौक़ मुझे सभ्य समाज में सर उठा कर न चलने पर मजबूर करता है, क्या यही है शौहर करने का इनाम?''

दरियागश्त ने मुक़दमे की कारवाई को दो माह बाद रखा, ताकि दोनों की यह मानसिक उथल-पुथल ठण्डी हो जाए।

मिस्टर नादमी—कमरा नं. 59—एक औरत की रुँधी आवाज़ उभर रही थी। उसके साथ पाँच वर्षीय लड़का था और उसका पति सुलेमान, कमरे की दीवार से पीठ लगाए मुस्करा रहा था। युवती कुर्सी पर चादर से अपने को लपेटे, टूटे शब्दों में बयान कर रही थी—

''मेरी शादी को छह साल हो गये। शादी मेरे पसन्द और माँ-बाप की मर्ज़ी के ख़िलाफ़ हुई थी, क्योंकि वे मेरे पति को अच्छा नहीं समझते थे, पर मैं इनकी प्यार भरी बातों में सब कुछ भूल कर ज़िद पर अड़ी रही। मजबूर हो कर मेरा विवाह इनसे कर दिया गया, मगर शादी के मास भर बाद ही हमारे बीच तक़रारें शुरू हो गयीं। तमाशा न बने, इस कारण कुछ समय बाद मैं ख़ामोश रहने लगी कि शायद लड़ाई इस तरह कम हो जाए और इस बच्चे को अच्छी तरह पाल सकूँ कि उन्हीं दिनों सुलेमान एक दिन ऑफिस से लौटे और बोले, ''जल्दी काले कपड़े पहन कर तैयार हो जाओ। हमें दोस्त के पिता की मौत में जाना है।'' मैं, लड़ाई न हो इस डर से तैयार हो गयी। वहाँ पर मैं रोने पर मजबूर हुई, फिर तो यह

सिलसिला चल पड़ा कि ये पार्टी और दावतों में जाते और मैं ज़बर्दस्ती मौत के घर में ले जायी जाती, जहाँ मेरी उदासी देख कर यह मन-ही-मन हँसते। मेरे टोकने पर इनका जवाब यह होता, "घरेलू, शरीफ़ औरतों का स्थान घर है। दावत, पार्टी, होटल नहीं। आप स्वयं सोचें, क्या मेरे जीवन की परिधि केवल दुःख होना चाहिए? यदि नहीं तो मुझे इस पुरसे की मुसीबत भरी ज़िम्मेदारी से आज़ाद करें।" औरत इतनी थकी, निढाल थी कि फौरन मिस्टर नादमी ने तलाक़-फॉर्म सेण्ट्रल कोर्ट के जज को भेज दिया ताकि तलाक़ मंज़ूर हो जाए और दोनों को पेशी की तारीख़ दे दी।

इसी तरह दूसरे कमरों से आती आवाज़ें कॉरीडोर में फैल रही थीं।

"उस घर में जब तक वह शोर मचाने वाली टूटी पलंग रहेगी, मैं नहीं जाऊँगी। इन्हें उसकी आवाज़ लोरी लगती है पर मेरा सोना मुश्किल हो जाता है।" औरत की आवाज़ उभरी।

"मेरी सास मेरे पीछे हाथ धो कर पड़ गयी। मेरी बात का विश्वास कीजिए, कूलर के पानी में उन्होंने काली मिर्च डाल दी और बिना कारण मेहमानों को छींक का कारण मैं बनी। मेरी क्या ग़लती है?" औरत ने सफ़ाई देते हुए कहा।

"नहीं, अब इसकी मुझे ज़रूरत नहीं है। रोज़ का तूफ़ान ख़त्म होना चाहिए!" मर्द की धमकी भरी आवाज़!

"मेरे रहते यह दूसरी औरतों के साथ घूमें, कहाँ का इन्साफ़ है? मैं एक मिनट इस बेवफ़ा, हरजाई मर्द के साथ नहीं रह सकती हूँ।" औरत का रुदन।

"मैं बच्चे पालूँ और यह आज़ाद परिन्दे की तरह इस ब्यूटी सैलून से उस ब्यूटी पार्लर में उड़ती रहे और मेरी ज़िन्दगी सिर्फ़ बिल बन जाये? मुझसे धनाढ्य पति इसे मिल जायेंगे, यह जाए। आज से मेरा इसका कोई रिश्ता नहीं है! मुझे बच्चे बड़े करना है। उन्हें ज़िन्दगी के लिए तैयार करना है। बस काफ़ी है, यह दूसरा शौहर कर ले, मेरी तरफ़ से आज़ादी है।" मर्द की थकी आवाज़।

कोर्ट का समय समाप्त हुआ। अकबर तेहरांची ने ज़रूरी काग़ज़ात को फाइल में रखा और कमरे से बाहर निकले। गैलरी में जाते लोगों की भीड़ देख कर ऐसा लग रहा था जैसे कोई ट्रैजिक फ़िल्म को देख कर निकल रही हो। हर चेहरा खोया हुआ, किसी सोच में डूबा हुआ, गुत्थी को सुलझाता हुआ।

तेहरान कोर्ट में अकबर तेहरांची पिछले दस साल से हैं। मगर 'हिमायते ख़ानेवादेह' के मामलों को जज के रूप में पिछले तीन वर्षों से देख रहे हैं। ख़ून-ख़राबा, बेईमानी, क़त्ल-चोरी के बहुत-से केस देख चुके, सुन चुके थे। मगर यह पिछले तीन साल तजुर्बों की एक ऐसी ट्रेन साबित हुई थी, जो मुसाफ़िरों को बस एक ही प्लेटफॉर्म पर ले जा कर छोड़ती है। यूडीकोलोन ने नम रूमाल से चेहरा थपथपाया।

कार की सीट से पीठ लगा कर उन्होंने आईने में अपना चेहरा देखा।

कभी-कभी उन्हें लगता है कि इन भावनात्मक व मानसिक उत्तेजना के मुकद्दमों को देखते-देखते कहीं एक दिन वह स्वयं इस बीमारी के शिकार न हो जाएँ?. ..घनी भौहों को दोनों हाथों की उँगलियों से ऊपर उठाया, कोट के बटन खोले, और कार स्टार्ट कर दी। "मज़ाक समझ कर लोग आ जाते हैं! तमाशा है!"

अकबर तेहरांची के ख़्याल में इस दौर की लड़कियाँ बादाम की तरह हैं। कहीं अपने हिस्से के कड़वे बादाम न आ जायें, इसी डर से उन्होंने माँ की मिन्नत, धमकी, आँसुओं के बावजूद शादी नहीं की। वह अपना रिश्ता दमाबन्द की उस पेशानी से जिस पर निर्मल, स्वच्छ, सफेद बर्फ़ जमी हुई है, चिनार के उस पेड़ की तरह जो वर्षों से ज़मीन पर साया डाले खड़ा है, जोड़ते हैं। कितना मुक्त, कितना स्वच्छन्द है यह जीवन! तन्हा एकान्त! जिसका हर लम्हा उनका अपना है, उनकी मर्ज़ी का ताबेदार है। जिसमें किसी क़िस्म की घुटन का वजूद नहीं है।

कार उन्हें रोकनी पड़ी। सामने से एक मस्त जवान जोड़ा सड़क पार कर रहा था। लड़का फूलों का गुलदस्ता पकड़े लड़की की बात को सुनता-हँसता जा रहा था। अकबर तेहरांची ने लम्बी साँस खींची, 'बेटे! शादी के एक मास बाद तुम या तुम्हारी यह नीलोफ़र की शाख़ झरबेरी की झाड बनी हिमायते ख़ानवादेह की सीढ़ियाँ तय करेंगे।' उनको कुरूश बुज़र्ग में घुसते देख कर हँसे।

'हाँ, यही उचित समय है ख़रीदारी, नाज़बरदारी का, वरना बाद में यह सारी चीज़ें एक-दूसरे पर फेंकने, तोड़ने के काम आयेंगी। फिर तो एक ही दुकान होगी और वह होगी केमिस्ट की।' मुस्कराते हुए वे आगे बढ़े। गैराज में कार खड़ी करके वह सीढ़ियाँ चढ़ कर ऊपर गये। ताला खोल कर सीधे किचन में पहुँच कर गैस पर चाय रखी। दूसरे पर फ्राईंग पैन रख कर उसमें सूप का पूरा टिन ख़ाली कर कपड़े बदलने लगे।

किचन में आकर ट्रे में सूप, पनीर, उबली मछली और नानेसंगी को रख कर वह ड्राइंग रूम में आए। टी.वी. खोल कर सोफे पर टिक गए। कोई अमेरिकन फ़िल्म चल रही थी। यह नाश्ता, खाना–जो भी था उसे समाप्त करके उन्होंने टी. वी. बन्द किया और एप्रन लगा कर बर्तन धोने लगे। माँ का पिछले साल जाड़ों में देहान्त हो गया था। बाप की शक्ल न उन्हें याद है, न कभी माँ ने इस बात की कमी उन्हें महसूस होने दी। माँ बताती थी कि बाबा का देहान्त शादी के चार साल बाद ही हड्डी की टी.बी. से हुआ था। माँ उस समय जवान थी। घर वालों के बहुत ज़ोर देने पर वह दूसरे विवाह के लिए राज़ी भी हो गयी थी मगर अपने से दस साल बड़े, पाँच साल छोटे पैग़ामों को देख कर उन्होंने सोच लिया कि उनका जोड़ा केवल एक ही पैदा हुआ था, सो शादी न करने का फैसला करके वह मुझे पालने, पोसने और पढ़ाने लग गयीं। उन्हें बड़ा अरमान था कि मैं किसी को पसन्द

कर लूँ और वह शादी की मंजूरी दे दें। मगर यहाँ तो औरत कभी इतनी बड़ी पहेली लगी ही नहीं कि उसे जानने की बेताबी में अपना अनर्थ कर डालता। पहले कुछ बनने, माँ को सुख पहुँचाने की भावना में ऐसा डूबा कि किताब के अतिरिक्त कोई चीज़ दिल को न लुभाती और अब इस हिमायते ख़ानेवादेह के झरोखे से समाज के ऐसे बेमानी दृश्य देखने को मिले कि लरज़ कर रही-सही माँ की आख़िरी .ख़ुशी पर भी पानी फेर दिया। उनका विचार था कि इस समुद्र जैसे शहर की हर मौज में, हर लहर में एक कशमकश भरा संघर्ष छुपा है। पर वह रोटी का नहीं बल्कि भरे पेट को ज़्यादा भरने, ज़्यादा भोगने, ज़्यादा पाने का संघर्ष है। भविष्य की सुरक्षा का मगरमच्छ भावनाओं की सारी मछलियाँ निगले जा रहा है। बुढ़ापे का ख़ौफ़ किसी को नहीं डरता है क्योंकि हर काम करने वालों के पेंशन, उसकी देख-रेख सरकार की ज़िम्मेदारी, तलाक़ के बाद बच्चे बाप के, आधी पढ़ाई मुफ़्त। इन सारे आराम ने सोचने की धारा, जीवन की मर्यादाओं और सहन-शक्ति को बिसमार करा दिया है। उमर ख़य्याम के दर्शन में डूबे केवल आज को जीते हैं, आज को भोगते हैं, अपनी क़ीमत की बोलियाँ बढ़ाते हैं औ सकून को उत्तेजना के मूल्य पर कौड़ी के भाव बेचते हैं।

किताबों में से काफ़ी छाँट कर एक किताब निकाली और सिगरेट जला कर वह किताब में डूब गए। जाने कब तक वह पढ़ते रहे, फिर वहीं कुर्सी में गाऊन के अन्दर सिकुड़ कर सो गये।

आज जुमे का दिन है। चाचा के घर जाने का दिल नहीं चाहा। कपड़े बदल कर नीचे उतर कर यूँ ही बिना किसी मतलब के सड़कों के चक्कर लगाने लगे।

छुट्टी के कारण शहर में सन्नाटा है। दुकानें बन्द हैं, बस कहीं-कहीं लोग अपनी कारें धो रहे हैं। पीली मरियल-सी धूप बहुत आहिस्ता-से लड़खड़ाती चिनार की पत्तियों से छन रही है। कितनी उदासी है माहौल में...जले सिगरेट से दूसरा सिगरेट जलाया और सामने लगी मशीन में दो तूमानी डाल कर सिगरेट का नया पैकेट निकाला।

सड़क पर इतना सन्नाटा है कि दूर से चौराहे पर लगी घुड़सवार की मूर्ति इस माहौल को और अधिक अर्थपूर्ण और रहस्यमय बना रही है।

अकबर तेहरांची ने सड़क पार की और सड़क के बीच में बने इस पतले-लम्बे पार्क की बेंच पर बैठ गए। अलबुर्ज़ के बर्फ़ की पिघलती बूँदें पानी की शक्ल में बह रही थीं। धूप की नमी घास को अजीब-सा रंग दे रही थी। इधर-उधर से आने-जाने वाली कारों को वह बीच में बैठे देख रहे थे। सामने, ऑटोमील के सामने रोज़ बैठने वाला खोंचे वाला उबले अखरोट ले कर बैठ गया था। अन्दर रेस्ट्राँ में

भी कुछ खटपट। मेज़ की सफ़ाई। सॉस की बोतलें रखी जा रही थीं। बड़ी देर तक यूँ ही बैठे रहे, फिर सिगरेट के धुँओं की लकीरों के बीच घर की ओर लौट आए।

खाना खा कर वह यूँ ही टहलते हुए पार्क फरहा की ओर चले गए। यहाँ ज़िन्दगी का बाज़ार गर्म था। लोग पेड़ों के नीचे ग़लीचे पर लेटे थे। समावर पर रखी बोतलों से धुआँ उठ रहा था। खाने की .खुशबू फैल रही थी। लगा, घरों की बस्ती की क़ैद छोड़ कर यह बंजारों का ख़ानदान .खुशी की तलाश में, जीने की चाह में बाग के आग़ोश में बिखर गया है।

रेडियो की धुन पर नाचता, खिलखिलाता जवानों का झुण्ड दोनों हाथों से लपक कर .खुशियाँ समेटने में लगा है। इतना .खुश होना भी दीवानगी की निशानी है। अकबर तेहरांची यह सोच कर आगे बढ़े। यहाँ पर बहते पानी में कई बच्चे हाथ धो रहे थे। थोड़ी दूर पर नामज़द (मँगनी) जोड़े भविष्य के सपनों में खोये बैठे थे।

"मँगनी के बाद शादी से पहले लड़के को जुमे-जुमे लड़की के साथ निकलने, सिनेमा देखने, घूमने की इजाज़त मिलने लगी है। अच्छा ही है एक तरह से!" उन्होंने सिगरेट का नया पैकेट खोलते हुए सोचा और गुज़रते हुए उनको गुनगुनाहट-सी सुनायी पड़ी।

"पहले ही दिन मैं तुम्हें देख कर क़सम खा चुका था कि जो भी हो, मुझे तुम्हें हासिल करना है! यकीन...करो...क़यामत तक सिर्फ तुम मेरी पसन्द होगी!"

'यह भी बेवकूफी है। बार-बार यक़ीन दिलाना, दूसरे को यक़ीन न आना वग़ैरह-वग़ैरह। अच्छा यही है कि एक-दूसरे को अपनी कमज़ोरियों, ख़ूबियों से अवगत करायें जो आने वाली ज़िन्दगी में इन्हें एक-दूसरे को निभाने की, समझने की और पास लाने में मदद देगी।' अकबर तेहरांची अपनी सोच में मग्न दूसरी ओर मुड़ गये।

मेरा दिल चाहता है कि एक संस्था खोली जाए जो शादी से पहले दूल्हा-दूल्हन को ठोक-बजा कर, नाप-तौल कर यह बता दे कि हनीमून के बाद घर की चारदीवारी में उनकी कब तक पटेगी। कौन से कारण होंगे जो उन्हें एक-दूसरे को सहने में नाकाम करेंगे। सच तो यह है कि हिमायते ख़ानेवादेह में समाज का सारा गन्दा पानी आ कर गिरता है जिसकी स्याही और गन्ध में कई उज्ज्वल धाराएँ भी अपना ठोस अस्तित्व खो बैठती हैं। इस बहती नदी में वही लोग ज़्यादा हाथ धोते हैं जो कम समय में अधिक उपभोग की इच्छा रखते हैं, ज़िन्दगी ज़्यादा जीना चाहते हैं बिना यह समझे कि वह अपने को तोड़ रहे हैं। मगर यह सारी इकाइयाँ समाज

का केवल एक वर्ग है, तमाम नहीं है। यही अच्छा है वरना–ख़ैर छोड़ो!

'मेरे दिमाग़ में हिमायते खानेवादेह ज़्यादा ही सवार हो गया है।' अकबर तेहरांची ने सर झटका। आज जुमा है, अच्छा है कुछ तफ़रीह की जाए–सामने उमर ख़य्याम की मूर्ति के सामने लगे हुए गुलाबों को माली कैंची से काट रहा है। थोड़ा नीचे लड़के फ़ुटबाल खेल रहे हैं। वह मुड़े। रेस्त्राँ के सामने लाइन लगी थी। कुछ पीने की इच्छा हुई, पर कौन लाईन में लगे, यह सोच कर बाहर निकले।

ख़ाली पैकेट को कूड़ेदान में डाल कर वह सामने बैठे ख़ानदान को देखते हैं। सन्तोष की आभा के घिरे में बैठा वह चार बच्चों का ख़ानदान मस्त, एक-दूसरे में डूबा हुआ है।

'अभी सच्ची ख़ुशी का वजूद है इस सरज़मीं पर, परन्तु कितने समय तक?' अन्दर की जेब से डायरी टटोल कर निकाली और नम्बर देखने लगे–दरवाज़े से बाहर निकल कर फोन करने बाहर निकले। सामने भुनते भुट्टों के चारों तरफ लोग खड़े थे। आइसक्रीम और गुब्बारे वाले को घेरे बच्चे। इन्हीं के बीच वह भी खड़े हो गए। फोन ख़ाली देख कर वह अन्दर गये और नम्बर मिलाया...

"हलो, हलो, ख़ानम शोरा है?"

"नहीं, वह बाहर गयी हुई हैं।"

"शुक्रिया!"

दूसरा नम्बर मिलाया।

"लीना ख़ानम हैं?"

"शायद आपको पता नहीं, उनकी कल एक्सीडेंट में मौत हो गयी है।"

"अरे!" फोन रख कर वह दो मिनट साकित हो गये। कल ही तो पहलवी पर सामानों से भरे थैले लिये दिखी थीं। लगा, बाहर निकल कर वह लीना के एपार्टमेंट तक हो आयें–बाहर निकलने का दरवाज़ा खोला–'पर किसलिए?' थोड़ा रुक कर उन्होंने दूसरा फोन मिलाया। कुछ बात की और बाहर निकले। कार में बैठने से पहले कुछ फूलों को काग़ज़ में बँधवाया और कार तेज़ी से सड़क पर दौड़ने लगी। बहिश्ते ज़हरा के दरवाजे पर जा कर उन्होंने कार रोकी। गुलदस्ता लिए अन्दर ऑफिस में गये, लीना की क़ब्र का पता पूछ कर वह चलने लगे। आगे जा कर बायें हाथ को लीना की ताज़ा क़ब्र की मिट्टी पर फूल रख दिये। उन्हें लीना से मास भर पहले वाली मुलाक़ात याद आ गयी।

"जानते हो! यह शादी-ब्याह, यह सामाजिक बन्धन दरअसल एक-दूसरे का शील भंग करने का एक सभ्य तरीक़ा हो गया है। जानवरों से इन्सान को अलग करने की एक बोगस, बेकार कोशिश!"

"बहुत बाग़ी हो!" पहली मुलाक़ात में ही वह लीना से प्रभावित हो गये थे कि ऐसी औरतें भी दिमाग़ रखती हैं, यह जान कर उन्हें अच्छा लगा था।

"बाग़ी नहीं हूँ! मगर चीज़ों को गहराई से देखती हूँ। शादी करके तलाक़ लेना फिर दूसरी शादी करने में और कई मर्दों के सम्पर्क में आने में फ़र्क़ क्या है?"

"बहुत है! एक में स्वतन्त्रता है तो दूसरे में कोशिश।" अकबर ने उसे थोड़ा बोलने के लिए चिढ़ाया।

"ग़लत! अगर कोशिश नाम की चीज़ इन सम्बन्धों में आ जाए न, तो यूँ रोज़-रोज़ गुड्डा-गुड़िया का खेल न खेला जाता।"

"मैं तो समझता हूँ लीना कि औरत बरसों बाद आज़ाद हुई। वह अगले-पिछले हिसाब चुकाना चाहती है। उसकी मंजिल अपने को सुधारना नहीं है बल्कि मर्दों का मुक़ाबला करना है और मर्द आदमी की औलाद अपने पिछले इतिहास पर ऐंठे औरतों की आज़ादी से कुढ़े, कुण्ठाएँ पाल रहे हैं। ग़लती पर दोनों हैं।"

"मेरा भी यही ख़्याल है कि मर्द, औरत की राह सुगम नहीं बना रहा है बल्कि दायरा तंग कर रहा है।" विचारों में डूबे हर प्रश्न से प्रश्न करते हुए वह ख़ामोशी से चलते हुए कार में बैठ गए और तेहरान नौ की तरफ चल पड़े। दिमाग़ पर छाए बादलों को वह झटकने लगे। कार को शीरीन के दो कमरे के एपार्टमेंट के सामने खड़ी कर उन्होंने घण्टी पर हाथ रखा, 'ज़िन्दगी में हर इच्छा को पूरा करना केवल ज़रूरत नहीं, मजबूरी भी है।'

बाहर बर्फ़ गिर रही है। सर्दी अपने पूरे शबाब पर है। अकबर तेहरांची एक हफ़्ते से बिस्तर पर हैं। बुख़ारी का तेल खत्म हो गया है। किससे कहें, किसे भेजें? कमरा ठण्डा बर्फ़ हो रहा है। बुख़ार की तेज़ी में उनसे हिला भी तो नहीं जाया जा रहा है।

कम्बख़्त अख़बार वाला बिल ही लेने आ जाये। कोई दोस्त, कोई पड़ोसी!

उन्हें बाहर गया जान कर सब उन्हें भूल गये हैं वरना कोई-न-कोई तो ज़रूर आता।

दोपहर को बुख़ार कम हुआ तो लड़खड़ाते उठे। ऊपर से नानबाई के नौकर को पुकारा। उसके आने पर रुपये निकाल कर तेल के लिए दिए।

उसने लपक कर चाय बनायी, फिर भाग कर तेल लाया। कमरा गर्म होना शुरू हुआ। अकबर तेहरांची ने 100 रियाल का नोट लड़के को दिया। लड़के ने दाँत निकाल कर कहा, "एक घण्टे बाद फिर आऊँगा। परेशान मत होइयेगा।" खुशी से सीढ़ी उतरा। रात को सिनेमा जायेगा।

चारों तरफ बर्फ-ही-बर्फ है। जाने कहाँ से एक इच्छा बाग़ी परिन्दे की तरह फड़फड़ाती है। आज घर में कोई और होता जिसे ले कर वह इस नर्म, ताज़ी

गिरी बर्फ पर दूर तक दौड़ते जाते। बर्फ के सरसरे बना कर एक-दूसरे पर फेंकते, क़हक़हे लगाते, फिर एक-दूसरे के मुँह के नर्म-गर्म आशयानों से निकलते भाप के बादलों को चूम लेते। अगर शादी कर ली जाये तो क्या बुरा है? ऐसे समय में यह तन्हाई उन्हें थकाती तो न?

हाँ! तलाक़ न हो तो कोई बुराई नहीं है।

मैं तो निभाऊँगा मगर दूसरे का क्या भरोसा?

"अरे अपना भी क्या भरोसा है अकबर तेहरांची? अभी कौन-सा तुमने अपने आपको परखा है? चन्द घण्टे किसी के पहलू में गुज़ार लेना दूसरी बात है और...!"

यह भी ठीक है। यहाँ तो अपने ऊपर से भी विश्वास उठ गया है। अब समय भी नहीं है कि अपनी नाप के पेंच ढूँढ़ने को तजुर्बा किया जाये, पहला नहीं—दूसरा नहीं—तीसरा...बेचैनी से करवट बदली...बुख़ार की तेज़ी ने आँखों के कोने नम कर दिए। गर्म उबलती साँसों को सँभाल कर उन्होंने बेचैनी से करवट बदली—यदि ज़िन्दगी को इस रुख़ से इस रोशनी में न देखता तो शायद मैं भी 'आ बैल मुझे मार' वाली कहावत कई बार साक्षात् कर दिखाता। ज़िन्दगी को मैंने ज़िन्दगी की तरह नहीं बल्कि आलोचक की तरह देखा है तब ही उन कण्डम, बेकार रीति-रिवाज़ों के ढकोसलों में अपने को न बाँध सका।

कमज़ोरी से आँखें बन्द होने लगीं। शिथिल पड़ते बदन, सनसनाते दिमाग़ में कहीं छुपी हुई ख़्वाहिश उभरी, क्यों न मानी (प्रसिद्ध ईरानी चित्रकार) के शहकार की तरह सुन्दर और अपनी मर्ज़ी के मुताबिक एक पत्नी को रच डाला जाये। इस सरज़मीं पर न सही—अपने दिमाग़ में, अपने विचारों में और अकबर तेहरांची बर्फ पर दूर तक भागने के बाद उसी नर्म मुलायम बर्फ़ पर सफ़ेद सुकुमार गर्म बाँहों की गहराई में सो गये।

पतझड़ का फूल

बुटीक से निकल कर अनाहिता ने पर्स से गॉगल्स निकाली। डामर की तपती सड़क साँप की पीठ की तरह चिकनी-चमकीली हो रही थी। पैकेट को सँभाल कर वह आगे, पेड़ के साये में खड़े कच्चे पिस्ते के ठेले की ओर बढ़ी।

किलो भर कच्चे पिस्ते के लिफ़ाफ़े को पकड़ कर उसने सड़क पार की। पसीने की बूँदें उसके सिर से गर्दन पर टपकने लगी थीं। सामने मयकदे के सारे रेस्तराँ के शीशों के बीचों-बीच में इस प्रकार से काग़ज़ की पट्टियाँ चिपकी हुई थीं कि उनसे लोगों के मुँह छुप गये थे। केवल उनकी आड़ी-तिरछी और सीधी टाँगें दिख रही थीं। रमज़ान शुरू हो गए थे। आज उसका चौथा रोज़ा है। उसने आगे बढ़ कर केमिस्ट की दुकान का दरवाज़ा खोला। दुकान की ठण्डक से उसकी जान में जान आयी। काग़ज़ आगे बढ़ा कर उसने सामने आईने में अपना मुख देखा, सिर का स्कार्फ़ बराबर किया, दवा की शीशी ले कर वह सड़क के किनारे टैक्सी के लिए खड़ी हो गयी।

''बख़्तियार!'' हर आने-जाने वाली टैक्सी से वह पुकार कर पूछ रही थी। सबका जवाब नहीं में पा कर उसने न चाहते हुए प्राइवेट कार को हाथ दिखाया।

''बख़्तियार?'' उसके पूछने पर कार थोड़ा आगे जा कर रुक गयी।

''बैठिये, मुझे शहयाद तक जाना है।'' युवक ने दरवाज़ा खोलते हुए कहा। वह थोड़ा झिझकी, फिर शुक्रिया कह कर बैठ गयी।

उसने रेडियो धीमा कर दिया और ए.सी. तेज़ कर दिया।

''इस गर्मी में आप यूँ...''

''हाँ गर्मी गज़ब की है'', अनाहिता ने रूमाल से टपकते पसीने को पोंछते हुए कहा।

ख़याबान बख़्तियार आने से पहले उस युवक ने पूछा, ''यदि समय हो तो आप मेरे साथ शहयाद तक चलें।'' स्वर में इतनी सहजता, इतना अनुरोध था कि अनाहिता के हाथ पसीना पोंछते एकाएक रुक गये। पछतावा हुआ, ऐसी कौन-सी गर्मी पड़ रही थी जो प्राइवेट कार में बैठ गयी। इन लोगों की तो बस!

ऊपरी .खुशमिज़ाजी से बोली, "शुक्रिया! चलती ज़रूर, जबकि आपने इतनी मेहरबानी की है। मगर माँ की तबीयत ठीक नहीं है और मुझे फ़ौरन घर पहुँचना है।"

युवक आकर्षक था। पर उसके पास ऐसे क्षणिक सुखों का समय कहाँ है?

ख़ियाबान बख़्तियार पर कार जब रुकी तो अनाहिता ने शुक्रिया के साथ पर्स खोल कर दो तुमान आगे बढ़ायी।

"शुक्रिया! इसे रखिये!" कह कर उसने कार स्टार्ट की और अनाहिता पर्स बन्द करते हुए सोच रही थी कि आदमी शरीफ़ था।

घर की ओर मुड़ने से पहले सोचा, क्यों न कतायून के जूतों के बारे में पूछती चले। जूते तैयार थे। जूते ले कर वह घर वाली गली में मुड़ी।

माँ की खाँसी की आवाज़ नीचे तक सुनायी पड़ रही थी। उसके मुख पर चिन्ता छा गयी। सीढ़ियाँ चढ़ कर ऊपर आयी। सामान मेज़ पर रख कर माँ के क़रीब आयी।

"खाँसी बहुत आ रही है माँ? मैं अभी दवा लाती हूँ।"

माँ ने अनाहिता को इशारे से पास बुलाया, "थोड़ा दम ले लो बेटी", कह कर माँ ने उसके गालों पर हाथ फेरा और उसके मुख को निहारने लगी। सुर्ख़ी मायल सन्दली रंग, जिस पर चिराग़ की तरह बड़ी-बड़ी जलती अखरोटी रंग की आँखें! माँ को अपनी तरफ़ यूँ देखते देख कर अनाहिता ने दुःख से पूछा, "बहुत तकलीफ़ हो रही है माँ?"

"नहीं बेटी! मैं तुम्हारी तकलीफ़ देख रही हूँ।"

"मैं अभी आयी", कह कर अनाहिता किचन में गयी। माँ के लिए दवा और गिलास में पानी ले कर लौटी। दवा पिला कर बोली, "माँ, मैं नमाज़ पढ़ लूँ।"

अभी अनाहिता नमाज़ पढ़ ही रही थी कि कतायून अन्दर आयी। हाथों में पकड़े बैग को रख कर माँ के पास आयी, "कैसी तबीयत है माँ? बाथरूम तो नहीं जाना है? पानी लाऊँ?"

"बेटी! तुम पहले मुँह-हाथ धो लो फिर मैं बाथरूम जाऊँगी।"

कतायून जब कपड़े बदल कर लौटी तो अनाहिता माँ के पास खड़ी थी। दोनों बहनें अपाहिज माँ को उठा कर बाथरूम की ओर ले गयीं।

रात को अनाहिता ने जैसे ही तकिये पर सिर रखा, उसे दोपहर की घटना याद आ गयी। युवक का चेहरा, तिरछे होंठ की घुटी-घुटी मुस्कराहट। उसने आँखें बन्द कर लीं मगर फ़ौरन ही उसने घबरा कर आँखें खोल दीं। उसे घबराहट हुई कि आज फिर वह डरावना साँप दिखेगा आख़िर वह ऐसे ऊटपटांग सपने क्यों देखती है? उसने बेचैनी से करवट बदली, कतायून लैम्प के नीचे बैठी पढ़ रही है। घने गुच्छेदार बाल, उसके

कंधों और सीने पर झूल रहे हैं, काला ब्लाउज़ उसके बदन पर चिपका अच्छा लग रहा है। लम्बी गर्दन में पड़ी सोने की ज़ंजीर के बीच की तितली सफ़ेद बदन पर कैसी सुन्दर लग रही है। क्या कतायून भी इतने डरावने सपने देखती होगी? नहीं! तो फिर आख़िर कैसे सपने देखती होगी? ऐसे ही बेसिर-पैर के उल्टे-सीधे या तितली की तरह रंगीन मुलायम हल्के-फुल्के। बहन के चेहरे को देखते-देखते वह सो गयी।

क़ब्रिस्तान का विस्तृत मैदान है। फूलों और पेड़ों से ढके क़ब्रिस्तान के एक पेड़ के नीचे उसकी ज़िन्दा लाश क़फन में लिपटी गहवारे में रखी है। सब परेशान हैं। कोई क़ब्र ही नहीं ख़ाली है कि वह दफ़नायी जाए। वह ख़ामोश बेजान-सी पड़ी है। ग़ुस्साल की आवाज़ उभरती है, "यह क्या किया? क़ब्र के बिना लाश कब तक यूँ पड़ी रहेगी? मैंने तो नहलाने-धुलाने का काम कर दिया। अभी मुझे एक के बाद एक चार औरतें नहलानी हैं। उधर दोनों हाल अलग लोगों से भर गये हैं। ईरानदुख्त! अगरबत्ती ले जाओ। चलो-चलो। तुम लोग नीचे गुसलखाने में चलो", कहती हुई वह औरत बाक़ी ग़ुस्साल (मुर्दे को नहलाने वाला या वाली) औरतों के साथ लौट जाती है। अनाहिता ऊपर नज़र उठाती है। ऊपर पेड़ पर बेशुमार गिद्ध बैठे हैं। वह डर से चीख़ना चाहती है। तब ही उसे ख्याल आता है, वह तो मर चुकी है। पसीने से लथपथ अनाहिता की आँख खुल जाती है। मुँह-ही-मुँह में आयतलकुर्सी (दुआ) पढ़ती है, मन को शान्ति मिलती है। कतायून बिना लैम्प बुझाये वहीं गुडमुड-सी हो गयी है। अनाहिता ने घड़ी देखी। तीन बज रहे हैं। अब सोने से फ़ायदा क्या है! लैम्प बुझा कर किचन में गयी। दोपहर के खाने के इन्तज़ाम में लग गयी, फिर सहरी के लिए कतायून को जगाया।

दोनों ने सहरी खायी, माँ के जगाने का सवाल ही नहीं था। नींद की गोली खा कर सोती है तो सुबह सात बजे उठती है। कतायून ने नमाज़ पढ़ी और सीधे किचन के सिंक में कपड़े धोने बैठ गयी।

अनाहिता ने घर की सफ़ाई की और नमाज़ की चादर सर पर डाल कर रोटी और दूध लेने बाहर निकली।

आज अनाहिता को लोग देखने आ रहे हैं। कतायून ने घर को सजा-सँवार दिया है और उनके चाय के इन्तज़ाम में लगी हुई है।

शाम को लड़के को देख कर कतायून ने बरबस अपनी हँसी दबायी। उसका यही हाल है। ज़रा ख़ुशी की बात हुई और उसे बेतहाशा हँसी आनी शुरू हो जाती है। जब अनाहिता रस्म को मुताबिक़ हाथ में चाय के फिनजान की ट्रे ले कर कमरे में दाख़िल हुई तो उसको शरारत सूझ रही थी। लड़के की माँ ने मुख का चुम्बन लिया और अनाहिता को समीप बिठाया। उनको अनाहिता की चाल-ढाल,

बात करने का तरीका, घर-गृहस्थी का सलीक़ा पसन्द आया था, पर बाप को रिश्ता पसन्द न आया था, जिसकी ख़बर हफ़्ते भर बाद मिल गयी थी। कारण, दोनों उम्र में बराबर थे जो उनके विचार से लड़के के लिए ठीक न था।

घर में गुस्से की लहर फैल गयी। माँ का गुस्सा अपनी दोस्त गुलबाजी पर अधिक था। अनाहिता माँ को कैसे समझाए कि वह शादी के बिना भी रह सकती है, पर उल्टे-सीधे किसी युवक के साथ उसका गुज़ारा नहीं हो सकता। जीवन साथी का एक चित्र उसके मस्तिष्क में है। कभी ज़िन्दगी में वैसा मिल गया तो वह विवाह कर लेगी, पर इतनी अक़्ल आने के बाद वह अपने को हार तो नहीं सकती है। उसके लिए उसकी शादी होना इतनी बड़ी समस्या नहीं है, जितना अपनी पसन्द का साथी मिलना। इन हल्के-फुल्के रिश्तों के टूटने से वह दुःखी नहीं होती है, बल्कि ख़ुदा का शुक्र अदा करती है कि पहले से ही उनकी गहराई मालूम हो गयी।

आज दफ़्तर से लौटते हुए उसके पैर बरबस शहयाद की ओर उठ गए। आठ हज़ार संगमरमर की सिलों से बनी यह इमारत ईरान का दरवाज़ा है। कैसा पाक, कैसा पवित्र! कितना सुन्दर लग रहा है! ऊपर नीला, बेदाग़ आसमान, उस पर गर्दन उठाये शहयाद की सफेद बर्फ़ीली इमारत। वह मन्त्रमुग्ध-सी उसे देखती रही, फिर उसने इधर-उधर देखा। 'शायद वह यहीं कहीं रहता हो?' उसने झुरझुरी-सी ली। सड़क पार करने लगी—सामने लॉन पार करके पत्थर के रास्ते पर आयी, फिर शहयाद के अन्दर जाने के लिए कदम उठाए। अन्दर काले-सफेद धारीदार संगमरमर से बनी हॉलनुमा गुफा अँधेरी थी, बस इधर-उधर सजी ऐतिहासिक चीज़ों के चारों तरफ़ से रोशनी फूट रही थी। वह सिक्के, बर्तन, बारहसूत्री कार्यक्रम—सारी चीज़ें इतनी रुचि से देख रही थी कि लग रहा था कि पहली बार आयी हो।

लिफ़्ट की लालटेननुमा रोशनी से उसे लगा, वह सचमुच आज से पच्चीस सौ साल पहले हाख़ामनशी काल में जी रही है। दूसरी मंज़िल पर पहुँच कर जब स्केलेटर पर धीरे-धीरे खिसकने लगी और प्रोजेक्ट के तख़्ते जमशीद की तस्वीरों के साथ प्रथम ईरानी सम्राट कुरूश की भारी आवाज़ गूँजने लगी, "मै कुरूश! बादशाहे जहाँ! बेलीलोन का शाह! सुमेर और अक़्क़द की सरज़मीं का शहनशाह! चारों दिशाओं का आलमग़ीर मैं! जब बेबीलोन में दाख़िला हुआ तो मैंने अपने साम्राज्य में राजभवन के द्वारा प्रसन्नता और आनन्द का संचार किया! महान ईश्वर 'मरदुक' ने अपने महान हृदय के साथ बेबीलोन पर मेरे आगमन का स्वागत किया। मैं रोज़ उसकी पूजा करता हूँ।" सब कुछ उस अँधेरे चलते ज़ीने में ऐसा लग रहा था जैसे वह सचमुच आपादाना राजभवन में हो। इस तरह से सात कमरों में घूमती ऐतिहासिक शहरों को देख रही थी। शीराज़ के लोक-गीत पर सौ गज घेरे वाले शलीतें के बीच

बँधी लचकती कमरें, इस्फ़ान की मस्जिदे शाह में होती अज़ान, सिजदे में गिरे लोग, डूबते सूरज में सोना उगलते खेत, तेल के कुँओं से उगलती लपटें, कारख़ानों में चलती मशीनें, फ़ौजी दस्ते, स्कूल में खेलते-पढ़ते बच्चे जादू की तरह गुज़र गए और स्केलेटर ने उसे लिफ़्ट के समीप पहुँचा दिया। ऊपर पहुँची चाँद से लायी मिट्टी को देखा। फिर दीवार में बने झरोखों से नीले आसमान को देखा। फिर सबसे ऊपर खुली छत पर आ गयी।

इतनी ऊँचाई से शहर देखना उसे किसी बच्चे की तरह पुलकित कर रहा था। मेहराबाद हवाई अड्डे पर खड़े जहाज़, दूसरी तरफ नये रोपे जंगल के छोटे-छोटे पेड़, एकदम सामने चेनार की लाल-पीली पत्तियों से ढकी सड़क पर रेंगती कारों की भीड़, एकदम से उसकी नज़र ठहर गयी। नीचे फ़ौव्वारों के लम्बे हौज़ के साथ दो लड़के-लड़की हाथ में हाथ डाले खड़े थे। यह कतायून तो नहीं है? सुबह उसने भी तो बादामी ब्लाउज़ और काली स्कर्ट पहनी थी। बाल उसी तरह हैं। जैसे ही वह लड़की मुड़ी, इतनी ऊँचाई से भी वह कतायून को पहचान गयी, पर यह साथ कौन है? वह नीचे उतर आयी।

घर पहुँच कर उसने वहीं कमरे में माँ के पास बैठ कर खरबूज़ा काटना शुरू कर दिया था।

"अभी तक कतायून नहीं आयी?"

"आ जायेगी! तुम ख़रबूज़ा खाओ!"

दोनों माँ-बेटी ख़रबूज़ा खाती हुई बातें कर रही थीं। तब ही दरवाज़ा खुला और कतायून अन्दर आयी। कमरे में झाँका, फिर लौट गयी। उसकी इस हरकत पर माँ बोली, "बच्ची ही रहेगी यह शैतान।"

तब ही वह एक युवक के साथ आयी।

"माँ, यह फ़िरोज़ है, मेरे साथ पढ़ता है।...यह माँ है। यह अनाहिता, मेरी बड़ी बहन।" लड़के ने सलाम किया। हाथ मिला कर वहीं रखी कुर्सी पर बैठ गया। अनाहिता की एकदम से कुछ समझ में नहीं आया। उसने ख़रबूज़े की प्लेट और नेपकिन फ़िरोज़ के आगे बढ़ाया और कमरे से बाहर निकल आयी। जब चाय ले कर कमरे में दाख़िल हुई तो माँ और फ़िरोज बातों में मग्न थे। कतायून का कहीं पता न था। शायद डर रही है, सोच कर अनाहिता ने चाय बनानी शुरू कर दी।

फ़िरोज़ के जाने के बाद दोनों बहनें किचन में चली गयीं और फ़ातमा ख़ानम सोच में डूब गयी, 'यह कोई उम्र है शादी की? अपना तो होश है नहीं! फिर अभी अनाहिता...फिर घर से किसी बड़े को तो आना चाहिए था। लड़कपन की बातें, कतायून माँ-बहन से फ़िरोज़ को मिला कर स्वतन्त्र हो गयी थी जैसे उसने अपना फ़र्ज़ निभा दिया हो। आगे माँ और अनाहिता अपनी ज़िम्मेदारी जानें। परीक्षा पास

है, पर रोज़ घूम-फिर कर दोनों नौ-दस बजे तक लौटते हैं। बदनामी के डर से माँ ने कई बार कतायून से कहा, "तुम जल्दी लौटा करो। इतनी रात को तुम घण्टी बजा कर तो अन्दर आ जाती हो, फिर कितने चेहरे बाहर निकलते होंगे।" कतायून उस समय ध्यान से सुनती मगर फिर अपने में खो जाती। कहाँ तक टोकें, फ़ातमा ख़ानम अपने अपाहिज बदन को देख कर आह खींचती हैं।

अनाहिता बहन को समझ रही थी। उसे महसूस होता कि अच्छा है, कतायून शादी कर ले। यही उम्र होती है। फिर समझ आ जाने के बाद अपने व्यक्तित्व को तोड़ना, मोड़ना या झुकाना बड़ा कठिन हो जाता है। छोटी-छोटी बातें एक विशेष उम्र के बाद .ख़ुशी भी तो नहीं देती हैं। पर माँ का विचार इससे अलग था। वे सोचतीं ...अभी कुछ अठारह साल की कतायून है। उन्हें अपनी ज़िन्दगी याद आ जाती। सोलह वर्ष में विवाह हुआ। बत्तीस वर्ष में विधवा हो गयीं। उन्हें सदा लगता.. .हर चीज़ ने उनसे ग़लत उम्र में दग़ा की है। अब जब सुख भोगने के दिन आये तो उससे पहले ही वह ज़िन्दा मर गयी है। बाक़ी उम्र तो इसी बिस्तर और लड़कियों की बैसाखियों के सहारे गुज़ारनी है। पैसे से हाथ तंग नहीं रहा क्योंकि लड़कियों के पिता बैंक की नौकरी में थे। उस समय अचानक उनकी मौत हुई, जब बैंक को उन्होंने बहुत फायदा कराया था। सो जितनी तनख़्वाह उनकी थी उससे अधिक पेंशन मिल रही थी, पर कहीं मर्द की कमी को पैसे ने भरा है? इस घर में तीन औरतें हैं। तीनों अलग-अलग उम्र और विचार की, पर एक-दूसरे पर निर्भर, एक-दूसरे के लिए साँस लेने के लिए हमेशा तैयार!

बहुत सोच कर अनाहिता ने माँ से कतायून के विवाह के बारे में कहा कि बेहतर यही है कि कतायून का विवाह कर दिया जाए। परीक्षा के बाद दोनों से बात कर ली जाए। फ़ातमा ख़ानम ने बहुत देर बाद हाँ कर दी। परीक्षा के बाद फ़िरोज़ को एक सूट बनाने वाली फ़र्म में नौकरी मिल गयी। माँ-बेटी ने सन्तोष की साँस ली और विवाह की तैयारियों में लग गयीं। सबसे अच्छी दुकान, मुज़्ज़फरीयान से अँगूठी ली गयी। सीमा टेलरिंग से शादी का लिबास सिलवाया गया। खाना-ए-अराईश से घर और दुल्हन की सजावट के लिए समय ले लिया गया, ताकि शादी से पहले चेहरे और हाथों की थ्रेडिंग में परेशानी न हो। बरसों से होती आयी कुँवारेपन को अलविदा कहने वाली यह रस्म अभी समाप्त नहीं हुई है। विवाह से पहले फातमा ख़ानम को ज़रा भी नहीं पसन्द है कि लड़कियाँ चेहरे का एक भी बाल तोड़ें। सो दोनों बहनों—अनाहिता व कतायून के होंठों पर बालों का हल्का-सा ग़ुब्बार है और भौंहें घनी-घनी हैं। बहरहाल, किसी भी चीज़ में माँ-बेटी कमी नहीं कर रही थीं। केक का ऑर्डर अपनी पसन्द से कतायून ने दिया था। शमादान, आईना, कपड़े और खाने का इन्तज़ाम सब कुछ कतायून की रुचि से हो रहा था।

शादी के बाद घर सूना हो गया। बहन की शादी ने अनाहिता के मन म कई प्रकार की भावनाओं को उभारा था। अब रात को वह ख़्यालों में जाने कहाँ-कहाँ उन ख़्वाबों की ख़्याली छवि के साथ घूमती। कभी-कभी जब वह डरावना सपना देखती होती तो उसका अन्त अब दूसरा होता था। लगता था, सारे पेड़ पर बैठे गिद्ध और पेड़ शहयाद की इमारत में बदल गये हैं और वह सफेद कफ़न पहने शहयाद के ऊपर खड़ी है। तभी दूर पर उस युवक का घर दिख जाता है। वह वहीं से हवा में तैरती हुई उसके पास पहुँच जाती है। उसकी मन्द घुटी-घुटी मुस्कराहट हँसी में बदल जाती है और वह आगे बढ़ कर अनाहिता का क़फ़न उतारता हुआ उसे कपूरी महक से मुक्त करता है। अनाहिता लज्जा से सिमट कर उसके सीने पर सिर रख देती है।

अब अनाहिता को सपने से डर न लगता, बल्कि वह केवल इसी सपने के इन्तज़ार में आँखें बन्द करती और बड़े उम्मीद से सोती, पर दिन की रोशनी में वह कहीं भी दोबारा नहीं दिखा। अब अक़्सर वह प्राइवेट कार को रोकती कि शायद कभी अचानक वह दोबारा आ कर मिल जाये। पर कहीं बहती लहर भी दोबारा पहली जगह पर लौटी है?

कतायून की शादी को वर्ष भर ही हुआ है, पर इस बीच तीन-चार बार ऐसी घमासान लड़ाई उनके बीच हुई है कि हमेशा शादी टूटने की हद तक पहुँच कर पहली जगह लौट आती और माँ-बहन का दिल हलक में अटक-अटक जाता है। अनाहिता दोनों को समझ नहीं सकी है। एक-दूसरे पर दोनों मरते हैं। फ़िरोज़ के लिए कतायून के अलावा कोई नहीं, पर लड़ते समय दोनों कुत्ते-बिल्ली की तरह एक-दूसरे को नोंचते हैं कि उन्हें रोकना मुश्किल हो जाता है। शायद इसका कारण कम आय और अधिक व्यय या फिर दोनों का कमउम्र होना है।

माँ को कतायून को समझाना पड़ता है। शादी से पहले घर का वातावरण जितना शान्तिपूर्ण था, कतायून के विवाह के बाद उतना ही हंगामे वाला हो गया था। उस पर से कतायून माँ बनने वाली थी। अनाहिता की समझ में न आता कि फ़िरोज़ और कतायून क्यों नहीं घर में घर की तरह रहते हैं? ऊपर से एक गिनती और बढ़ रही है। शादी और इश्क़ का यदि यही परिणाम होता है तो मैं कुँवारी ही भली हूँ। कभी-कभी वह दोनों के जोशीले सँवादों को सुन कर कानों पर हाथ रख कर सोचती। बच्चे की पैदाइश में माँ की ओर से तोहफ़ा ले कर वह कतायून के ससुराल गयी। पहला बच्चा था, वहीं फ़िरोज़ के घर हुआ। दादा-दादी ने जी खोल कर ख़र्च किया था। ढेरों मेहमानों से मिली, परिचित हुई, समय अच्छा गुज़रा। घर तक कार में फ़िरोज़ के पापा छोड़ने आये।

कुछ दिन बाद जब वह एक दिन दफ़्तर से वापस लौटी तो देखा, माँ के

पास फ़िरोज़ के चाचा बैठे हैं। वह नाश्ते के इन्तज़ाम में लग गयी। उनसे वह मिल चुकी थी उस दिन फंक्शन में। पर माँ ने उनके बारे में बाद में बताया कि दो बच्चे हैं, पत्नी को तलाक़ दे दिया है। निबही नहीं, रोज़ के झगड़े से तंग आ कर अलग रहना उचित लगा। बच्चे अमरीका में बढ़ रहे हैं। दूसरा विवाह करना चाहते हैं। इतना कह कर माँ चुप हो गयी।

अनाहिता कुछ नहीं बोली। ख़ालिस घरेलू बातें हैं, क्या कहे? वहीं बैठ कर स्कर्ट में जिप लगाने लगी। फातमा ख़ानम के मन में तूफान उमड़ रहा है। उनकी स्वयं की समझ में नहीं आ रहा है कि वह कैसे कहे कि आग़ाए आमूज़गार तुम्हारे लिए आये थे। उन्होंने अनाहिता के चेहरे की ओर गौर से देखा। इस माह में पूरे बत्तीस साल की हो जायेगी। ख़ुद तो कुछ करती-धरती नहीं है और मैं भी क्या करूँ? उन्होंने आह भर कर सोचा।

कई दिन गुज़र गये। आख़िर एक दिन हिम्मत करके फातमा ख़ानम ने बेटी से पूछ ही लिया "आग़ाए आमूज़गार कैसे लगे तुमको? कुछ बात वग़ैरह हुई थी उस दिन?"

"क्यों? ठीक-ठाक हैं। क्या हुआ?"

"उस रोज़ तुम्हारे लिये घर आये थे। मैंने कुछ जवाब न दिया।"

अनाहिता को लगा, ऊपर दामावन्द की बर्फ से फिसल कर नीचे आबेगर्म के जलते पानी में गिर गयी है। तड़प कर माँ का चेहरा देखा। फातमा ख़ानम ने दुःखी हो कर सर झुका लिया।

"तेरी मर्ज़ी पर है। चूँकि वे कल जवाब लेने आने वाले हैं, सो कहना पड़ा।" कह कर फातमा ख़ानम ने अपनी भावनाओं पर क़ाबू पाने के बहाने सिरहाने रखा क़ुरानशरीफ़ उठा लिया। अनाहिता के कुँवारे मन को बड़ी ठेस लगी थी। थोड़ी देर बैठी रही, फिर सामान समेट कर अपने कमरे में गयी। आईने के सामने खड़े हो कर अपना चेहरा, सीना, कमर और पिण्डलियाँ देखने लगी, 'क्या मैं इतनी बड़ी दिखने लगी हूँ कि एक अधेड़ उम्र का आदमी, वह भी दो बच्चों का बाप?' चारों तरफ घूमी। लगा, कहीं से भी तो थकी-मुरझाई नहीं लगती हूँ। फिर भी? प्रश्न शरीर पर पड़े फफोलों-सा चोट कर रहा था। सामने रखी अपनी चन्द साल पहले की तस्वीर देखी। कुछ भी तो नहीं बदला। पर इसके बावजूद चेहरा किस बात की चुग़ली खा रहा है? सच तो है, उसने भी तो कितनी देर कर दी है। क्या करती रही आखिर इतने दिन? कतायून से वह दस साल बड़ी है। ज़िम्मेदारियों ने कहीं उसे मजबूर तो नहीं किया? वह यह तो नहीं कह सकती है। तो फिर, फिर क्या था? कहीं उसने अपनी पसन्द को बहुत ऊँचा तो नहीं कर रखा था? शायद हाँ, यह सच है। कभी भी उसने अपनी ओर बढ़ती आँखों को इजाज़त नहीं दी। हमेशा करीब आने वालों से अपने को समेट कर अलग कर लिया। उसे लगता, वह बिल्लोर

की है। इस भयमिश्रित गर्व ने उसे बचपन से आतंकित कर रखा था। कहीं वह किसी ऐसे-वैसे के हाथ से गन्दी न हो जाये या किसी की उल्टी-सीधी नज़र से धुँधला न जाए। इतना सँभल कर अपने को रखा कि सहेलियाँ भी बेतुकी बातें करते या उससे मज़ाक करते हुए घबराती थीं। उसका इतना सभ्य, शान्त और शिष्ट व्यवहार और उसकी यह नाजुक मिज़ाज़ी आज उसे कहाँ पर ले आयी है?

उसने डबडबाई आँखों से आईने में देखा...आँसू से भरी आँखों ने उसकी अपनी आकृति को शीशे में काँपते टेढ़े-मेढ़े टुकड़ों में बँटते देखा। लगा, वह पतझड़ की पत्तियों की तरह बिखर रही है। बहते आँसुओं में कहीं से उस युवक की घुटी-घुटी मन्द मुस्कान याद आयी। उसका बुलावा, उसका अनुरोध, अपना इन्तज़ार—एकदम से अचानक उससे मुठभेड़ हो जाने की अपनी तमन्ना याद आ गयी। सपने में उसके सीने से उठती अपनेपन की .ख़ुशबू, अपना सिमटना-शरमाना। वह आईने के समीप बैठ गयी। आँसुओं में डूबी तर-बतर-सी। आख़िर इतने दिनों से उसे इन्तज़ार किस पुरुष का था? किसे सौंपना चाह रही थी अपनी निधि, अपना जीवन? उसे हँसी आ गयी। इतने सँभाल के रखने पर तो बिल्लौर का मूल्य यह आँका गया, तो कल कहीं किसी अनजान पत्थर से कुचल कर चूर-चूर न कर दिया जाये।

अनाहिता का आत्मबल, आत्मविश्वास जली फुलझड़ी की तरह समाप्त हो चुका था। अनाहिता को महसूस हुआ, यह सपना तो उसका अपना है। बिल्कुल कोरी कल्पना जैसा। यथार्थ से कोसों दूर। जिस तरह चाहे देख सकती है। पर क़ब्र का मिल जाना बहुत बड़ी बात है। उसे इसको क़बूल कर लेना चाहिए, वरना पेड़ के नीचे पड़ी लाश को गिद्ध नोच-नोच कर खा डालेंगे। वह सिहर कर खड़ी हो गयी।

उसे लगा, वह नंगा पेड़ उस पर बैठे नरभक्षी शहयाद की सफेद संगमरमर की इमारत में बदल गए हैं और उसकी आत्मा शहयाद की छत से उड़ कर उसके समीप पहुँच गयी है, जहाँ वह धीरे-धीरे उसका क़फ़न उसके तन से अलग कर रहा है। उसे काफ़ूरी महक की घुटन से निजात दे रहा है।

अनाहिता ने अपने को सँभाला, स्विच ऑफ किया। बड़ी मुश्किल से अपने को खींच कर बिस्तर पर लायी। तकिये पर सर रख कर आँखें बन्द कर लीं। आँखों के किनारे जल रहे थे। लग रहा था, अँगारे भर गये हैं। उस दिन का वह दृश्य जो शहयाद के ऊपर से देखा था, कौंध गया।

दूर सड़क के किनारे लगे चिनार के दरख़्तों के पत्ते झड़ रहे हैं, उड़ रहे हैं। चरमर-चरमर की आवाज़ वातावरण में गूँज रही है और उसी सुर्ख़-पीले मुरझाये सूखे पत्तों से निकलती लपटों के बीच एक फूल खिला दिखा। वह क़फ़न में लिपटी चिनार के पेड़ों की तरफ उड़ती है। फूल हाथों में ले कर सूँघती है। वही मन्द घुटी-घुटी मुस्कान जैसी जानी-पहचानी महक। क्या नाम है इसका?

'पतझड़ का फूल!'

दीमक

चहारशम्बे सूरी की चहल-पहल से हर घर का आँगन गूँज रहा था। सूरज के छुपते ही कँटीली झाड़ियाँ, शाखाओं से बने अम्बार में आग लगा कर घर के बड़े-बूढ़े अलाव के चारों तरफ बैठ कर तालियाँ बजा-बजा कर लड़के-लड़कियों की .खुशियाँ बढ़ा रहे थे। बीच-बीच में मेवे भी फाँक रहे थे। कमउम्र औरतें फलों के नमकीन बीजों को तेज़ी से कुतर कर खा रही थीं। लड़के-लड़कियाँ लोकगीत पर लोकनृत्य करने में मस्त थे। बच्चे-बूढ़े सभी अलाव को लाँघते गाना गा रहे थे—

"हमारे मुख का पीलापन
तुम ले लो, ऐ आग!
अपनी लपटों का लालपन
हमको दे दो, ऐ आग!"

इन सारी .खुशियों से एक ही घर वंचित था। वह था गली के कोने में आटे की चक्की के पास वाला लखौरी ईंटों का बना पुराना, बड़ा-सा मकान, जिसके आँगन में लगा पेड़ समय के गुज़रते पलों में इतना बढ़ गया था कि घर की दीवारों से ऊपर निकला दिखता और जिसकी मुरझाई गन्दी पत्तियों के बीच में नीलोफ़र के फूल चमकते रहते। पेड़ और नीलोफ़र की बेल की पत्तियों को देख कर कोई भी अन्दाज़ा लगा सकता था कि बरसों से किसी ने इन दोनों की जड़ों में न पानी डाला है न खाद, मगर दूसरी तरफ खिले, घुले व चमकते नीलोफ़र के उगे फूल सब गुज़रने वालों को हैरत में डाल देते कि सूखी बेल में यह शादाब फूल आये कहाँ से? गली से हर गुज़रने वाले की नज़र पेड़ पर पड़नी ज़रूरी थी, नीचे कच्चे-पक्के घरों के बीच यह पेड़ अपना महत्व रखता था।

अन्दर से यह घर बहुत बड़ा था, पेड़ के पास ही आँगन के बीचों-बीच में बड़ा-सा हौज़ था, जो कभी ठण्डे पानी से भरा रहता था। अब सूखा पड़ा है। चारों तरफ लगी काई भी सूख कर जगह-जगह से दरक गयी है। पूरा आँगन सूखी पत्तियों से भरा है। लगता है, जब भी इस पेड़ को इस घर की बरबादी पर आँसू बहाने

पड़ते हैं तो वह .ख़ून के आँसू नहीं रोता है बल्कि पत्तियों के आँसू रोता है। बावला-सा पत्तियों को झरझर गिराता अपने दिल को हल्का करता है। घर के सारे दरवाज़े खुले हैं। दूर-दूर तक बस हवाओं और पत्तियों की कानाफूसी की फुसफुसाहट का मद्धिम शोर फैला है। ऐसा लगता है, जैसे यह भुतही हवेली हो जिसमें केवल मौत नाच रही है अपने सारे सौन्दर्य, अपनी सारी कलात्मक भंगिमा में।

कभी बहुत पहले यह घर .ख़ुशियों से भरी किलकारियों, कलकहों से गूँजता रहता था, ठीक पड़ोस के मकान की तरह। तब यह वृद्धा भी यूँ मुर्दे की तरह लेटी नहीं रहती थी बल्कि ऊपर के सारे कमरों की कालीनें झाड़ती, कुशन सजाती, बड़े-बड़े दरवाज़ों के रेशमी पर्दे ठीक करती और गमलों में पानी देती, पकवान पकाती, बर्तनों को धोती-माँजती, सजाती रहती थी। वास्तव में वह इस घर की आत्मा थी।

हौज़ के किनारे नीलोफ़र की यह बेल इस वृद्धा के पति ने विवाह के दूसरे दिन लगायी थी। वृद्धा जवानी में अपना आधा समय और घर का सारा काम इसी हौज़ के किनारे अंजाम देती थी। वह बेल पेड़ के तने से लिपटती-फनफनाती पत्तियों फूलों से भरी—पेड़ की शाखाओं पर फैल कर झूल गयी थी। बर्तन, कपड़े, फल व सब्ज़ी धोते हुए जब उगे फूल उसके बालों में ऊपर से गिर कर उलझ जाते या फ्रॉक के बड़े से गले में गिर कर उसके सीने को चूमते तो इस कोमल स्पर्श से ऐसा भाव फूटता जो उनके अनुराग का साक्षी था, ऊपर कमरों की खिड़कियों के शीशे से वह जब चाहता, अपनी पत्नी को देख सकता था। सामने रसोई थी जहाँ पर बैठ कर वह साग काटती, सलाद बनाती और चावल चुनती रहती थी। इसी के सामने वाले कमरे में उसने एक-एक करके पाँच लड़कों को जन्म दिया था जो इसी आँगन में घुटने के बल चलते, धूल में लोटते हुए पल कर जवान हुए थे। मगर आज वे इस घर की सारी .ख़ुशियाँ अपने साथ ले गए हैं। न इस घर में चहार-शम्बे सूरी का अलाव जलता है, न गाना-बजाना होता है, न नौरोज का 'हफ़्तसीन' सजाया जाता है और न सीज़देहबदर के दिन पिकनिक जाती हुई लड़कियों की आँखों में वह अरमान तड़पता देखती है जो उसके पाँचों बेटों में से किसी के साथ बँधने का सपना लिए हो, कि वह घर से बाहर पार्कों में घास में गिठा बाँध कर मनपसन्द शौहर के लिए प्रार्थना करेंगी। यह रंगीन बेलें उसके लिए अब कोई अर्थ नहीं रखतीं। उसके तो पाँचों पेड़ एक-एक करके धराशायी हो गये हैं। आख़िर यह लतरें किसके सहारे चढ़ेंगी? उसके पास बचा ही क्या है? सपने तक चूर-चूर हो गए हैं।

सीज़ देहबदर के दिन जब सारे घर ख़ाली होते, मोहल्ले ख़ाली होते, पूरा शहर, बागों, पार्कों में खुशियाँ मनाता होता तो वह अकेली सुनसान एवं वीरान घरों के बीच अपने आँगन में पेड़ के तने से पीठ लगा कर नीलोफ़र की बेल से लिपट कर रोती। अब कोई उनका दरवाज़ा खटखटा कर, मुँह छिपा कर कटोरा आगे न

करता, न कोई उसमें मिठाई-मेवा डालता, न हँसी-मज़ाक में पानी डाल कर मुँह देखने की कोशिश करता। हँसी-कहकहे, मज़ाक—सब इस आँगन से रूठ गये हैं।

उस घर ने कभी मौत का मुँह नहीं देखा था। जबसे उसने इस घर में कदम रखा था, इस घर में उन्नति और उत्पत्ति हुई थी। खुशियाँ, पैसे, बच्चे—सब कुछ उसके आते ही इस घर में बरसे थे। पति की पंचूरिया की दुकान बढ़ कर स्टोर में बदल गयी थी। देवर-ननदें पढ़-लिख कर अपने घर-बार के हो गए थे। सास की कई पुरानी बीमारियाँ भी जाती रहीं। ससुर भी अब पंचायत जमाये हुक्का पीते रहते थे। उसको ज़िन्दगी ने बहुत कुछ दिया था। उसका दामन भर दिया था मगर आज मौत ने भी उससे बहुत कुछ लिया है। सारा-का-सारा दामन झटक लिया। पाँच जवान बेटे, शौहर, सास, ससुर—आठ लाशें उसके दिल में पड़ीं। उसके वजूद को हर पल चक्की की तरह पीसती रहती हैं।

वह एक मामूली घर की लड़की थी। चादर में लिपटी जवान हुई और चादर लपेटे ही पति के घर आ गयी थी। पति के घर में उसने एक त्रिकोण-सा बना लिया था। बच्चे, पति और पति का कुटुम्ब। इसके बाद उसने न कुछ जानना चाहा, न उसकी आवश्यकता ही समझी।

वह एक धार्मिक विचारों के ग़रीब घर की लड़की थी, जहाँ कोहनी खुल जाना पाप समझा जाता था। वहाँ खुला आसमान जी भर कर देखने को मिल जाए, वही बहुत था। बचपन से जब से उसने आँख खोली थी, यही देखा था और सच पूछा जाए तो वर्षों से गाँवों का इतिहास भी यही था। गाँव में केवल औरतें और बच्चे रह गए थे। सूखी धरती पर बैठी औरतें पतियों के लौटने के दिन गिनती थीं। उनका जीवन केवल उनके कुटुम्ब तक निर्भर न था बल्कि पूरा गाँव एक बड़े कुटुम्ब में ढल गया था। फिर वह विवाह कर शहर आयी। वहाँ की टीम-टाम देख कर वह धक् से रह गयी थी। या खुदा! यह अपना ईरान है? तब ही तो सारे मर्द सब कुछ छोड़ कर शहर का रुख़ करते हैं। गाँव में खेत सूख गए हैं, कौन खेती करता है? माँ बताती है, उसके दादा खेत जोतते थे। खलिहान सुनहरी बालियों से भर उठते थे। मगर अब तो नानबाइयों के तन्दूर में नीचे से ऊपर तक सफेद आटे की बोरियाँ लदी दिखायी पड़ती हैं। कहीं तो ज़रूर होती होगी गेहूँ की खेती? वह स्वयं से सवाल करती।

फिर ससुराल के पुराने कूचे में स्थित बड़े से लखौरी ईंटों वाले मकान में वह दुल्हन बन कर आ गयी थी। इसी को सजाना-सँवारना था। जहाँ पली-बढ़ी थी, वहाँ गिनती की चीज़ें थीं। यहाँ बाज़ार क्या है, पूरा शहर सुन्दर वस्तुओं से भरा पड़ा है। जैसे वह परियों के लोक में आ गयी है। जिस चीज़ को चाहती, ख़रीद लेती। घर से निकलती, झूमती .ख़ुशी से उबलती, अपने शहर को देखती और लौटती ढेरों सामान से लदी हुई मगर थोड़ी देर बाद ही उदास हो जाती। आखिर यह सब गाँव में क्यों नहीं है? कोई बढ़िया चीज़ खाती तो कौर गले में अटक

जाता, माँ-बहनें-दोस्त– सबके चेहरे निगाहों के सामने घूम जाते। कितना अच्छा होता कि हम सब मिल कर यह सब खाते!

यहाँ शहर में आ कर वह हर एक के मुँह से देश की उन्नति, उसके बढ़ते धन, नये बनते बाँधों, स्कूलों अस्पतालों, दुकानों के बारे में सुनती तो सोचती वह सबकुछ गाँव में भी ज़रूर पहुँच गया होगा। आखिर देश में इतना धन है तो ज़रूर अब उन्हीं के गाँवों में अच्छी-अच्छी नौकरी मिलेगी। उसे फाती याद आती। कैसी सुन्दर जवान थी। सखियों में सबसे अच्छी मगर पाँच साल में अकेली अँधेरी रातों में वह ख़ून थूकने लगी थी। पति शहर क्या गया, बस हमेशा के लिए गया। फ़रीबा पागलों की तरह डाकिये का इन्तज़ार करती रहती थी कि कब शहर जाने का उसका बुलावा आता है? कितना दुःख, कितनी आशाएँ–कितना कुछ था उस गाँव की ज़िन्दगी में। यहाँ इस शहर में वह सबकुछ नहीं है। न सपने, न आशाएँ–मगर जो है अच्छा-ही-अच्छा है। एक बहाव है, बढ़िया ज़िन्दगी जीने का, मस्त रहने का। काश! यह ख़ुशहाली फ़रीबा की ज़िन्दगी में गाँव पहुँचती तो वह दीवानी ख़ुदक़ुशी न करती। ख़ैर, अब भविष्य उज्ज्वल है। किसी को न घुटना पड़ेगा, न ख़ून थूकना पड़ेगा, न खुदक़ुशी करनी पड़ेगी। वह सारे ग़मों पर उम्मीद का फाया रखती।

परन्तु उसे बड़ी निराशा हुई थी, जब वह माँ के मरने पर घर गयी थी। गाँव अधिक सूना हो गया था। धरती अधिक सूख गयी थी। हरियाली का कोसों दूर पता न था। ग़रीबी अधिक बढ़ गयी थी। इस सबके बावजूद गाँव के लोगों का एकमात्र इन्तज़ार शाम ढलने का होता, जब टी.वी. का सरकारी दफ़्तर खोला जाता तो सारा गाँव उमट़ कर वहाँ जगा हो जाता। बड़ी आशा से ईरान की उन्नति का प्रोग्राम देखता हुआ सोचता कि सूरज तो धीरे-धीरे ही उगता है। अपनी रोशनी सबको पहुँचाता है। दोपहर न सही, संध्या तक सूरज की किरणें इस गाँव तक भी पहुँच जाएँगी।

गाँव से लौट कर वह चमकते बाज़ारों, सामान उगलती दुकानों पर जाती–वह ईरान की बनी चीज़ें देखना चाहती तो उसे नज़र न आतीं। आखिर ये कारख़ाने, ये मिलें जो सामान बनाती हैं, कहाँ जाता है? यहाँ तो पूरा बाज़ार अमेरिकी, अंग्रेज़ी, चीनी, जापानी और योरोपीय सामानों से भरा पड़ा है। कहीं उन चीज़ों का विशेष बाज़ार तो नहीं जो उसे पता न हो? एक दिन उसने हिम्मत करके एक दुकानदार से आखिर पूछ ही लिया। उसके सवाल पर वह हँस पड़ा और बोला, "जब हम सारी दुनिया को ख़रीद सकते हैं तो बनाएँ क्यों?"

"परन्तु ये मिलें, ये कारख़ाने जो रोज डाकूमेण्टरी फ़िल्म में दिखाए जाते है, झूठ थोड़े ही हैं? फिर इनका सामान कहाँ जाता है? कोई बाज़ार है इनका?" वह व्याकुलता से पूछती।

दुकानदार ने आश्चर्य से इस घरेलू औरत का देखा। दिमाग़ में ख़तरे की घण्टी बजी, कहीं यह जासूस तो नहीं है। फ़ौरन लहजा बदल कर बोला, 'झूठ क्यों होने

लगे? कारख़ानों, मिलों का सामान विदेशों को जाता है और विदेशी माल ईरान में।'

"मगर इससे फ़ायदा?"

"व्यापारिक सम्बन्ध मज़बूत होते हैं।"

"परन्तु हमें अपनी बनाई चीज़ स्वयं प्रयोग करनी चाहिए कि नहीं?"

"क्यों नहीं, मगर ख़ानम! इससे ईरानियों को घाटा होगा। अभी विदेशी व स्वदेशी मालों में जो स्पर्धा है तब खत्म हो जाएगी। चूँकि ईरानी माल कोई नहीं ख़रीदता, सब विदेशी ख़रीदते हैं, इससे घबरा कर मिलें अच्छा, बढ़िया माल बनाएँगी। हमारी मिलें उन्नति करेंगी।"

"हो सकता है", कह कर वह सामान ले कर वापस आ गयी, मगर यह बात वह न समझ सकी। यह भी कोई बात हुई? स्पर्धा...यूँ उन्नति होती है।? मेरे ख़याल से तो हमें हानि पहुँच रही है। फिर जब हमारा माल ख़राब होता है तो कौन-सा देश हमारी मिलों का सामान ख़रीदता है?

रात को खाने के बाद जब वह तरबूज़ काटने बैठी तो डरते-डरते सबसे छोटे बेटे से वह प्रश्न पूछने लगी। प्रश्न में ऐसा क्या था कि बेटे की भृकुटी तन गयी और बोला–

"झूठ! मिल एक है, गिनती में सौ बताते हैं। कारख़ाना एक है, उसके आगे तीन शून्य बढ़ाते हैं। गुनाह है अपनी क़ौम को गुमराह करना। माँ! आज के बाद अगर ऐसी झूठी फ़िल्में देखीं तो टी.वी. चूर-चूर कर दूँगा–हो न आख़िर तुम उसी आदमी की पत्नी जिसने विदेशी सामानों का स्टोर खोल रखा है। एक डॉलर का सामान पचास तुमान में बेचता है। हम भी स्वाभिमान को बेच कर धरती पर क़ब्रें खोद कर अमरीकी गेहूँ खा रहे हैं। हम अपना अनाज भी नहीं खा सकते हैं और तुम उन्नति की बातें करती हो।"

वह कुछ समझ न सकी। फ़िल्में, बाजार, देहात, शहर–सब कुछ कितना उलझा सफेद-स्याह है। जो भी हो, उससे मतलब नहीं। उसका तो एक ही अरमान है, एक ही इच्छा है कि किसी तरह से बिजली की चमचमाहट से रात-दिन का फ़र्क़ देहातों में भी मिट जाए। शहर की तरह वहाँ भी गर्म, साफ-सुथरे पब्लिक बाथरूम बन जाएँ। स्कूल, पॉर्क, अस्पताल, सिनेमा, बाज़ार–कितना मज़ा आयेगा! तब वह एक मकान ज़िद करके वहीं गाँव में बनवाएगी। शीशों के दरवाज़े-खिड़की वाले, मख़मली सोफ़े, रेडियो, टी.वी, टेलीफ़ोन, फ्रिज... सारे गाँव को अपने फ्रिज से ठण्डा बर्फ़ का पानी पिलाएगी... फिर अपनी भावुकता पर खिलखिला पड़ती–जब गाँव की हालत सुधरेगी, वह शहर जैसा हो जायेगा तो घर-घर फ्रिज स्वयं होगा। हर स्त्री सजी-धजी अपने साफ़-सुथरे, सुन्दर घर में रहेगी।

लड़के जवान हुए तो लड़की की लालसा ने अधिक अकेलेपन का अहसास दिलाया। पाँचों भाइयों की आपसी गुटबन्दी प्रतिदिन बढ़ती ही जा रही थी। लगता

की वे सब सुनते थे, मगर मजाल है जो अपनी कुछ कहें—ऐसे में उसे लगता, काश! उसकी एक बेटी होती जो उसका दुःख-दर्द समझती। सास बुढ़ा कर सठिया गयी थीं। पति की मृत्यु का भी उन पर प्रभाव था। अपने सठियाएपन में वह दिन भर हाथ धोती रहतीं। लाख मना करो तो क्या? कभी-कभी ठण्ड से हाथ लाल हो कर अकड़ जाते तब कहीं जा कर हाथ धोना बन्द होता, तब वह गर्म कपड़े से उनके हाथ दबाती, मालिश करती। इस वातावरण में और उम्र के बढ़ने के साथ अधिक भावुक होती जा रही थी। अधिक अकेली, अधिक संवेदनशील, अधिक व्याकुल!

समय ने पलटा खाया और इस नीलोफ़र से ढके आँगन से एक-एक करके जनाज़े उठने लगे। ससुर मरे, उनकी उम्र थी। सास मरी, वह भी इस दुनिया का दस्तूर था। फिर अनहोनी घट गयी। मंझला लड़का एकाएक ग़ायब हो गया। उसे ग़ायब ही समझना चाहिए। न लाश आयी, न मरने-कुचलने-भागने की कोई ख़बर! घर भर में मुर्दानी छा गयी। बूढ़े पति की कमर टूट गयी और इस घटना से वह चारों भाई अधिक समीप आ गये। फिर पति उसे छोड़कर चले गये। वह एकदम अकेली रह गयी। लड़के रात गये आते और नीचे कमरे में जहाँ उनका जन्म-स्थान था, पड़ जाते। वह भी ऊपर क्या करती? उसने भी किचन के करीब सीढ़ी के नीचे वाली जगह पर छोटी-सी क़ालीन डाल ली, जहाँ पर पहले कभी चप्पलों, जूतों की लाइनें सजी रहती थीं। ऊपर कमरों में ताला डाल दिया था।

किससे पूछे? किससे सलाह करे? आखिर वह क्या करे? ये लड़के पढ़ते हैं, नौकरी करते हैं, दुकान पर बैठते हैं—उसे कुछ पता नहीं है। बस गूंगी बन कर उनके साथ रहती है। मास-भर का सामान भर जाता है, फिर वह इन्हीं ख़ाली-भरे डिब्बों, दर-दीवारों, पर्दों, क़ालीन छत की बल्लियों-कड़ियों से बातें करती हुई अपने दिन इस घर में काट रही है।

फिर जाने क्या हुआ, बड़े बेटे की लाश आयी। उसे लगा, वह दोबारा विधवा हो गयी है। बेटे के चौड़े सीने पर पछाड़ें खा कर गिरी थी। ख़ून से तर माथे को चूम-चूम कर वह दीवानी हो गयी थी। मगर भाइयों की आँखों से एक भी आँसू नहीं गिरा था बल्कि उनकी आँखें फैल कर और लाल कटोरा बन गयी थीं। नथुने फड़क रहे थे। दीवारों पर मुट्ठी मार-मार कर जाने क्या-क्या बक रहे थे। उसे तो कभी-कभी लगने लगा कि उसने इनको जन्म नहीं दिया है, न ही अपने ख़ून से नौ-नौ महीने इन्हें सींचा है। अपनी रगों से खींच कर इन्हें दूध से भरे स्तनों से जीवन दिया है। यह इस घर में क्यों इस प्रकार अजनबियों की तरह रहते हैं? वास्तव में ये कौन हैं? क्या चाहते हैं? क्या चाहते हैं? ये मेरे बेटे मेरे ग़ोश्त-पोस्त से नहीं बने हैं। इनकी आँखों में तो जाने क्या हरदम जलता-सुलगता रहता है?

अब वह मोहल्ले की मुबारक औरत नहीं रह गयी थी बल्कि मौत के सायों में मँडराती मनहूस औरत हो गयी थी जिसकी छाया से भी लोगों को नफ़रत हो

गयी थी। उसका काम तो सिर्फ बेटों के लिए रोटी पकाना रह गया था और जूठे बर्तन मलना। बर्तन मलते हुए जब नीलोफ़र के फूल उसके बालों में गिर कर उलझ जाते तो वह गुनगुना न पाती बल्कि उसे होश ही कहाँ था इन सारी बातों का? उस दिन वह मरते-मरते बची जब उसे मालूम हुआ कि उसके पाँचों बेटे बाग़ी हैं और ये दोनों ज़िन्दा बेटे भी नमकहरामी करने पर तुले हैं तो उसने पहली बार अपने मातृत्व को ललकारा। लानत है ऐसे बच्चे जनने पर! ठीक ही तो कहता है हाजी आग़ा कि 'ये लोग नासमझ हैं। देश को विदेशियों के हाथों यही बेचेंगे। दो शब्द पढ़ कर उन्हीं के रंग में रँग गये हैं। न मज़हब इन्हें अच्छा लगे, न देश। देखती जाओ, एक दिन इसी ईरान को ईरानिस्तान में ये बदल कर दम लेंगे। पढ़-लिख कर नहीं समझते हैं कि एक सिरे से दूसरे तक हमारी सीमा उस शत्रु से मिली है जिसके दाँत जाने कब से हमारे पैट्रोल-धन पर लगे हैं, पर कौन समझाए इन बच्चों को।'

उसके सामने चलचित्र की तरह देश को उन्नति की सारी फ़िल्मों के दृश्य घूम जाते। दिल में पछतावे-ग्लानि का ऐसा ज्वार उठता कि उसे उल्टियों पर उल्टियाँ होतीं। मेरी कब सुनेंगे ये, कौन बैठ कर इन्हें समझाये—क्या था हमारा देश आज से पचास वर्ष पूर्व? ज़ुल्म, दुख, ग़रीबी, शोषण—जिसने हमें इस दुख से निकाला उसी के ख़िलाफ़ यह मोर्चाबन्दी—खुली ग़द्दारी है, तौबा!

अब तो वह बीमार-सी रहने लगी है। सुना है, अब अस्पताल बहुत बढ़िया है मगर क्या फ़ायदा? उसकी बीमारी का किसी के पास कोई इलाज नहीं है। वह तो कुकुन की तरह यादों के रेशमी घेरे में रहती है, पिछले गुज़रे दिनों को याद करती। कितने दिन हो गए हैं, उसने निग़ाह उठा कर लड़कों की शक्ल नहीं देखी है।

यही थे उसके बच्चे जो दिन भर उसकी नमाज़ की चादर को खींच-खींच कर कुछ-न-कुछ माँगते, फरमाइशें करते रहते थे। अब वे उसके मातृत्व की सारी माँगों को भूल चुके हैं। किस पाप का बदला उसे मिला है? ये पाँच ज़हरीले पौधे क्यों उसकी कोख के आँगन में उगे? मूर्ख, पापी, बाग़ी, जाहिल, देशद्रोही। मन-मस्तिष्क जो भी कहे, जितनी भी नफ़रत करे मगर उसे अपना कर्तव्य तो निभाना है। लाज रखनी है, इन्सानियत नहीं छोड़नी है। उनके बीच रिश्ता भी क्या रह गया है? न नफ़रत का, न प्रेम का। यंत्रचालित-सी, बस खाने की सेनी उनके आगे लगाती है, उठाती है। अब तो वह अपने ही तन की टुकड़ों से शरमाने लगी थी। ऐ ख़ुदा! क्या कपूत पैदा किए हैं मैंने?

परन्तु जिस दिन दोनों की लाश मिली, उस दिन आख़िरी बार जी भर कर उन्हें देखा था। कितने बड़े हो गए थे, घनी मूँछों के नीचे सुर्ख़ ख़ामोश होंठ, बड़ी-बड़ी पलकों से ढकी बन्द आँखें, लम्बे-लम्बे हाथ-पैर और चौड़ा सीना, फिर क़फ़न में

लिपटे उनके मुख पर बरसते ओज को देख कर उसने नाख़ूनों से चेहरा नोच कर लहूलुहान कर लिया था। बाल नोच डाले। बहू आने की और इस घर में लड़की आने की आख़िरी उम्मीद को वह अपने हाथों क़ब्रिस्तान में दफ़न कर आई और उस दिन उसने सारी इच्छाओं को ज़बर्दस्ती पकड़-पकड़ कर दिल की कोठरी में बन्द कर दिया था। किसलिए वह इच्छा करती? किसके लिए आरज़ू करती? उसने अपने को घर के अँधेरे में क़ैद कर लिया था। इस अँधेरे में उसे क़ब्र में लेटे बच्चों की समीपता का अहसास होता। अँधेरे में दीवारों को छूती, उनके ठण्डे अस्तित्व पर चेहरा रखती, कानों में किलकारियों, कहकहों की आवाज़ों को ईंटों की दरारों से फूटता सुनती, बहुत दिल घुटता तो उन्हीं दीवारों को हमदर्दी-भरा कंधा समझ कर सिसकियाँ भरती, उन्हें अपने आँसुओं से भिगोती।

हर जुमे को वह अपनी काया घसीटती, पाँच क़ब्रों के बीच में बैठी आँसू बहाती रहती। उन दो लाड़लों के लिए भी जिनका न पता उसके पास था, न निशान। उनकी क़ब्रों को अपने समीप महसूस करती थी। इसी अहसास के साथ वह आठों क़ब्रों पर फ़ातेहा पढ़ती। काली चादर को आँसुओं से तर करती रहती थी। कितना अजीब समन्वय था। उसी घर में बाप-दादा हाक़िम के पुजारी और बेटे-पोते उसी हुकूमत के जानी दुश्मन। मगर वह तो इसी घर से जुड़ी थी। उस पर सबने क्यों यह सितम तोड़ा? उसने कौन-सा ऐसा पाप किया था कि ज़िन्दगी भर जवान बेटों को सीने से लगाने को तड़पती रही और अब इन्हीं जवान ताज़ा क़ब्रों के पास बैठी अपनी मौत का इन्तज़ार कर रही है।

दुकान उसने बेच दी। कौन बैठता उस पर? अब पैसा जोड़ना, उसका हिसाब रखना किस काम आएगा? और कौन बैठा है जिसके लिए वह चूल्हा जलाए? एक जान है। बाज़ार से पाँच रियाल की रोटी और पनीर का टुकड़ा दो दिन के लिए काफ़ी हो जाता। जो हाथ कभी खाने से भरी देग़ें उतारते थे, उनसे गुड़िया की हलकुलिया तो पकने से रही और फिर कौन उससे खाना हज़म होता है। इसी घर का ख़र्च कभी हज़ारों था। फिर महँगाई के साथ बढ़ा, लोगों की कमी के साथ घटता गया। ऐसा घटा कि अब मास में पचास तुमान ख़र्च हो जाएँ तो बड़ी बात है। वह सफेद बालों को सुलझाते हुए कहती, "चाँद का घटना-बढ़ना इसी को कहते हैं, ज़िन्दगी की कला यही है।"

पहले तो हफ़्ते-हफ़्ते घर की सफ़ाई कर लेती थी। अब तो वह भी उससे नहीं होती। क़ब्रिस्तान भी कभी-कभी हो आती है। उसे लगता है, दीमक तेज़ी से उसे खा रही है और वह चुकती जा रही है। कभी-कभी रात में मौत से नहीं बल्कि लाश के सड़ने से डर जाती है। जाने कितने दिनों बाद लोगों को पता चले कि वह मर गयी है। या ख़ुदा! क़फ़न भी उसे मिलता है या लाश को कीड़े-मकोड़े ही खा कर ख़त्म कर देंगे? इस डर से उसने घर के सारे दरवाज़े खोल दिए हैं ताकि

बदबू बाहर तक फैल जाए।

इस मोहल्ले में अब कौन उसका रह गया है जिससे वह सम्बन्ध का दावा करे। बाग़ी की माँ से दोस्ती भी तो मौत को खुलेआम दावत देना है। वह तो समाज की सबसे बुरी औरत है जिसने नमकहरामियों को अपने लहू से सींच कर जन्म दिया था। उसको तो अपने ही छोड़ गये, ग़ैरों का क्या शिकवा करे?

दो दिन से वह बिस्तर से उठी नहीं है। कल रात से दरवाज़ा कई बार किसी ने खटखटाया पर उठने की ताक़त तो उसके पैरों में है नहीं। हल्के स्वर में कहती रही, 'दरवाज़ा खुला है, धक्का दो,' परन्तु इतनी मद्धिम आवाज़ कमरे से निकलकर आँगन में डूब जाती। क्या करे वह?

सुबह उसका दम घुटने लगा। महसूस हुआ, ज़ख़्मी परिन्दा जो बरसों से तड़प रहा है, सीने से निकल कर उड़ जायेगा। तब ही आँगन में कोई कूदा। उसे घुटते-डूबते अपने लड़कों को पुकारती कोई आवाज़ सुनाई पड़ी। उसे लगा, आख़िरी समय में उसे सब याद आ रहे हैं। फिर सूखे पत्तों पर उभरती पदचाप आँगन से होती हुई उसके कमरे के पास आ कर रुक गयी। उसने घबरा कर आँखें खोलीं। सामने कोई खड़ा था। कैसा भ्रम है मेरे .खुदा!

जिस घर में पिछले दस साल से केवल मौत ने दस्तक दी हो वहाँ कौन माँ का जाया आयेगा? यह तो मेरी इच्छाएँ हैं जो आख़िरी समय जाते-जाते भी इस घर से अपना बन्धन नहीं तोड़ना चाहती हैं।

छाया आगे बढ़ी...चेहरा कभी बड़े बेटे जैसा लगता, कभी मंझले का, कभी छोटे का! कुछ समझ न सकी, कौन है?

" ज़िन्दा है...।" छाया हट गयी। दोबारा पानी के गिलास को ले कर लौटी। उसे उठाया—मुँह के पास गिलास लगाया। उसने घूँट भरा...कब से वह प्यासी है, दो दिन से उसके गले में पानी की एक बूँद के लिए काँटे-से चुभ रहे थे।

"यह शहनशाहियत की शाही दीमक किस ख़ूबी से हमारे घरों को, हमारे समाज, हमारी संस्कृति को खा रही है ख़ाला! कोई नहीं समझ सकता है। मुझे उन पाँचों के मरने का अफ़सोस नहीं है, अपने जीने का है। क्यों जी रहा हूँ नामर्द बना हुआ, क्या रखा है इस देश में हमारे लिए?" छाया का रुदन, फिर उसके ठण्डे पड़ते पैरों पर छाया ने कम्बल डाला, "इस दीमक को ख़त्म करने का यही एक इलाज है ख़ाला! क़ुर्बानी, मौत। हर बग़ावत की चिनगारी पर लाशों का ढेर—यही दवा है, बस यही दवा, ख़ाला! यह आँसू आपकी आँखों में।" वृद्धा के रूखे चेहरे पर आँसू की दो बूँदें लुढ़क गईं।

"ये .खुशी के आँसू हैं ख़ाला!" वृद्धा की बन्द आँखों से टपकते आँसुओं

को देख कर छाया आश्चर्य से बोली, "मैं जानता हूँ, शहीदों की माँ का दिल है। इसमें कितना गुरूर, कितनी .ख़ुशी, कितना सुकून होगा!" हाथ आगे करके छाया ने आँसू को पोंछा।

उसके मन पर शान्ति-सी छाने लगी। हाथ-पैर सीधे करके उसने बड़ी मुश्किल से आख़िरी बार आँखें खोल कर पहचानना चाहा, "कौन है यह? कौन-सा बेटा? बड़ा...? मंझला या छोटा...?" मगर चारों तरफ़ बस नीलोफ़र के ऊदे फूल और सूखी पत्तियाँ उसे उड़ती नज़र आयीं।

परिन्दे

विजय ने जेब से एक बार फिर नक़्शा निकाला। पते पर नज़र डाली। तेहरान शहर का नक़्शा समझ चुका था कि सारी बड़ी सड़कें समानान्तर हैं जिन्हें छोटी लम्बवत सड़कें एक-दूसरे से मिलाती हैं। विजय को सड़कों की यह जालनुमा प्लानिंग दिलचस्प लगी। सड़कें गिन कर विजय बायें हाथ लम्बवत सड़क पर मुड़ गया। यह सड़क 'सबा शुमाली' थी। सड़क के दोनों तरफ चींटियों की लाइन की तरह कारें पार्क थीं। कोने में बनी छोटी-सी चार गज की दुकान पर खड़े लोग कोक, कनाडा सैण्डविच खा-पी रहे थे। विजय ने नक़्शा जेब में रखा और फ़ुटपाथ पर चलने लगा। आगे चल कर 'इण्डियन एम्बेसी' का बोर्ड दिख गया। अन्दर पहुँचा, सामने ही सरदार जी नज़र आए। बायीं तरफ बैठे हुए बहुत-से ईरानी लड़के थे। सरदार जी के बताने पर वह बाये हाथ के कमरे की ओर बढ़ा, मगर कमरे में घुसने से पहले ही ज़ोर से ठोकर खा कर लड़खड़ाते हुए गिरते-गिरते बचा।

"सँभल कर चलिए महाशय! बिल्डिंग के रिपेयर के लिए ये सलाखें यहाँ पड़ी हैं।" विजय को इस तरह अटकता देख कर अन्दर से निकलते हुए—ढीली-ढाली मगर तंग मोहरी की पैण्ट पहने हुए सज्जन ने लोहे के ढेर की ओर इशारा करते हुए कहा।

विजय ने खिसियानी हँसी हँसते हुए कहा, "मुझे विजय कुमार कहते हैं।"

"ख़ुशी हुई आपसे मिल कर। मुझे असलम अन्सारी कहते हैं, तशरीफ़ रखें।"

अपने ईरान प्रवेश के बारे में इत्तला दे कर विजय बाहर निकला। मौसम भी अजीब अनमना-सा हो रहा था। चिनार के पेड़ों के नीचे से चलो तो नर्म हवाएँ बदन को सहलाती हैं, धूप में आ जाओ तो बदन पर चींटियाँ-सी रेंगने लगती हैं। गर्मी के बावजूद चाय पीने की तलब शिद्दत से महसूस हुई। इधर-उधर देखा, कोई चायख़ाना, कॉफी हाउस नज़र नहीं आ रहा था जहाँ आराम से बैठ कर चाय की दो-चार प्यालियाँ सिगरेट के धुएँ के साथ ख़ाली की जा सकतीं। चाय की तलब के साथ अबुलकलाम आज़ाद के शब्द दिमाग़ में घूमने लगे, 'लैबदोज़, लबसोज़, लबरेज़।'

विजय जेबों में हाथ डाल कर बिना किसी मतलब के सड़कों के जाल के

चारख़ानों में घूमने लगा। कभी समानान्तर से लम्बवत पर मुड़ता, फिर लम्बवत से समानान्तर पर घूमता रहा। फिर शहरज़ा पर आ कर दुकानों को देखता इधर-उधर घूमता हुआ पहलवी पर निकल आया। दिल बेइख़्तियार सीटी बजाने को चाहा पर सारे सफेद संगमरमरी चेहरों को देख कर यह इच्छा भी दबानी पड़ी। शोर हो तो ख़ुद भी शामिल हुआ जा सकता है पर यहाँ तो हॉर्न बजाना ही क़ानूनी जुर्म है, मगर इसके बावजूद ट्रैफिक का कोई क़ानून नज़र नहीं आ रहा था और कारें किसी मन्द, शान्त आबशार की तरह सड़क की ढाल पर बह रही थीं। लोग आराम से जहाँ से चाहते, सड़क पार कर रहे थे। यह देख कर विजय भी बड़ी लापरवाही से सड़क पार करने वालों में शामिल हो गया।

दूसरी तरफ ठीक शरबत की दुकान के सामने पहुँचा। कुछ लोगों को फलों का शरबत पीता देख कर वह आगे बढ़ा और ईरान पहुँचने के बाद यह पहला शरबत का जाम अपने ही लब से टकरा कर विजय कुमार की सेहत के नाम पर पीने लगा।

इस छोटे-से होटल में नींद बड़ी मुश्किल से आयी। हर करवट पर बाबू जी माँ, दादी, सुनीता, कामिनी के चेहरे नज़र आ रहे थे। आखिर तंग आ कर उसने लैम्प जलाया और सुबह का ख़रीदा हुआ अख़बार पढ़ने लगा। अभी तो मुझे इस शहर में पाँच साल गुज़ारने हैं। आज तो पहला दिन है। यूँ हौसला पस्त करने से काम नहीं चलेगा। ठीक है, सुबह से रात तक सिवाय चंद वाक्यों के, जो एम्बेसी में अपनी जबान में बोले थे, तब से हाँ, हूँ करके किसी गूँगे की तरह गुज़ार रहा हूँ। मगर सब ठीक हो जाएगा! पर है आश्चर्य की बात कि इन्सानों के जंगल में यूँ चुपचाप रहना, विशेषकर विजय कुमार जैसे बातूनी के लिए, सच, यह भी एक परीक्षा है, 'चुपचाप सो जा बेटे विजय! अभी तो यह पहली सीढ़ी है। अभी तो इस सुरंग में कई साल गुज़ारने हैं।' तकिये पर सर रगड़ते हुए विजय ने खुद को समझाया।

कम्पनी में विजय का काम केवल बाहर से आये पार्सलों को देखना और भेजे जाने वाले पार्सलों पर अंग्रेजी में लिखना होता। पूरी कम्पनी में काम करने वालों में विजय ही एक था जो अंग्रेजी जानता था और इसी कारण अपने को इस काम में दक्ष समझने लगा था।

बाज़ारे बुज़ुर्ग के सामने गली में एक कमरे का मकान मिल गया था, जिसके एक कोने में विजय ने रसोई बना ली थी और दूसरी तरफ दीवार से लगा कर पलंग। पूरे कमरे की दीवार पर शोख बड़े-बड़े रंगों के फूलदार काग़ज़ चिपके थे। कौन यहाँ ज़िन्दगी गुज़ारनी है? रात को सोने के लिए ही तो जगह चाहिए। जाड़ा आने वाला है, इस डर से विजय ने तेल का एक हीटर ख़रीद लिया। गर्म कपड़े तो एक-दो हैं। सामने की खिड़की को बन्द करके उस पर काग़ज़ चिपका कर कपड़े टाँगने के लिए जगह बना ली। पानी की भी परेशानी न थी। घर के सामने

ही नल था जहाँ पर दोपहर में औरतें चादरों से लिपटी बैठी कपड़े धोती हैं।

ज़िन्दगी शुरू हो गयी थी। कम्पनी के नौकरों पर उसका अच्छा रोब था कि वह अंग्रेजी बोल लेता है। इसी प्रभाव के कारण उसको चाय देने, सिगरेट का पैकेट लाने जैसी मदद वे करते और बदले में एक-दो शब्द अंग्रेजी के बोल लेते। सबकुछ चल निकला था। तीन मास हो गए थे। अब तो टूटी-फूटी फारसी भी बोलने लगा था और अपने को इस नये माहौल से जोड़ने की कोशिश कर रहा था।

जाड़े की सुबह विजय कुमार को रुला देती। सुबह गर्म बिस्तर से उठ कर सबसे पहले गैस जलाता क्योंकि नल का और केतली का पानी रात भर में जम जाता—फिर आटा निकाल कर पराठों का आटा गूँथने में कितनी बार आस्तीन से नाक साफ़ करता, खुद को बुरा-भला कहता।

'कहाँ आ मरा हूँ।' काँपते पैर से ठिठुरते बदन के साथ छतरी, ओवरकोट, गर्म मोज़े के बाद जब वह पतली, गन्दी पेंचदार गली से हो कर जहाँ पर सूरज शायद छतों और दीवारों की मुण्डेरों को ही छू पाता है, निकलता तो नाली से बहती गन्दगी और गोश्त की दुकान की सफाई से आने वाली उबकाई को बड़ी कठिनाई से रोकता हुआ पहली इत्मीनान की साँस बस पर बैठ कर लेता। पाँच बजे से तो यहाँ ज़िन्दगी शुरू हो जाती है मगर अपनी तो मुसीबत हो जाती है।

कभी-कभी ताव में आ कर वह लौटते हुए नाने संगी, नाने बरबरी ले आता, पर खाए किससे? बाज़ार में गोश्त, फिर खुद ही बैगनों के या आलू के गोल-गोल टुकड़े कर उन्हें तल लेता। पकाना भी तो नहीं आता, अपनी मज़बूरी पर झुँझला जाता। यही सब करना था तो बैठ कर खाने की आदत क्यों डाली? ऐसे मौकों पर उसे घर वालों पर क्रोध आता।

मयकदे पर पहुँच कर लगता कि पतली गली में उसका घर किसी डरावने सपने की तरह है। फिर वह सबसे ख़ूबसूरत इलाके में दिनभर साँस लेता, जहाँ की हर चीज़ चमकीली, ख़ूबसूरत, दिलकश! दोपहर को आराम से सबके साथ होटल से आया लंच खाता मगर बाज़ार की चीज़ें तो इतनी महँगी हैं कि यदि वह तीनों समय बाहर खाना खाए तो सिर्फ़ खाना ही खाता रह जायेगा और बाबू जी, अम्मा, सुनीता, कामिनी के सारे अरमान धरे रह जायेंगे और फिर यहाँ आने का मक़सद ही पानी में पड़ी नमक की डली की तरह घुल जाएगा। घर तो देहली में भी सदर बाज़ार की एक पतली गली में था, कबूतर के काबूक की तरह। पर कई कमरों का होने के कारण वहाँ पर उसको कभी मुर्गे के टापे की तरह घुटन का अहसास नहीं हुआ था कि वह तन्हा किसी टोकरे के नीचे एक कटोरी पानी और एक मुट्ठी दाने के साथ बन्द कर दिया गया है। कल रात ऑफिस में देर हो गयी। सर्दी

की तेज़ी यह अहसास दिला रही थी कि अब कुछ खाना ज़रूरी हो गया है मगर काम को बीच में छोड़ कर जा भी नहीं सकता था क्योंकि दफ़्तर में केवल मैनेजर, टाइपिस्ट लड़की और वह बच गए थे।

लौटते समय खाने के रेस्तराँ बन्द होने शुरू हो गए थे। जो खुले थे उनके पास कुछ न था। इन छोटे-मोटे रेस्तराँ में सैण्डविच के अलावा मिलना भी क्या था! तेज़ कदम बढ़ाता हुआ चुलूकबाब[1] के दुकान के पास पहुँचा मगर वहाँ भी रेस्तराँ बन्द हो गया था। नौकर अपनी प्लेटों में गर्म चावलों के ढेर पर मक्खन की डली मिला रहे थे। महक से विजय की भूख और चमक उठी। दिल चाहा कि कहे कि मुझे कबाब नहीं चाहिए। सिर्फ़ सलाद, रोटी और दही, पर शर्म से न कह सका क्योंकि चुलूकबाब के साथ ये चीज़ें मुफ़्त दी जाती हैं। ये लोग जाने क्या समझें? वहाँ से लौट कर वह तेज़ी से चायखाने की तरफ गया मगर वहाँ भी आबागूश्त[2] के बर्तन औंधे पड़े थे और दीवार पर लटकती गज़-भर लम्बी रोटियाँ गायब थीं। केवल रेहान की पत्तियों की गड्डी रखी थी। वहाँ से नाउम्मीद हो कर लौटा। बगल की दुकान से एक बिस्कुट का पैकेट, दो टॉफी और एक चिप्स का पैकेट ख़रीदा। अब मसला घर लौटने का था–बस जल्दी ही मिल गयी। रास्ते में होटल गुल से निकली हुई भीड़, बाजे की आवाज़ के उठते स्वर बता रहे थे कि आधे शहर में रात अब शुरू हुई है।

घर पहुँच कर उसने तेज़ी से बिस्कुट का पैकेट खोल कर खा डाला मगर फिर भी भूख नहीं मिटी। इस सर्दी में उसका दिल चाह रहा था कि .खूब अच्छी मटर और आलू की सब्जी और घी लगी रोटियाँ और बाजरे की रोटी, देसी घी और गुड़ से बना मलीदा खाये मगर...सारी रात जाड़े से ठिठुरते दोनों हाथों को जाँघों में दबाए नींद लाने की नाकाम कोशिश करता रहा...

कल कुरूशे बुजुर्ग में एक हिन्दुस्तानी जोड़ा मिल गया। जाने किस भावना से प्रेरित हो कर विजय ने हाथ जोड़ दिए मगर इसके बाद शर्मिन्दा हो कर शीशियों के लेबल देखने शुरू कर दिए। मन में क्रोध उमड़ा। औरत ने कैसे आँखें तरेर कर देखा और उस मर्द ने ऐसे झटके से गर्दन हिला कर अपने को व्यस्त कर लिया जैसे मैं हाथ पकड़ कर पहुँचा पकड़ना चाह रहा हूँ। अपने लोगों से यह बेग़ानगी इस अजनबी मुल्क़ में? विजय की समझ में नहीं आयी। चन्द ज़रूरी चीज़ें उसने ट्रॉली में डालीं और काउण्टर पर लगी लाइन में बिल देने के लिए खड़ा हो गया।

सुना है, यहाँ जब कोई खाने पर बुलाता है तो कुछ ले जाना होता है। क्या ले जाऊँ? फूल, यह ठीक है। फूलों की दुकान पर फूलों के दाम देख कर लगा, .खुद को अपनी बेवक़ूफी पर चपत लगाऊँ। यह तो बेकार के चोंचले हैं। जब चार शाखों के लिए दस तुमान ही खर्च करना है तो मिठाई ही ले ली जाए। मिठाई की दुकान से

---

1. ईरानी भोजन चावल और कबाब।
2. ईरानी प्राचीन राष्ट्रीय भोजन।

खिलौने की, तस्वीरों की दुकान पर जा कर विजय ने अपने को थका डाला। 'मैं ठहरा बाहर का। हमारे यहाँ यह सब नहीं होता है।' सोच कर विजय ने दिल को समझा लिया और ठण्डा हो कर बस में बैठ कर खाना खाने बीस मील दूर पहुँच गया। अपने साथी के घर न सिर्फ़ खाना मिला, एक घर का-सा माहौल भी मिला। इतना प्यार, इतना सत्कार देख कर उसका मन धिक्कारने लगा, 'काश! दस तुमान ख़र्च करके फूल ही ले आता।' बहुत दिनों बाद यूँ घर में बैठ कर खाना खाना अच्छा लगा। गर्म रसोई में चूल्हे के सामने माँ सबके सामने थालियाँ रखतीं। यहाँ क़ालीन पर सुफ़रे पर सबके आगे उसी प्रेम से सईद की माँ प्लेटें रख रही थीं। सईद के बाबा, लम्बे कद के ऐंठी मूँछों वाले, सलवार-कुर्ता, वास्केट पहने सुफ़रे के सामने बैठे थे और पहले मेरी प्लेट में रख कर वह दूसरों को दे रहे थे। मेरा मन किया कि उनकी छाती से लग जाऊँ और बाबू की ख़ुशबू को उनके सीने में तलाश करूँ।

तब ही वह बोले, "हम कशकानी ख़ान हैं। काशान में बड़ा घर है, बाग़ है। इस घर के बराबर वहाँ नौकरों का क्वार्टर है। सब कुछ छोड़ कर मैं केवल बच्चों की पढ़ाई के लिए यहाँ आया हूँ। यह न समझना कि तेहरान ही ईरान है। ईरान बहुत बड़ा है। भाँति-भाँति के लोग हैं यहाँ! यह शहर नौटंकी का स्टेज बन कर रह गया है जिसमें सब भेष बदल कर ड्रामा खेल रहे हैं, समय काट रहे हैं। फिर अपने-अपने शहर चले जाएँगे। कौन-सा यहाँ ज़िन्दगी गुज़ारने आए हैं पर इसके बावजूद सारी उम्र गुज़री जा रही है।" स्वयं सवाल करते, स्वयं जवाब देते वे लगातार बोल रहे थे।

जाते समय सर पर हाथ रख कर बोले, "बुरा न मानना, मुझे बोलने की आदत है। ज़्यादा जान-बूझ कर बोलता हूँ क्योंकि हर चीज़ को उक़ाब की नज़र से ऊपर आसमान से देखता हूँ, कूड़े के ढेर पर बैठे कौवे की नज़र से नहीं। चाहता हूँ इस दुनिया में उक़ाब पैदा हों, कौवे नहीं।" खाने के बाद सईद मुझे कार में बीस मील वापस छोड़ने आया।

विजय उनके इस प्यार से और अपनी कंजूसी के ख़याल से कट कर रह गया था। ख़ैर, अगली बार कमी पूरी कर दूँगा। सोच कर बहुत दिनों बाद विजय गहरी नींद में डूब गया।

लालाज़ार में विजय इस ख़याल से घूम रहा था ताकि कुछ चीज़ें घर वालों के लिए ख़रीद ले। सामने गर्म सूट के कपड़ों को देख रहा था कि दूकानदार ने पूछा, "आप हिन्दुस्तानी हैं या पाकिस्तानी?" हिन्दुस्तानी में बोले उसके स्वर से विजय चौंक उठा, "हिन्दुस्तानी, पर आप?..."

"मेरी माँ हिन्दुस्तानी थीं, गुजराती।"

"आप ईरानी हैं या...?"

"मैं दोनों हूँ। बम्बई की सड़कें, गली-कूचों को मैंने पन्द्रह साल तक नापा है। फिर माँ की मौत के बाद हम लोग लौट आये। वहाँ हमारा होटल था मगर माँ की मौत ने बाप को बम्बई छोड़ने पर मजबूर किया। अब भी हमारे चाचा वहाँ होटल चला रहे हैं। पैसा कमा रहे हैं। लड़की की शादी में बीस हज़ार का तो कुल एक हार दिया है। बड़े पैसे वाले आदमी हैं। और हम यहाँ फुटपाथ पर बैठे इस अलबुर्ज़ की बर्फ़ का पानी पी रहे हैं और मस्त हैं कि वतन में तो बैठे हैं।" "आप चले क्यों नहीं जाते?" पर विजय की बातों को जवाब दिए बिना वह बोला, "आप वहाँ से हैं जहाँ मैं पैदा हुआ था, सस्ता दूँगा। अपना समझ कर, अपनी जन्मभूमि का समझ कर" पर विजय राज़ी न हुआ। ईरानी सामान बेचने के लिए कहानी भी सुना लेता है, सोच कर विजय ने बहाना कर दिया। दो-चार दुकानें देख कर फैसला करेगा। बाज़ार घूमता रहा, सोचता रहा—'किसकी जन्म भूमि कहाँ है, कौन किस मिट्टी का है, बस सब उस गोताख़ोर की तरह अपनी पहचान की रस्सी से बँधे समुद्र में मोती की तलाश में अरब सागर से हिन्द महासागर की ओर, वहाँ से अटलाण्टिक की ओर गोता लगाते रहते हैं। दाने, जिस पर उनका नाम लिखा है, चुगने के लिए कहाँ-कहाँ से उड़ कर आते हैं, उनकी तलाश में कहाँ-कहाँ भटकते हैं।

फिर यह अमुक देश, अमुक जन्मभूमि की तंग परिधि का अर्थ? इस संसार में यह धरती सबके लिये कहीं भी, किसी भी रूप में अपनी गठरी में बँधे अनाज के दानों को बिखेरती है, फिर यह ढोंग क्यों? हम ईरानी हैं, हिन्दुस्तानी हैं, अफ़ग़ानी हैं, पाकिस्तानी हैं, इंग्लिस्तानी हैं? आखिर क्यों नहीं हम सिर्फ़ इन्सान हो जाएँ जिनका रिश्ता धरती से है, आसमान से है, अपने पेट से है। सब अपने हैं और सब पराये हैं। जाने कब तक विजय दीवानों की तरह सोचता रहा। माँ आते समय बहुत घबरा रही थी कि विजय पहली बार घर से दूर हो रहा था, वह भी ईरान जैसे मुस्लिम देश में—मगर वहाँ भारत में ठहर कर क्या करता? कोई आईडेंटीफिकेशन न थी, एम.ए. के बाद यूँ ही ख़ाक छान रहा था। सामने दो बहनों की ज़िम्मेदारी, माँ-बाप की मुट्ठी-भर हड्डियों को सुख देने की तमन्ना—सब कुछ मेरे ऊपर केन्द्रित था। यहाँ आ कर मैं अफसर नहीं हूँ, मामूली क्लर्क हूँ पर बदन पर गर्म सूट है। घर पैसे भी भेज रहा हूँ। जहाँ अपने चुकते हुए रिश्तों का दुःख है, वहाँ अपनों के लिए कुछ करने की .ख़ुशी भी है। कश्ती पर सवार दो विभिन्न दिशाओं की धाराओं से जूझा हुआ हूँ। सामने चायख़ाना देख कर विजय वहीं बैठ गया। मज़दूर लोगों का शायद ढाबा है। तब ही एक ने पूछा, 'सुनिए! आप हिन्दुस्तानी हैं?"

"जी!"

"पेट्रोल तो हमारा ही वहाँ जाता है न?"

"जी कुछ ईरान से, कुछ अरेबिया से।" विजय ने लापरवाही से कहा।

'वैसे जब हम तेल नहीं देते थे तो उससे पहले आपके देश में मोटर थी?'' किसी ने बड़े भोलेपन से पूछा।

''थी क्यों नहीं?'' विजय ने उकता कर कहा।

''सड़कें हैं हिन्दुस्तान में?'' किसी और सांसारिक ज्ञान बढ़ाना चाहा।

''क्यों नहीं?''

''फिर आपने बताया नहीं कि पेट्रोल के बिना आप मोटर कैसे चलाते हैं?''

''मामूली बात है, इंजन में मिर्च भर देते थे। उसकी तेज़ी से मोटर चल पड़ती थी।'' विजय ने झुँझला कर कहा और बिना चाय पिए उठ आया। चायखाने में बैठे लोग आँखें फाड़े विजय की बात को हज़म करने की कोशिश कर रहे थे। 'अजीब पागलखाना है यह दुनिया भी। ईरानी हिन्दुस्तान को जाने क्या समझते हैं और हिन्दुस्तानी इन्हें केवल तेल बेचने वाला। यह तो लोगों की हालत है।' विजय झुँझलाया-सा सोचने लगा, 'ख़ुद क्या बनाते हैं, जवाब देना था मुझे।' आगे चल पड़ा। रास्ते में सोचा, 'क्यों न मिश्रा से होटल में मिलता चलूँ।' सोच कर बस ली और पहलवी के पास उतर गया। कमरे की घण्टी बजायी, ''नमस्ते! कहाँ थे भई? बिन्दु, विजय आया है।'' ''नमस्ते भाभी! जल्दी से चाय पिलाइए।'' विजय ने सामान के पैकेट सोफे पर पटक कर कहा।

चाय के साथ मेवे की प्लेट थी। बात करने के बीच तीनों बादाम, पिस्ते ऐसे खा रहे थे जैसे मूँगफली।

''यार विजय, जाते समय दाल ले लेना, जाड़े भर ईरान में मुसीबत है। अपनी तो कट जाती है अंसारी साहब के कारण। ऐम्बेसी से सामान ले ही लेता हूँ पर जब बाज़ार से प्याज, आलू, अण्डा गायब हो जाता है तो ईरानियों की परेशानी देखने के काबिल होती है। हम तो यहाँ अचार-पराँठा ही खा लेते हैं।'' सेब खाते हुए रमेश बोला। बिन्दु अचार की बोतल और दाल का पैकेट ले कर आयी और कहा, ''भूल न जाइएगा, यहीं रखे दे रही हूँ।''

''घबराते क्यों हो रमेश! प्याज़-आलू में क्या रखा है? ज़िन्दगी-भर खाया है। यह मेवे फल जितने चाहो, खाओ और मस्त रहो।''

''ठीक कहते हो। इसके अलावा यहाँ है क्या?'' रमेश ने अंगूर निगलते हुए कहा, ''फल, मेवे, गोश्त, पेट्रो डॉलर।''

''अपने यहाँ क्या है? बीमारी, बेकारी, भुखमरी और जाने क्या-क्या!'' विजय ने तीखेपन से कहा।

''यार, ऐसे मत कहो! यह सब यहाँ भी मौजूद है।'' विजय की तल्ख़ आवाज़ सुन कर रमेश बोला, ''तेहरान ही ईरान थोड़े ही है?''

''छोड़ो यार! यहाँ-वहाँ में दुनिया को न बाँटो। यहाँ क्या है, वहाँ क्या है? कौन अच्छा है, कौन बुरा है? जो रोटी दे, वही अपना है। सब अपनी ही ज़मीन

के हिस्से हैं, दमावन्द से हिमालय तक या उससे आगे। इसलिए जब जहाँ रहो, समझो, ज़मीन के एक कोने में हो। वही तुम्हारी धरती माँ की गोद है। वही तुम्हारा घर है। अपना-पराया एक आम आदमी के लिए नहीं होता है। उसे पेट पालना है, ख़ानदान पालना है।"

"क्या बात है आज बड़ा ऊँचा उड़ रहे हो? घर याद आ रहा है क्या?"

"नहीं! बस यूँ ही मन अनमना-सा हो रहा है।"

खाने पर बहुत रोकने के बावजूद वह उठ कर चला आया। रमेश मिश्रा यहाँ डॉक्टर है। उसके पास शिकायतों का दफ़्तर है मगर फिर भी वह पाँच साल से ज़्यादा ईरान में रह गया है। कहता है, 'हिन्दुस्तान लौट कर क्या करना है? जब पैसे जमा कर लूँगा तो लौट जाऊँगा।'

फिर यह शिकायत क्यों कि यह पराई ज़मीन है? इन्सानियत की चाह होती, अपनी जन्मभूमि की चाह होती तो अपने गाँव क्या अच्छी हालत में हैं? यहाँ सारे दुखड़ों के बाद लोग टिके हैं। आखिर क्यों? क्या यहाँ उनका देश-प्रेम मर जाता है? बल्कि एक कड़वी सच्चाई को सब छुपाते हैं कि उनका पेट सारे रिश्तों से बड़ा है। यह संसार ही इस रोटी के धन्धे पर चल रहा है।

यह सब क्या है? मैं क्या हूँ? विजय यूँ ही पैदल घूमता रहा। गाँव से हर छठे मास रमेश तेहरान आता है। घूमने, ख़रीदारी करने, सिनेमा देखने वग़ैरह-वग़ैरह। शाम हो रही थी। उसने बस पकड़ी और पतली गली में मुँह पर रूमाल रख कर उसे पार करता घर पहुँचा। सामने नल पर पानी भरती औरतों ने अपने बदन छुपाए। इन्हें देख कर कोई कह सकता है कि यह ईरानी है? या शाहेरज़ा, पहलवी, मयक़दे पर घूमने वाली मिडि, स्कर्ट, जीन्स में घूमने वाले बेबाक़ जिस्म वाले लिपे-पुते चेहरे ईरानी हैं? तीन साल हो गए है इस मकान में रहते हुए पर आज तक इन चेहरों की झलक भर ही देख पाया हूँ, बस! यह शर्म, यह हया क्या केवल गाँव, बस्तियों, गलियों का ही ज़ेवर है?

यहाँ इस गली में और सईद के मकन में बस दो जगह अपनापन है वरना इस मशीनी शहर के सारे लोग कल-पुर्ज़े बन कर रह गये हैं। यह शायद मेरी शिकायत नहीं, मेरे जैसे भावुक ईरानियों की भी शिकायत है। उसी तरह से जैसे दिल्ली में बरसों से रहने वालों की है कि उनकी बरसों पुरानी संस्कृतियों को रौंदते-कुचलते यह नवदौलतिए, उठाईगीर दिल्ली को बदनाम करते हैं। यहाँ दिल्ली या तेहरान का मसला नहीं। मसला उन बदलती परिस्थितियों में डूबते लोगों का है जो अपने को पहचानते नहीं हैं कि वे क्या हैं? तरक्की की तेज़ रफ़्तार, दौलत की मशीन पर सवार वे लोग भावनाओं, संवेदनाओं को कुचलते, भाग रहे हैं। उनका ईमान, उनकी संस्कृति, उनकी सीमा, उनका धर्म, उनकी मंज़िल—सब कुछ मशीन के पहिये से उठे ग़ुबार में डूब गया है, धुँधला गया है।

दरवाज़े की खट-खट से वह मुड़ा, सामने मकान-मालिक खड़े थे।

"मैंने बेवक़्त आ कर आपको परेशान किया।"

"अरे नहीं, बैठिए!"

जेब से परचा निकल कर बोले, 'मेरी तो समझ में नहीं आ रहा है कि क्या लिखा है। अंग्रेज़ी है।" विजय ने नुस्ख़े पर लिखी दवाओं के नाम, बीमारी का नाम बताया।

"शुक्रिया, बहुत-बहुत शुक्रिया!" कहते हुए वह चले गए। कहीं किसी दफ़्तर में क्लर्क हैं पर लहजे में इतनी नरमी, सहजता, सादापन है कि ताज्जुब होता है कि यह इतने सन्तोष से अपनी इज़्ज़त समेटे क्यों रहते हैं? इन्हें आगे बढ़ने की चाह क्यों नहीं है? जबकि यहाँ से कुछ मील दूर एक महशर बरपा है। किसी को फुरसत नहीं है बात करने की। बिना किसी फ़ायदे के कोई किसी को पहचानता नहीं है। आखिर क्यों?

विजय कल दोस्तों के साथ 'काख़ेयख़' घूमने गया। वहाँ बर्फ़ की स्केटिंग देखी, अंग्रेज़ी फ़िल्म देखी। फिर सब बाहर आ कर स्वीमिंग पूल के पास पड़ी कुर्सियों पर बैठ गए। यहीं एक सिनेमा हॉल है जहाँ अंग्रेज़ी में फ़िल्म दिखायी जाती है वरना सारे सिनेमा हॉलों में जापानी, अंग्रेजी, हिन्दुस्तानी और फारसी में डब फ़िल्में दिखायी जाती हैं। इसी कारण बहुत लोगों से मिलना हो जाता है। विजय से कुछ दूरी पर एक अधेड़ उम्र के साहब बैठे थे। वे इन चारों को देख कर पास आए। "मैं भी शामिल हो जाऊँ?"- बिन बुलाए मेहमान बन कर वह समीप पहुँच गये थे।

"हाँ! तशरीफ रखें।"

"मैं अबू-बकर हूँ।" चारों ने हाथ मिलाया। "मैं विजय", "मैं रमेश", "मैं ज़ामिन" "मैं अनिल हूँ।"

"ख़ुशी हुई आप सबसे मिल कर। मैं यहाँ सराय चलाता हूँ और बहुत ख़ुश, हूँ।" अबू-बकर ने कुर्सी पर बैठते हुए कहा।

"जी हाँ, अच्छा ही है।" अनिल ने कहा।

"आप लोगों को कैसी लगी यह जगह?"

"बुरी नहीं है। चूँकि लौटना है, सो अच्छी ही लगती है।" ज़ामिन बोला।

"मुझे तो दस साल हो रहे हैं पर इस मुल्क का अल्लाह ही मालिक है।" बड़े मियाँ ने टाई ठीक की और चेहरे को दुख से हिलाया।

"क्यों?" विजय ने चौंक कर पूछा।

"सामने देखिए! ये तैरती अधनंगी लड़कियाँ इस्लाम की सारी शरीयत, सुन्नत को ख़त्म कर रही हैं। अफसोस! इस्लाम में औरत के बदन का साया ज़मीन तक को देखने की मनाही है। मगर देखिए, यहाँ तो ज़मीन ही नहीं, बल्कि आसमान, दरो-दीवार नज़ारे में व्यस्त हैं। मुझे तो ताज्जुब होता है।" बड़े मियाँ ने शिकायत

भरे लहजे से माथे पर बल डाला।

"मगर आप देख क्यों रहे है?" ज़ामिन ने धीरे-से होठों-होठों में कहा।

बड़े मियाँ ने सुना नहीं, सो लहरा कर अपनी बात जारी रखते हुए बोले, "मैं चार घण्टों से यहाँ बैठा हूँ! हर तरह की हरकतें देख चुका हूँ। बड़ी आज़ादी है साहब! आप लोग अभी जवान हैं। बचे रहिएगा यहाँ की ..."

उनकी बात बीच में काट कर विजय जल कर बोला, "पर आप यह सब चार घण्टों से देख क्यों रहे हैं? यह भी पाप है, परायी औरतों पर यूँ निगाह डालना..."

"अबू-बकर साहब, आप यहाँ नहीं बचते इन लोगों से?" रमेश ने चोट की।

"इसमें बहुत-सी शादीशुदा होंगी। इस्लाम में तो सख़्त मनाही है दूसरों की बीवियों को यूँ घूरना।" ज़ामिन की बात सुन कर अबू-बकर मगन हो बोले, "मियाँ, मरने के बाद भी इन्हीं हूरों के बीच रहना है। सोचा, यहीं बैठ लूँ। फिर भूल-चूक की माफ़ी है। मुझे क्या पता ये कौन हैं, मगर तुम लोग कब से बैठे हो?" बड़े मियाँ मस्त होकर बोले। उनके पैर तेज़ी से हिल रहे थे और वह कनखियों से सामने खड़ी लड़की के बदन का चोरी-चोरी नाप ले रहे थे।

"आप कभी तैरे हैं अबू-बकर साहब?" ज़ामिन ने पूछ कर उन्हें डिस्टर्ब किया।

"क्यों नहीं, घर के सामने तलैया थी, उसी में डुबकी मारते थे।" अबू-बकर ने जोश में आ कर कहा, पर नज़रें लगातार इंची टेप के काम में लगी थीं।

"हम लोग तो दिल्ली में 'मिक्स क्लब' में तैर चुके हैं।" विजय ने लापरवाही से कहा।

"यानी लड़कियों के साथ? तौबा करो मियाँ। हम लोग ऐसे नहीं है।" उनके मुख पर अविश्वास उभरा।

"आपको आये दस साल हो गए हैं चाचा! फिर आप आये हैं पीलीभीत से। अब चलिए ज़रा बम्बई-देहली की सैर हो जाये। इस जन्नत की हूरों के बाद देशी हूरें भी देखिए।" अनिल ने कहा।

"लाहौल! मियाँ क्या अण्ट-शण्ट बोल रहे हो?" बड़े मियाँ हत्थे से उखड़ गए।

उन्हें यूँ क्रोध में देख कर अनिल बोला, "आप तशरीफ़ रखें, हम लोग चलते हैं।" चारों अपनी जान छुड़ा कर बाहर बस-स्टैण्ड पर आकर खड़े हो गए।

विजय को लगा, यह औद्योगिक, आधुनिक बड़े शहर किसी वेश्या के पहलू की तरह है जिसकी गर्मी और नर्मी से डूब कर सब थोड़े समय के लिए जीना चाहते हैं, लुत्फ़ लेना चाहते हैं। ख़ुशियाँ समेटते हैं मगर इस सबके बावजूद अपनी पाकदामनी, अपने पवित्र विचारों को व्यक्त करने के लिए उसकी बुराई करते हैं और बेचारी ये वेश्याएँ–दिल्ली, तेहरान, काबुल, कराची की शक्ल में अपने आग़ोश

खोले रहती हैं, जिनकी गर्मी को भोगने वाले कुछ दिन बाद दामन झटक कर चले जाते हैं।

कम्पनी से पाँच साल का कान्ट्रैक्ट समाप्त होने वाला है। कल ही उसे कम्पनी की ओर से पाँच साल के लिए ज़्यादा तनख़्वाह पर रुक जाने का ऑफर मिला है। विजय की समझ में नहीं आ रहा है कि इस अवधि को बढ़ाए या कान्ट्रैक्ट ख़त्म करके चला जाए। रात-भर सिगरेट फूँकते, अगला-पिछला सोच कर, उसने जवाब 'हाँ' में लिख दिया और साथ ही तीन मास की छुट्टी की एप्लीकेशन। कोई हर्ज नहीं है। इन तीन मास में यदि कोई नौकरी दिल्ली में मिल जाती है तो ठीक, वरना इस दमावन्द के साये में लौट आऊँगा।

परसों पाँच साल पूरे हो गए। एयरपोर्ट पर उसका सामान देख कर अनिल ने कहा, "बस! यही दो अटैची और बैग है न।"

"हाँ" कह कर विजय ने उसे मशीन पर रख दिया। बैग पर स्लिप लगवा कर वह बाहर निकला। बैग बन्द नहीं हो रहा था। तीनों चीज़ें सामान से उबल रही थीं।

दोस्तों से हाथ मिला कर चलते समय जाने क्यों विजय का दिल भारी हो उठा। लगा, 'मैं, यानी विजय कुमार, वल्द श्याम कुमार इस सरज़मीं से इतनी आसानी से पाँच साल का सम्बन्ध तोड़ किसी वेश्या की तरह अपनी कमाई का बोझ उठाए नए ग्राहक की तलाश में जा रहा हूँ।'

आईना

सारी लड़कियाँ एक-एक करके घोड़ा गाड़ी पर चढ़ गयीं, एक-दूसरे पर झुकी-लदी हुईं। कैमरे की चहारदीवारी में क़ैद होने के लिए बेक़रार अंगूर के दानों की तरह रस भरे उनके चेहरे और चेहरों के पीछे नीली काशीकारी से बना मस्जिद का बुलन्द दरवाज़ा। कैमरामैन कैमरा ऊपर-नीचे, दायें-बायें कर रहा था। आखिर थक कर वह घास पर औंधे लेट गया और गर्दन ऊँची उठा कर अंगूर के इस खोशे की तस्वीर खींचने में क़ामयाब हो गया।

ऊपर नीले आसमान से रंग-बिरंगी चिड़ियों का झुण्ड फ़ौव्वारे के पास हौज़ के किनारे उतरा। गिरती बूँदों के बीच हाँफते-जलते अपने नन्हे अस्तित्व को तृप्त कर फिर ऊपर जाने किस दिशा को उड़ गया।

चिड़ियों को पकड़ने की लालच में दौड़े बच्चे को दो मज़बूत हाथों ने पकड़ लिया। "शैतान! पानी में गिर जाता तो?" अपना मुँह बच्चे के पेट में रगड़ते हुए जवान ने कहा।

सामने, थैले-पोटलियों को पकड़े बड़ा-सा ख़ानदान सड़क के किनारे रखे बड़े से पीतल के समावर से पानी पी रहा था। चादरों में लिपटे सुर्ख़ चेहरे अजीब गर्मी का एहसास दिला रहे थे।

अपनी दुकान के स्टोर रूम से रामिश मैदानेशाह के इस दृश्य को देख रहा है। बेचैनी केवल उसकी आँखों से नहीं टपक रही बल्कि जिस अन्दाज़ से वह कूची की नोक से बालों की लटों को बिखेर रहा है, उससे लग रहा है कि वह बहुत परेशान, किसी गुत्थी को सुलझाने में लगा है। रामिश ने बाज़ार के दूसरे कोने की तरफ नज़र डाली। क़लमकारी की दुकान पर भीड़ है। भीड़ से हट कर कोने में बैठा ज़मीर लगातार पीतल की बड़ी सेनी पर रखी छेनी पर हथौड़ी मार रहा है। उसकी दुकान के बाहर रखे नकशीन बर्तनों के साथ एक अमेरिकन वृद्धा तस्वीर खिंचवा रही है। इस समय मैदानेशाह में कितने ही कैमरामैन घूम रहे हैं। लोग भी केवल इस कारण तस्वीर खिंचवा लेते हैं कि पाँच मिनट बाद ही तस्वीर

धुली मिल जाती है। फ्रेम चाहिए, फ्रेम भी है। फौरन खिंची, धुली तस्वीर की .खुशी ही दूसरी होती है। यहाँ दिमाग़ में छवि मौजूद है। आँखों में उसकी उस आकृति को खींच लिया है पर ब्रश साथ नहीं दे रहे हैं। रामिश ने उकता कर ब्रश वहीं दीवान पर फेंका। बेदिली से कंधों पर जर्किन डाली और नीचे दुकान में उतरा, "फरीद, मैं अभी आया।"

बाहर निकला। इधर-उधर सामान ख़रीदते हुए लोग विशेषकर लड़कियाँ रामिश को देखने लगीं। प्रकृति की इस प्रधान कृति पर किसी की दृष्टि ठहर न पाती थी। लड़कियाँ ओठों को दाँतों में दबा कर निकलने वाली सिसकी को रोकतीं, पर रामिश इन सारी बातों से बेगान अपने सौन्दर्य से अनभिज्ञ .खुदा की बनाई दूसरी कृतियों को, दूसरे शाहकारों को ढूँढ़ने, पाने, उन्हें काग़ज़ पर ज़िन्दा करने के लिए तड़पता रहता।

सड़क पार कर घास की ढाल से नीचे पेड़ों के साये में खड़ी कारों के पास आया। जैसे ही चाहता था कि दरवाज़ा खोले, सामने से वह कल वाली लड़की आती दिखी। रामिश ने कार की कुंजी को दोबारा जेब के हवाले किया और दुकान की ओर लौट आया। लड़की चादर से अच्छी तरह बदन को छुपाए उसी मिनिएचर को देख रही थी, "उफ़, रंगों का क्या तालमेल है, क्या बारीकी है।" हाफ़िज के शेर पर बनी मिनिएचर वाकई क़यामत थी। उसने तस्वीर से नज़र हटा कर पूछा, "कितने की है?"

"कल ही वाली क़ीमत की है", फरीद रोज़-रोज़ के प्रश्न से चिढ़ कर बोला। "अच्छा!" उसका गुस्से-सा स्वर उभरा और तेज़ी से आगे बढ़ गयी। रामिश जो समीप ही खड़ा था, उसको लड़की का यह अन्दाज़ अजीब लगा। वह चित्रकार है। इन्हीं तस्वीरों का सृजन करता है और वह यूँ पास से गुज़र गयी जैसे वह एक मामूली ख़रीदार है वरना लड़कियाँ बिना किसी कारण के उससे बातों के बहाने ढूँढ़ती हैं। उसे नज़र भर देखने के लिए तरसती हैं। इसी कारण वह दुकान फरीद के हवाले कर स्वयं ऊपर गैलरी में रहता है। उसके यूँ जाने के बाद रामिश का ख़ालीपन और बढ़ गया। वह आश्चर्य से काली, फूलदार चादर में लिपटी इस युवती को दूर तक जाते देखता रह गया। "अजीब क़ैफ़ियत है इन आँखों की।" अभी तक वह आँखों के सिवा कुछ नहीं देख पाया था। लड़की आगे जा कर क़लमकारी की दुकान में गुम हो गयी थी।

धूप की गर्मी कम हो गयी थी। दोबारा बाज़ार में भीड़ उमड़ आयी थी। इस्फाहान निस्फे जहान का मैदानेशाह, ऐतिहासिक इमारतों, सफ्फवी काल की काशीकारी की कला का एक वैभवपूर्ण अवर्णनीय कला का नमूना है। नीली, हरी, काशीकारी और खतेकूफी से सजी इन इमारतों के कार्य में बसे इन कलाकारों की व्यवस्था देख कर लगता है, आसमान ने मैदानेशाह पर दोनों हाथों से हुस्न की बारिश की है। चारों ओर मस्जिदों और अलीकापू राज भवन के साये में पनपने वाले कलाकारों

की भावनाओं से डूबी उनकी छैनी, हथोड़ी, ब्रश, चाकू इतने संवेदनशील, इतने भावपूर्ण हो उठते है, कि रंगों के डिब्बों के पीछे से रामिश ने तस्वीर उठायी। उसे ईज़ल पर लगा कर उन आँखों में वही कल वाली औरत की आँखों की क़ैफ़ियत उभारने लगा। धुएँ, खनिज, वनस्पति, कीट-पतंग से बने पक्के प्राकृतिक रंगों को वह उन बोलती आँखों में लगाना चाह रहा था। सूई जैसे बारीक ब्रश से महीन-महीन बिन्दियाँ काग़ज़ के सीने पर उभर रही थीं। हाथ और दिमाग़ साथ-साथ चल रहे थे। उन आँखों में दहशत थी, डर था नहीं, बुलावा था। नहीं-नहीं, सिर्फ़ जादू था। ठण्डक थी, नहीं, अतिशकदे की गर्मी थी। सम्मोहन था, नहीं! नहीं! ग़लत। यह सब कुछ न था। उन आँखों में पोखरों में खिले कमल जैसी रंगीनी थी, ताज़गी थी। दीवाना बनने वाली कोशिश थी। एक के बाद एक भाव बदल रहा था। उन आँखों को व्यक्त करने में रामिश की तूलिका गुम हो गयी थी, जाने क्यों? झुँझलाहट और बेबसी से उसने ब्रश सारी तस्वीर पर पोत दिया और तेज़ी से दुकान में आया। एक बैचेनी, बेकली, घुटन, ऐसी तकलीफ़—जो सृजन के लिए छटपटा रही हो। नीचे आ कर फरीद से चाय के लिए कहा, और कमरे में रखी तस्वीरों को आगे-पीछे करने लगा, तब ही कुछ ग्राहक आ गए।

"शाहनामे पर कोई मिनयातूर है?"

"इधर तशरीफ़ लाएँ...यह है रुस्तम के जंग का दृश्य और यह है सोहराब का..."

"ठहरिये! इस जंग वाली तस्वीर को उठाइएगा।" रामिश ने तस्वीर को सामने काउण्टर पर रख दिया—ग्राहक हर कोण से उसे देखता रहा फिर बोला, "पैक कर दीजिए।"

इतनी महँगी तस्वीरों को केवल दिल वाले ही नहीं बल्कि जेब वाले लेते हैं। उसने दो-तीन और छोटी-छोटी तस्वीरें लीं। रामिश का झुकाव बचपन से ही कला की ओर था। फारसी साहित्य में एम.ए. करके उसने छह सालों के अध्ययन को, कविताओं की गहराई को, उनके अर्थों की रंगीनी को इन्हीं तस्वीरों में डुबोया था। वह स्वयं शायर न था पर हर अच्छे शे'र को पढ़ कर उसका मन किसी पहाड़ी नदी की तरह स्वच्छ, बहाव की तरह पत्थरों पर सिर पटकता, उनसे टकराता बहने लगता और फिर भावनाओं की लगातार दस्तक दिल और दिमाग़ को मज़बूर करती कि वह सादे काग़ज़ पर रंग भरे।

रामिश ने पिछले पन्द्रह दिनों से कुछ नहीं बनाया था। यूँ ही परेशान, थका-सा अपने को खोया हुआ महसूस कर रहा था। आज जब फिर वह चादर में लिपटी आँखों वाली हिरनी आयी तो उससे न रहा गया। लड़की ने हमेशा की तरह जैसे ही उस तस्वीर की क़ीमत पूछी, रामिश ने कहा, "आखिर तुम्हें कितने में चाहिए? आधी क़ीमत कम कर देता हूँ।"

"पर आधी कीमत है किसके पास?" कह कर वह हँसी तो हमेशा दाँतों के कोनों से पकड़ी चादर फिसल गयी। रामिश इस शहकार की ताब न ला सका। आँखें, रुख़सार, गर्दन--सब कुछ लगा, खुदा ने बड़ी मेहनत से बनाया है। न कोई कमी, न कोई ज़्यादती। लगा, हर अंग दूसरे अंग का पूरक है। गर्दन के नीचे अनार जैसे हसीन उभार, कमर का ख़म। एकाएक रामिश को जलन और हसद का एक ऐसा भाव उमड़ा कि उसका चित्रकार मन तड़प उठा, 'मैं इससे भी हसीन आकृति उभारूँगा। अभी, इसी समय।' लड़की उसकी इन वहशत भरी आँखों में तैरते पागलपन को समझती और सँभलती कि इसके पहले ही रामिश तेज़ी से सीढ़ियाँ चढ़ कर ऊपर जा चुका था और लड़की डरी घबराई-सी बाहर की ओर भागी।

रामिश बेचैन-सा कई रोज़ से जाग रहा है। गर्दन खमदार बनती है तो उसके नीचे के उभार में वह भरापन नहीं आ पाता। चेहरा कटावदार बनता है तो होंठ उतने रसीले नहीं बन पाते हैं। सब कुछ बन जाता है तो आँखें बेजान हो जाती हैं। उसे ठीक करो तो नितम्ब का उभार सीने के उभार से तालमेल नहीं खाता। उसने थक कर ब्रश फेंका और सर पकड़ कर बैठ गया। 'बहुत हो चुका! अब नहीं बनाऊँगा, नहीं बनाऊँगा।' पास में पड़े सारे बिखरे काग़ज़ों को टुकड़ों में बदल दिया। नया सफेद काग़ज़ ईज़ल पर लगाया, ब्रश उठाया पर भावना ने, कल्पना ने साथ ही छोड़ दिया। क्या बनाए? लगा, विचारों के जंगल के जंगल उजड़ गए हैं। दिल और दिमाग़ ऐसे सपाट जैसे नंगी धरती। झुंझलाहट में बेमतलब ब्रश से बनती बिन्दियों से एक आकृति उभारने लगा। मन में तूफान की तरह विचार उमड़ा, 'हार गए न रामिश? इसी पर दम भरते थे कि तुमसे अच्छा कोई चित्रकार नहीं है? मानी[1] और कमालुलमुल्क[2] से आगे बढ़ने के स्वप्न का क्या हुआ?' रामिश के हाथ का ब्रश थम गया। 'जीते-जागते बदन को काग़ज़ पर न ढाल सके? आँखों से नापना, देखना और सोचना--समझना छोड़ दिया है क्या?'

"नहीं, नहीं।" रामिश ने तड़प कर कहा और मुट्ठी को दीवार पर ज़ोर से मारा। लगा, घुटन ने साँसों को सीने में रोक दिया हो। कमीज़ के बटन खोल दिए और लम्बी साँस खींची और दीवानों की तरह ईज़ल पर लगे काग़ज़ पर रंगों की बौछार कर दी।

रामिश की दो माह की दीवानगी का एक ही रास्ता था कि घर वाले उस आँखों वाली हिरनी को रामिश के लिए माँग लें। रामिश से पूछने का सवाल ही क्या था? सबको मालूम था कि पागलों की तरह केवल आँखें बनाना, उन्हें फिर फाड़ देना मजनूँ का भाई ही कर सकता है। पर घर वाले उसके आन्तरिक मंथन को समझने में असमर्थ थे। स्वयं रामिश ही कहाँ अपने को समझ पाया था कि

1-2 ईरान के प्रसिद्ध कलाकार।

आखिर वह क्या चाहता है और क्यों बेचैन है? वह कला की किस सीमा पर पहुँचना चाहता है। उसका यह असन्तोष उसे कहाँ ले जायेगा?

गली-दर-गली में वह टूटा-फूटा मकान, जिसमें ढेरों कूड़े-कबाड़े के साथ वह रहती थी। उसके माँ-बाप को सुन कर यक़ीन ही न आया मगर सच के आगे घुटने टेकने पड़े। सब कुछ तय हो गया। रामिश की बेचैनी में एक बदला लेने का भाव उमड़ने लगा। मैं इस लड़की का सारा सौन्दर्य, सारा लावण्य मिटा दूँगा। बहुत गहरे रंग भरूँगा। उसके बाद शायद अपने चित्र को बना सकूँगा। हल्के सूफ़ियाने, दिलनशीन, दिलकश रंग, लकीरें और ख़म।

शादी के दिन भीड़-भाड़, हँगामे, थकान में कई घण्टे गुज़र गए। रामिश जैसे चित्रकार की शादी हो और वह भी ख़ामोशी से? नामुमकिन था, सो रात भर प्रोग्राम चलते रहे।

सुबह होते हुए जब उसे रौशनक को देखने का मौक़ा मिला तो नशे और थकान से उसकी आँखें .ख़ुमार में डूब चुकी थीं। लगा, ज़रबफ्त से सुनहरे रेशमी तारों से बुन कर खुदा ने इसे बनाया है। इतनी नक़्शदार, इतनी ख़मदार! शायद पैग़म्बर भी इसे देख कर अपनी पवित्रता को छोड़ बैठेंगे। करीब आया, उसे छुआ। जलन महसूस हुई। अपने आपसे बोला, "तुम बादलों से उड़ कर नहीं आयी हो, न ज़मीन ने तुम्हें जन्म दिया। तुम मेरी तरह इन्सान हो फिर मेरे दिल में यह प्रतिस्पर्धा की, यह तड़प की भावना क्यों पैदा हुई है?" बहुत देर तक उसे निहारने के बाद दार्शनिक अन्दाज़ में बोला, "मुझे मालूम है और सच्चाई भी यही है कि यह सब कुछ ढल जायेगा क्योंकि मिट्टी, मिट्टी में मिलती है", उसके कंधे को झिझोड़ते हुए अपने आपसे बोले जैसे स्वयं को दिलासा दे रहे हों। "सारी सुन्दर चीज़ों को एक दिन नष्ट होना है। समाप्त होना है...परन्तु मेरी तस्वीरें कभी बूढ़ी नहीं होंगी। कभी नहीं मरेंगी, कभी उनके चेहरे झुर्रियों से बदनुमा नहीं लगेंगे, बल्कि समय के साथ मेरी कला की कीमत बढ़ेगी और तब ख़ुदा की बनायी तस्वीर समय के साथ ढलेगी, मिटेगी, समाप्त हो जायेगी।" उसे अपने प्रतिद्वन्द्वी से आगे बढ़ जाने का एहसास हुआ और बड़ी बेरहमी से उसने दूसरे कलाकार की रचना को हर कोण से देखना शुरू कर दिया। दीवानगी के तौर-तरीकों को रौशनक नहीं समझ सकी पर उसे लग रहा था कि जैसे उसको सम्भाला नहीं, तोड़ा जा रहा है। फूल की पंखुड़ियाँ खोली नहीं, बिखेरी जा रही हैं। पर पहला स्पर्श जैसा भी हो, सुन्दर होता है।

नीचे दुकान की सारी ज़िम्मेदारी फरीद के ऊपर थी तो भी रौशनक दोपहर के बाद थोड़ा-बहुत हाथ बँटाने दुकान पर आ जाती थी। लंच वे साथ करते और रात को साथ ही घर लौटते। दोपहर का सारा समय रौशनक का ऊपर आर्ट गैलरी में गुज़रता तो भी रामिश उस अधूरी तस्वीर को पूरा न कर पाया था जिसकी खटक और कसक उसे अक्सर बेचैन कर देती और वे दिन रौशनक पर बहुत भारी गुज़रते।

बिना किसी कारण, किसी ग़लती के रामिश का मिजाज़ बिगड़ जाता, बात-बात पर झिड़कता, चिड़चिड़ाता। फिर उसके कपड़े बदलने, मेकअप करने पर नाराज़ होने लगता और जब यह बुख़ार उतर जाता, तो वह रौशनक को इतनी नर्म दृष्टि से देखता जिसमें क्षमा माँगने के भाव का गीलापन होता। उसको इस तरह छूता जैसे वह शीशे की हो। ज़रा-से दबाव से टूट कर बिखर जायेगी। उसके इस अनोखे मनुहार से रौशनक सब भूल जाती। और अब रौशनक इन सारी बातों को सहने की आदी हो चुकी थी। उसे लगता, यह केवल एक कलाकार का संवेदनाओं से उबलता दिल और दिमाग़ है जो उसे आम आदमी की तरह व्यवहार करने से रोकता है।

सो अब वह इन सारी बातों पर न छुप कर रोती, न मेकअप के सामान को खिड़की से बाहर फेंकती, न खाना छोड़ती। अब तो वह चुप हो जाती थी। फिर यह दिन उसके ऐसे थे भी नहीं कि वह बच्चों की तरह से रो कर, रूठ कर गुज़ारती। वह .खुद बच्चे की माँ बनने वाली है। जितना भी ख़्याल कर सकती है वह अपना करती है। मेकअप तो बच्चे के .ख्याल से कम कर दिया है। बस, आँखों का मेकअप उससे छोड़ा नहीं जाता है। समुद्र जैसी नीली-हरी आँखों या हरी-नीली आँखों को सजाती है। उसकी आँखों का रंग सचमुच ऐसा ही है कि उसे एक रंग का नहीं कह सकते हैं। उस पर जब मसकारे से आँखें सजा कर वह आँख नीचे एक महीन-सी हरे-नीले रंग को मिला कर आईशेड की लकीर लगा लेती है तो लगता है, समुद्र के सीने पर किसी जहाज़ ने लंगर डाला है और यह पतली लाइन पानी की पतली लहर है जो जहाज़ के एक किनारे पानी की शक़्ल में जमा हो गयी है और इसी क़ैफ़ियत से रामिश तड़प उठता है। उसके अन्दर हीनता की भावना पनपने लगती है कि इन आँखों को वह काग़ज़ पर क्यों नहीं उभार सका? आखिर वह इन भावों को तूलिका की कैद में क्यों न बाँध सका?

रौशनक हस्पताल में है और रामिश को जाने क्यों अपने ऊपर गुस्सा है। अपने बेदर्दाना सुलूक पर शर्मिन्दगी है। यह भी कोई बात है? दो रोज़ से रौशनक तड़प रही है। उसके चेहरे को ओर देखा नहीं जाता है। अपने जुर्म और बर्बरता का एहसास बढ़ता है। अनार की कली की तरह के होंठ मुड़ कर सफेद हो गए हैं पर आँखें आज भी उसे धोखा दे रही हैं। उन आँखों में गर्व, नाज़, दर्द, बलिदान, जीत—जाने कितने आकर्षक भाव अब भी हर कोने से निकल कर उसे उद्वेलित कर रहे हैं।

पर अपराधी भाव से ओत-प्रोत रामिश यह हक़ीक़त भूल गया है कि सृजन से पहले हर चित्रकार, हर कलाकार मौत-ज़िन्दगी के झूले में झूलता है, चाहे तूलिका से रंग भरना हो या बर्तन पर कलमकारी के नमूने उभारने हों या कविताओं व

गद्य की पंक्तियों से काग़ज़ काले करने हों। गुज़रना सबको मौत के पुल से होता है।

चौथे दिन रामिश का शरीर व मानसिक तापमान सन्तुलित हुआ। मालूम हुआ कि रौशनक ख़तरे से बाहर है और उसने जुड़वाँ बच्चों को जन्म दिया है। मुबारकबाद के मिलने वाले शोर ने शर्मिन्दगी के अहसास को घमण्ड की अंगड़ाई से तहस-नहस कर दिया। उसका मन नये पद देने वालों को देखने के लिए आतुर हो उठा।

बच्चे बहुत सुन्दर थे। रामिश, साकित और जामिद खड़ा रह गया। महसूस हुआ, इस बार रौशनक मुझसे बाज़ी ले गयी। रौशनक ने फीके ओठों से पूछा, "देखा! कैसी लगीं दोनों मिनिएचर?"

रामिश को हँसी आ गयी। वाकई दोनों बच्चों ने अपने माँ-बाप से इस तरह चीज़ें चुरायी थीं कि बहुत ढूँढ़ कर भी कोई नहीं कह सकता था कि नाक किसकी है, आँख किसकी? हाथ-पैर किसके, रंग और बाल किसके हैं?

बच्चों से नज़र हटा कर रामिश ने जब रौशनक को देखा तो महसूस हुआ कि वह पहली बार खुदा के शाहकार को खुली आँखों से देख रहा है। उसकी विभिन्न भावों से मिश्रित आँखें आज पहली बार दोस्ताना लग रही थीं। वह क़रीब आया। नीली-हरी या हरी-नीली आँखों में जाने कितने चिराग़ जल रहे थे। उनसे उठती लपटों को देख कर लगा, हर काग़ज़ पर हर तस्वीर नहीं उभर सकती है। मन हल्का हो गया। द्वेष, ईर्ष्या, प्रतिस्पर्द्धा की भावनाएँ जाने कहाँ लुप्त हो गयीं। अपने प्रतिद्वन्द्वी से दोस्ती के भाव से प्रेरित हो कर रामिश ने अपनी सारी बेचैनी, तड़प, घुटन, बेक़रारी, हीनता, क्रोध, झुँझलाहट को उस प्रधानाकृति की पेशानी पर दफ़न कर दिया।

शामी काग़ज़

कमरे के बीचों-बीच क़ालीन पर बिछे सुफ़रे पर फल सजे थे। लोग आ रहे थे और जा रहे थे। पुरसे की यह रस्म तो अब ज़िन्दगी भर चलेगी। स्याह चादरों में लिपटी औरतें अबाबीलों की तरह कमरे के चारों तरफ़ आँखें पोंछती, नाक सुड़कती घूम रही थीं और अबाबीलों से भरे इस कमरे में पाशा किसी सूखी नदी की तरह ख़ामोश निढाल पड़ी थी। उसके चारों तरफ इतने लोग, इतनी आहें, इतने आँसू! आखिर उसका अपना ग़म इतना सरेआम क्यों हो रहा है?

"सच! तुमने मोहसिन को नहीं देखा?" पहली औरत ने कहा।

"मैं शादी में कब आयी थी?" दूसरी औरत ने सेब काटते हुए जवाब दिया।

"अच्छा! वह उधर, तीसरी तस्वीर मोहसिन की है!" पहली औरत ने बताया।

"मैं अनार खाऊँगा, सेब नहीं।" लड़का ठुनका।

"चुप! पिदरसूखते[1]! घर नहीं है।" दूसरी औरत ने बच्चे को कोहनी मारी।

"अरे! अब भला बच्चा क्या समझे।" पहली औरत ने अनार उठाते हुए कहा, "लो बेटे, मैं तुम्हारे लिये अनार घुला देती हूँ।" यह कह कर उसने अनार को उँगलियों से दबाना शुरू कर दिया।

"अभी तो ट्रेनिंग में था न?" दूसरी ने चादर से सिर को ढक कर कहा। बच्चा दोनों औरतों के बीच में घुटनों के बल बैठा अनार का इन्तज़ार कर रहा था।

"हाँ, अभी साल भर बाकी था।" पहली औरत ने अनार के पिलपिले खोल में छेद करके बच्चे को थमा दिया। बच्चे ने तेज़ी से अनार के रस को दो-तीन घूँट में ही चूस कर ख़त्म कर दिया।

पाशा को यूँ पथराई हुई देख कर बूढ़ी औरतें घबराने लगीं। 'कहीं इसको कुछ हो न जाए?' कुछ सोच कर काली-सफेद छींटदार चादरों में लिपटी औरतों ने पाशा को घेर लिया और पाशा को रुलाने की तरकीबें करने लगीं। मगर पाशा भी जाने किस मोम की बनी थी कि पिघलती ही न थी। बस, आँखों से निकलती लौ की धधकती आँच बता रही थी कि शमा रोशन है। मगर सुलगने के बावजूद

1. जिसका अर्थ है 'तेरा बाप जला हुआ।' यह प्यार और क्रोध, दोनों में कहा जाता है।

लोग गर्म पिघलते मोम को देखने के लिए आतुर थे।

दरवाज़े के पास आने वाली औरतों और साथ ही जाने वाली औरतों की भीड़ लगी थी। पाशा के पास पहुँचने से पहले ही वह अपनी भावनाओं का आदान-प्रदान कर रही थीं।

"काश! बच्चा होता तो यह हालत न होती! ग़म भी आसानी से बँट जाता।" किसी ने अपने खट्टे-मीठे अनुभव की रोशनी में कहा।

"तुम्हें क्या पता, शायद होने वाला हो?" दूसरी ने उम्मीद दिखायी।

"हाँ, क्यों नहीं, अभी हफ़्ते भर पहले मोहसिन यहीं तो था।"

"अरे जिस दिन यहाँ से गया है, उसी दिन तो एक्सीडेण्ट हुआ है न।" ठण्डी साँस भर कर किसी ने कहा।

"बेचारी की गोद भर जाए तो अच्छा है।"

"क्या अच्छा हो? कहो कि बच्चा न हो तो अच्छा है। कम-से-कम सकून से दूसरी ज़िन्दगी तो शुरू कर सकेगी।" किसी तजुर्बेकार औरत ने सबको डाँट बतायी।

"बात तो ठीक है। यही उम्र है शौहर करने की! फिर नया शौहर दूसरे के बच्चे को रखना पसन्द करे या न करे?"

"बड़ी मुसीबत है इस उम्र में।"

"कच्ची मिट्टी है बेचारी की।"

पाशा सोच रही थी—रोज़ उसके ग़म के सहरा से गुज़रने वाले ऐसे कितने कारवाँ आते हैं जिनके बीच वह यादों की आँधियों के तूफानी थपेड़ों में डगमगाती एकान्त के लिए भटकती रहती है कि काश! इन रेत के बवण्डरों के बीच उसको अपने कमरे का शान्त कोना नसीब हो जाये जहाँ वह मोहसिन के कपड़ों से उठती लपटों की खुशबू के बादलों में डूब जाये और यादों के क़ाफिले पर बैठी वह सारे बीते दिनों के फासले तय कर डाले जिनका सफ़र तीन साल पहले शुरू हुआ था। पहली मुलाक़ात से ही तो दोनों की साँसों का हिसाब एक हो गया था। मगर अब यूँ बीच में ही मोहसिन ने अपनी साँसों को समेट कर उसकी ज़िन्दगी के हिसाब को ही ग़लत कर दिया था। अब तो सिर्फ सामने पानी से फैले अंकों का न समाप्त होने वाला समुद्र है।

मोहसिन से बिछुड़े हुए आज दो हफ़्ते गुज़र गये हैं। पाशा को लगता है, सदियों से वह इतनी ही तन्हा और ख़ामोश थी बल्कि उसको अपने पत्थर दिल पर आश्चर्य होता कि वह रोना तो भूली सो भूली, हँसना भी भूल गयी? हँसने की तो उसे आदत थी मगर, इस सबके बाद भी इस पत्थर दिल में भी एक शिग़ाफ़ था जिसमें एक नन्ही-सी ख़्वाहिश सोयी पड़ी थी कि काश! मोहसिन की आख़िरी निशानी उसे मिल जाये! हो सकता है उसका अंश उसके अन्दर पनप रहा हो?

'... .खुदाया! मुझे लड़का देना! एकदम मोहसिन की तरह। वही आबरू, वही हँसी, वही आँखें...मैं पूरी ज़िन्दगी बिना किसी शिकवे के काट दूँगी।' पाशा दो जानू क़ालीन पर आँखें बन्द करके बैठे गयी। उसका रोआँ-रोआँ दुआ माँग रहा है। तब ही एक ख़याल उभरा, 'अगर ऐसा न हुआ तो...तो मैं क्या करूँगी?' इस ख्याल से घबरा कर वह खिड़की की तरफ गयी। खिड़की खोल दी। फिर जब कुछ समझ में न आया तो घुटनों में सिर रख कर बैठ गयी। 'नहीं, ऐसा नहीं होगा! हरगिज़ नहीं होगा। यह केवल मेरा वहम मात्र है।' उसने चेहरे को ऊपर उठाया, रूमाल से आँखें पोंछीं, 'मुझे उम्मीद का दामन नहीं छोड़ना चाहिए—बल्कि मुझे .खुश रहना चाहिए, ताकि बच्चे की सेहत पर बुरा असर न पड़े।' तब रूमाल से वह दीवानावार आँसुओं को रोकती वार्डरोब खोल कर मोहसिन के कपड़ों में चेहरा छुपा कर लम्बी-लम्बी साँसें भरने लगी। आँसुओं के सैलाब को .खुशबुओं के बादलों ने अपने में जज़्ब कर लिया और पाशा अपने को सँभालती हुई वार्डरोब बन्द करके पलंग पर ढेर हो गयी।

फ़रजाना ख़ानम दरवाज़े के पास आयीं। पाशा को यूँ आँखों पर हाथ रखे लेटा देख कर, उसे सोता जान कर लौट गयीं। मगर सच्चाई यह है कि पाशा सो नहीं, जाग रही है और बीते लम्हों के पैबन्द वर्तमान में लगा कर जीने की कोशिश कर रही है। यूँ सोती दिखना उसे अधिक सन्तोष देता है। कम-से-कम वह अपनी मर्ज़ी से सोच तो सकती है वरना हरदम भीड़ से घिरी केवल दुनियादारी के दुख-भरे शब्दों से अपने आत्मसम्मान को घायल होता ही देखती है। भला कोई है संसार में ऐसा जो मोहसिन का ग़म उससे बाँट सके? मोहसिन की तरह उसका ग़म भी तो उसका अपना है, उसमें किसी का हक़ नहीं है। कोई उसका भागीदार नहीं। उसे मालूम है इस घर में इस समय क्या हो रहा है। बहनें पास के कमरे में सिलाई कर रही हैं। माँ, घर के आँगन में हौज़ के किनारे अनार के पेड़ों के नीचे पड़ोसिनों से बैठी बातें कर रही है। राशदा ख़ाला हुक़्क़ा पी रही हैं और तम्बाकू की .खुशबू उसके नथुनों में बस रही है। मारिया झूला झूल रही है, ज़ंजीर से निकलती चूँ-चूँ की आवाज़ उसे सुनायी पड़ रही है। पिछवाड़े ख़ानम जिन्देदिल कपड़ा धोते हुए लुन्द[1] गा रही है। उसका अर्थ ज़ेहन में आते ही कलेजा धक-धक करने लगा।

''मैं कल रात आयी पर तुम घर पर न थे,
सच कहो, कहाँ गये थे,
याद नहीं, कहा था कि मेरे समीप रहोगे?
.खुदा की क़सम सक्केख़ाने गया था,
जो शमा तुम्हें पाने के लिए जलाई थी,
उसे मुराद पा लेने के बाद बढ़ाने गया था।

1. लोक गीत

झूठ न बोलो, झूठ न बोलो, यह शब्द फिर न कहना,
तुम मेरी रक़ीब के साथ जाजे नदी पर देखे गये थे,
जहाँ नदी के किनारे बैठे उससे बातों में डूबे थे।''

इस लुन्द के उठते गिरते सुरों में शबे यल्दा (25 दिसम्बर की रात) की रात आँखों में तैर गयी। कितना मज़ा आया था। उस दिन भी ख़ानम ज़िन्देदिल मेवे सजाते हुए यही लुन्द गा रही थीं। दोनों घरों की बैठक की खिड़कियाँ आमने-सामने ही खुलती थीं। मोहसिन ने शरारतें शुरू कीं। उसके मज़ाक पर जब जिन्देदिल शरमा गईं तो और तूफ़ान मचा और मज़े की बात यह कि इस मज़ाक में स्वयं ज़िन्देदिल के शौहर सबसे ज़्यादा मज़ा ले रहे थे, और उसे छेड़ रहे थे।

फ़रजाना ख़ानम को अकेली लौटते देख कर किसी मेहमान औरत ने पूछा, ''क्यों, पाशा सो रही है?''

''हाँ! लेटी है'', फ़रजाना ख़ानम थोड़ा शर्मिन्दा हो कर बोलीं। उन्हें बेटी को उठाना अच्छा नहीं लगा और इधर बीस मील दूर से आयी पुरसेवालियाँ!

''चलो, फिर मिल लूँगी। ऐसी हालत में कुछ लड़कियों को नींद बहुत आती है।''

''क्या सचमुच पाशा के पैर भारी हैं?''

''कुछ कह नहीं सकती, पूछने की हिम्मत किसमें है? वह तो जब कभी बोलती भी है तो लगता है, कहीं टूट न जाए'', फ़रजाना ख़ानम ने आँसू पोंछे।

''इतना ख़ामोश रहना ठीक नहीं है। पहले ही धान-पान थी, इस ग़म ने तो जैसे ख़ून ही निचोड़ लिया है।''

''हाँ, जिस पर पड़ती है, वही जानता है।'' राशदा ख़ाला ने हुक्का गुड़गुड़ाया।

उसी समय एकाएक शीरीन ख़ानम तेजी से दाख़िल हुई। सिर पर ओढ़ी चादर को उतार कर अनार की शाख पर डाल कर बोलीं, ''ख़ुदा की क़सम, ज़रा मेरे बालों को तो देखो!''

सबकी नजरें एक साथ उनके सर पर टिक गयीं। गहरे कत्थई बालों पर चन्द सुनहरी लटें ऐसी लग रही थीं कि जैसे भुट्टे के बालों को जान-बूझ कर चिपकाया गया हो।

''हुआ कैसे?'' एक ने बालों को छूते हुए कहा।

''अरे, सुबह-सुबह सुहेला मुझसे धागा माँगने आयी थी। मुझे डाई के इन्तज़ाम में लगा देख कर बोली—लाइये ख़ाला, मैं आपके बाल डाई कर दूँ! मैंने शामते-आमाल 'हाँ' कर दी।''

उसी समय कपड़ों की कतरनों को हाथ में पकड़े सुहेला बाहर निकली।

''वह देखो! आ तो रही है। पूछो, मेरे बालों का क्यों सत्यानाश किया है

इसने?" शीरीन ख़ानम के इस तरह कहने से सब सुहेला की ओर देखने लगीं। पहले सुहेला सिटपटायी, फिर बड़ी नर्मी के साथ दुःख प्रकट करने लगी।

"खाला, मैं क्या करती? डाई ही कम था, दूसरे, स्टाक भी पुराना। आपसे तो हमेशा कहती हूँ कि डाई वग़ैरह छोटी दुकानों से मत लिया कीजिए।"

"लो और सुनो! ख़ैर, अब अपनी इस बर्बादी को ठीक कराने मैं ब्यूटी सैलून जा रही हूँ।" शीरीन ख़ानम ने उठते हुए कहा।

"अरे बैठो भी।"

"नहीं भाई, तुम्हारे बहनोई के आने से पहले यह हुलिया ठीक करा लूँ। अरे हाँ! यह लो फ़रजाना जान कुंजी, सईद शाम को आयेगा पर तुम्हारे बहनोई ज़रा जल्दी आयेंगे। उन्हें बता कर यह कुंजी दे देना।" शीरीन ख़ानम ने चादर से बदन को लपेटा और पर्स ले कर चलने लगीं।

"शाम का खाना हमारे यहाँ खाना, मैं इन्तज़ार करूँगी।"

"मैं खाना पका कर आयी हूँ। मुझे मालूम था कि देर हो जायेगी। तुम फ़िक्र मत करो।"

"अरे, वह कल इस्तेमाल कर लेना। आज हमारी ही नान व नमक सही।"

"अच्छा! तो फिर मैं ज़रा भौहों की प्लकिंग और नाख़ून की पालिशिंग भी करवा कर आऊँगी—अच्छा, .खुदा हाफ़िज"—वे कहती हुई सैंडिल की खट-खट के साथ बाहर निकल गईं।

औरतें दुबारा बातों में डूब गयीं। अन्दर कमरे में सुहेला के लौटने पर नज़मा ने उसे गौर से देखते हुए कहा, "सच बताना, डाई कम पड़ा था?"

सुहेला खिलखिला पड़ी, "कभी डाई भी कम पड़ा है? यह सब तो जान-बूझ कर किया है मैंने।"

"क्यों?"

"यूँ ही शरारत सूझी। इस उम्र में सुनहले वालों की क्या ज़रूरत है?"

"किसी दिन तुम माँ के हाथों पिटोगी कि उनकी सहेलियों की खिंचाई करती हो।" नजमा ने सुई में धागा डालते हुए कहा।

"जब पकड़ी जाऊँगी तब ही तो पिटूँगी? अच्छा, अब सिलाई ख़त्म करो। मुझे होम-वर्क भी करना है।"

"हाँ बस, यह बटन टाँक कर चलती हूँ किचन में।" नजमा ने तेज़ी से हाथ चलाते हुए कहा।

"सुनो, महमूद के आने पर शायद कुछ घर का माहौल बदले और पता नहीं, मेरी लिखी चीज़ें लाते भी हैं या नहीं।" सुहेला ने तेज़ी से नयी सिली स्कर्ट पर आयरन करते हुए कहा।

"सच है, पाशा की ख़ामोशी ने तो ग़म मनाने की समझ भी हमसे छिन

ली है कि कब रोया जाए और कब ख़ामोश रहा जाए?''

''अरे नजमा, मैं यक़ीन से कह सकती हूँ, पाशा अकेले में ज़रूर रोती होगी।'' सुहेला ने तेज़ी से कहा।

''हाँ इसमें शक क्या है? मैं तो अक्सर परेशान हो कर की होल में झाँकती हूँ, मगर कुछ चुपचाप सोचती रहती हैं। रोते तो कम ही देखा है।'' नज़मा ने उदासी से कहा।

''अरे भूल जायेंगी, ज़रा वक़्त गुज़रने दो—सब ठीक हो जायेगा।'' सुहेला ने तेज़ी से प्लग निकालते हुए कहा।

''नहीं! शायद कभी न भूल पाये! जो रिश्ता उनमें और मोहसिन में था, वह एक मामूली पति-पत्नी, मर्द-औरत का नहीं था सुहेला।''

''फिर क्या भूतों वाला रिश्ता था?'' सुहेला बोली।

''उस रिश्ते और उस भावना का कोई नाम नहीं है। बस वह महसूस ही जा सकता है। उसके लिये शब्दों की ज़रूरत नहीं।''

''तुम ठीक तो हो न?'' सुहेला ने चिन्तित हो कर पूछा।

''हाँ, मैं ठीक हूँ। तुम्हें सब कुछ मज़ाक लगता है क्योंकि तुम तीन साल पहले इससे भी अधिक मूर्ख और छोटी थीं। पर मैं तो सब कुछ देखती आ रही हूँ। पाशा ज़िन्दा कैसे हैं? मैं होती तो सच, अब तक मर गयी होती।''

''पाशा की जगह कहीं तुम तो पागल नहीं हो रही हो?''

''शायद,'' नज़मा ने मशीन बन्द करते हुए कहा।

''मगर उसने महसूस क्या किया,'' नज़मा की उदासी देख कर सुहेला ने पूछा।

''कहा तो कि शब्द वह भाव अदा नहीं कर सकते तो नज़रें देख कर समझ लेती हैं।''

''कोई फ़िल्म की मिसाल दे दो न!'' सुहेला ने नज़मा की मुश्किल आसान की।

''कुछ बोलो भी! उधर पाशा ख़ामोश, इधर तुम जाने कैसी उल्टी-सीधी बातें कर रही हो'', सुहेला ने उकता कर फिर कहा।

''पिछली बार नौरोज में शादी से पहले जब मोहसिन आये तो दोनों घर के पीछे बेदेमजनू के पेड़ के नीचे बैठे थे। उन्हें नहीं पता था कि मैं पीछे खड़ी अंजीरें फैला रही हूँ।'' नज़मा को फिर ख़ामोश देख कर सुहेला ने कुशन गोद में ले कर कहा, ''फिर क्या हुआ?''

''बस, दोनों बैठे रहे, परन्तु जिन नज़रों से वह एक-दूसरे को देख रहे थे, उनमें बस एक ही बात थी कि वह एक-दूसरे को जाने कितनी गहराई से समझ चुके हैं।''

''यह कोई बात हुई?'' सुहेला ने कुशन को दीवार से लगाया।

''तुम सब बातें नहीं समझती हो। अच्छा है, वरना समझने वालों के लिए

यह दुनिया बड़ी सख़्त है।''

''तौबा है, कुछ फूटो तो?'' सुहेला झुँझला गयी, उसके दिमाग़ में फ़िल्मी नॉवलों के इतने रूमानी सीन घूम रहे थे कि ...

''मोहसिन ख़ामोशी से पाशा को देख रहे थे, फिर बहुत आहिस्ता से पाशा की आँखों व होंठों पर उँगली फेरी और पाशा ख़ामोश तने से पीठ लगाए आँखें बन्द किये बैठी थीं। उस समय लग रहा था कि दुनिया से सारी भावनाएँ, सारी हक़ीक़तें मिट गयी हैं। बस एक सच्चाई रह गयी है, जो मोहसिन और पाशा की आँखों में तैर रही थी। वह कशिश जो एक दूसरे के प्रति फूट रही थी, लगा था, उसकी रौशनी में सारी दुनिया नहा गयी थी।''

''फिर क्या हुआ?'' कुछ सुनने, कुछ जानने की आशा और व्याकुलता से ओत-प्रोत चौदह साल की सुहेला नज़मा के समीप आ गयी।

''दोनों ख़ामोशी से खड़े हुए ...''

''फिर?'' सुहेला का दिल धड़कने लगा।

''कमर में हाथ डाले चाय पीने अन्दर चले आये।''

''बस?'' सुहेला ने हैरत से पूछा।

''और क्या करते?'' नज़मा ने आँसू पोंछना शुरू किया।

''उफ, नजमा!'' सुहेला ने बुरा-सा मुँह बनाया। उसे नज़मा का दिमाग़ी पेंच भी ढीला लगने लगा था। खिसिया कर उठने लगी तब ही बाहर किसी के पैरों की आवाज़ सुनायी पड़ी।

''शायद पाशा है।'' सुहेला उचकी। नज़मा तेज़ी से बाथरूम में चली गयी।

नौरोज़ करीब है। घर में उसकी आमद की कोई उमंग नज़र नहीं आ रही है, फिर भी पाशा बड़ी-सी प्लेट में गेहूँ बो रही है ताकि नौरोज तक अँखुए लम्बे हो जाएँ।

''पाशा! चलो थोड़ा शॉपिंग करके आते हैं।''

''आज नहीं महमूद! फिर किसी दिन।''

''वादा रहा न! बहुत फरमाइशें हैं, वह भी लड़कियों की ज़्यादा हैं, और मैं ठहरा उस मामले में एकदम कोरा।''

''आज माफ़ करो, मैं अमेरिका वापस जाने से पहले तुम्हारी सारी शॉपिंग करा दूँगी।''

''ठीक है, मैं चलता हूँ।''

रात को खाने के बाद सारे लोग कमरे में बैठे गप्पें मार रहे थे तब ही उनको चीख-सी सुनायी पड़ी। सब बिना कुछ समझे अनजाने ही पाशा के कमरे की ओर भागे। पाशा बुरी तरह आँसुओं में डूबी तड़प रही थी। उसकी बेचैनी, बेक़रारी को

देख कर फ़रजाना खानम ने उसे अपनी गोद में भर लिया। "मेरी बेटी! मेरी पाशा! बोलो, क्या हुआ तुम्हें? एकाएक क्या हो गया मेरी जान? बोल मेरे बेटे", फ़रजाना खानम बिलबिला-बिलबिला कर सवाल कर रही थीं। बाक़ी लोगों को साँप सूँघ गया था। एकाएक इस बाँध के टूटने का सबब? इस मास भर में कोई ऐसा लम्हा किसी को याद न था कि जिसमें पाशा मुस्कुराई हो या रोई हो। आँखें ज़रूर बताती थीं कि या तो रातभर सोई नहीं या फिर रोई है, मगर यूँ सबके सामने टूट कर बिखरी नहीं थी। आज तो पानी से भरे सैलाब में डूब रही है। पहले दिन इसी दृश्य की चाह में औरतें निराश लौटी थीं और आज बिना किसी कारण के टूटते इस बाँध को रोकने का हौसला किसी में न था, बल्कि सब इस तेज़ बहते सैलाब में बह गये थे। किसी को पता न था कि इतने दिनों बाद यूँ कोरस में रोने की वजह क्या है?

मौक़े बहुत आये थे। उस दिन जब टेलर मोहसिन का सूट लाया तो सबने पाशा की हृदय विदारक चीख़ सुनने की आशा में साँस रोक ली थी कि उसे सँभाला कैसे जायेगा? मगर कुछ भी न हुआ। वह ख़ामोशी से काँपते हाथों से सूट का बण्डल उठाए नर्म चाल से सिगरेट से निकले हुए धुएँ की तरह आहिस्ता-आहिस्ता कमरे की ओर बढ़ी। उसे यूँ जाता देख कर फ़रजाना खानम दीवानावार पीछे भागीं पर पाशा अलमारी में सूट टाँग कर लौट आयी। जाने वह धुएँ की बल खाती बन्द लकीर कहाँ गुम हो गयी? सबको सकता-सा हो गया। समझ न सके कि क्या करें? पहल सुहेला ने की। वह नल की तेज़ धार में बर्तन धोने लगी, नज़मा ने परेशान हो कर तेजी से पटरे पर रखे साग को चाकू से काटना शुरू कर दिया। फ़रजाना खानम उसी तरह पगलाई जब कुछ न समझ पायी तो एकदम से वॉशिंग मशीन में साफ़ चादरों के साथ मारिया का आधा बुना स्वेटर भी डाल दिया।

पाशा हौज़ तक आयी और रबर लगा कर पेड़ों पर पानी डालने लगी। अली फ़क़ीही अपने को रोकते-रोकते भी हाथ में पकड़ी तस्बीह को तोड़ चुके थे। पैरों के पास मनके के दाने बिखरे पड़े थे।

बस महमूद हाथों को गर्दन के पीछे बाँधे ख़ामोशी से कुर्सी पर बैठा पाशा को देख रहा था। पाशा की आँखों में घिरे बादल कितने नीचे उतर आये हैं। काश! बरस ही जाते! पाशा उसके साथ इसी घर में खेल-कूद कर पली-पढ़ी थी, उसकी हर ग़लती का इल्ज़ाम अपने ऊपर ले लेती। महमूद पाशा के चाचा का लड़का था। गाँव में इतनी बड़ी काश्तकारी को छोड़ा नहीं जा सकता था। इस कारण महमूद चाचा के घर रह कर पढ़ा और यहीं से जर्मनी फिर अमेरिका गया। उसका दिल पाशा के लिए एक दोस्त, एक साथी की तरह दुखता था। उसके सबसे अच्छे दोस्त मोहसिन के साथ पाशा का तीन साल रोमान्स रहा और फिर केवल सात मास

विवाहित जीवन! पाशा के दुःख को कैसे बाँटूँ? ऐसी स्वाभिमानी है कि किसी को अपना हमराज़ भी तो नहीं बनाती। लगता है, मोहसिन की याद का ज़हर इसे ख़त्म कर देगा।

मगर आज पाशा की आँखों से छाये बादलों को यूँ टूट कर बरसते देख कर अगर किसी की आँखें नहीं भीगीं तो वह थीं महमूद की। उसे बड़ा सन्तोष मिल रहा था कि चलो पाशा फूटी तो, वरना यह लावा तो उसको अन्दर-ही-अन्दर जला कर राख कर देता—तब ही पाशा निढाल 'मे...ह...रा...न।' कहती हुई बेहोश हो गयी।

"कल से इम्तहान शुरू हैं और तुम बच्चा खिला रही हो?" फरज़ाना खानम ने मारिया को डाँटा जो तीन मास के बच्चे को गोद में लिये थी।

"बस, अब किताब खोल कर बैठो!" अली फ़क़ीही की डाँट से मारिया बच्चे को ले कर जाने लगी।

"इधर लाओ।" पाशा ने मारिया को रोका और उसकी गोद से बच्चे को ले लिया। सबने पाशा को देखा। पाशा बच्चे को गोद में ले कर आँगन में पड़े झूले पर बैठ गयी। 'कितना अच्छा लग रहा है इसे गोद में लेना, जैसे बादलों को उठा रखा हो।' पाशा सोचने लगी।

"सिद्दिक़े का है न?" पाशा ने मारिया से पूछा।

"हाँ", मारिया कमरे की ओर भागी।

"माँ देखो! कैसे सुनहरे बालों वाला सफ़ेद-सा चीनी गुड्डा लग रहा है।" कह कर पाशा ने बच्चे के सर को प्यार किया।

"माँ पर गया है, सिद्दिक़े भी तो ख़ूबसूरत है।"

बच्चा गोद की गर्मी और झूले के धीरे-धीरे हिलने से सो गया।

धूप अनार के पेड़ के नीचे हौज़ तक आ गयी थी। पाशा गोद में बच्चे को लिये उसी तरह बैठी थी। सबके हँसने-बोलने से बच्चा जाग गया और पाशा के सीने में मुँह मारने लगा। पाशा का मुख एक अनजाने भाव से लाल हो गया और उसे गुदगुदी-सी महसूस होने लगी। लगा, सारे बदन में करेन्ट-सा दौड़ रहा है और बदन के सारे रोयें खड़े हो गये हैं। उसने लेटे हुए बच्चे को गोद में उठा कर बिठाया।

"लाओ! मैं बच्चा वापस कर आऊँ, भूखा होगा।" मारिया बच्चे को ले कर चली गयी। पाशा के पत्थर जैसे बदन में जो थोड़ी देर पहले हलचल-सी हुई थी, ज़िन्दगी फूटी थी, फिर सो गयी। और महमूद को लगा कि पाशा की आँखों में थोड़ी देर पहले चमकते मोती बर्फ की बारिश में बदल गये हैं और वह फिर ख़ामोश झूले की ज़ंजीर से टेक लगाये जाने कहाँ खो गयी है।

बच्चा आधे से ज़्यादा समय यहीं पाशा के पास गुज़ारने लगा था। दूध की बोतल साथ भेज दी जाती थी। बच्चा भी मस्त गोद-गोद फिरता रहता था और सिद्दिक़े खानम आराम से दोपहर में फ़िल्म या शॉपिंग वगैरह हो आतीं। वे पन्द्रह

दिन के लिए मायके आयी हैं। कल दोपहर को वापस भी जाना है। पन्द्रह दिन गुज़र गये, पता ही न चला।

'मैं तुमको, तुम्हारे अंश को अपने में डूबता, अपने में खिलता देखना चाहती थी। तुम्हें दूसरा जन्म देना चाहती थी। मगर ... मेरे वजूद की स्याही ने तुमको—तुम्हारे अंश को भी मिटा दिया...मैं तुमको अपने में दोहराना चाहती थी। तुम्हें अपने आग़ोश में समेटना चाहती थी मगर...तुम्हारी साँसों की गर्मी की चाह बस चाह ही रह गयी।'

"पाशा नीचे आओ! देखो सिद्दिक़े खानम मिलने आयी है।" फरज़ाना खानम की आवाज़ पाशा तक पहुँची ही न थी।

'मेरा वजूद रेगिस्तान है, बरसों का प्यासा। जितना भी पानी बरसे, .ख़ुश्क़ का .ख़ुश्क़। मैं नंगी रेतीली धरती हूँ जिस पर दूर-दूर तक न कोई साया है, न परछाईं! बस तेज़ धूप से चटखी बड़ी-बड़ी दरारों में भुरभुरी रेत का ढेर हूँ जो हवाओं के रहमो-करम पर इधर से उधर उड़ती रहती है।' कहते-कहते पाशा नल के नीचे कपड़ों समेत खड़ी हो गयी—'उफ, कितनी गर्मी है। इन तेज़ लू के थपेड़ों में एक दिन मैं झुलस जाऊँगी।'

नीचे बहते पानी को देख कर फ़रज़ाना खानम चौंक उठीं। आख़िर पाशा ऊपर क्या कर रही है? "खाला, मैं चलती हूँ। बस के जाने का समय भी हो रहा है।" सिद्दिक़े ने लम्बे इन्तजार के बाद कहा।

"अच्छा बेटी! जाने पाशा क्या कर रही है, जवाब भी नहीं दिया?"

सिद्दिक़े खानम के जाने के बाद फ़रज़ाना खानम ऊपर पहुँची। गुसलख़ाने का दरवाज़ा बन्द न था वरना अक्टूबर की इस ठण्ड में पाशा का जाने क्या हाल होता? "पाशा यह क्या? यूँ कपड़ों समेत कोई नहाता है? चलो, कपड़े बदलो। कितना ठण्डा पानी है?"

"मैं तो बस अपने को सैराब करने के लिए नल के नीचे खड़ी हो गयी थी। कितनी सूख गयी हूँ माँ, देखो!"

"अच्छा चलो! यह रहा गर्म स्कर्ट और स्वेटर।"

"तुम रो रही हो? .ख़ुशक़िस्मत हो माँ! यहाँ तो अब आँसू ही नहीं निकलते। बस रेतीली आँधियाँ ही चलती हैं।"

"मैं चाय बनाती हूँ, तुम कपड़े बदलो।" फ़रजाना खानम जाते-जाते बाथरूम में ताला डाल गयीं।

बाहर तेज़ बारिश हो रही है। पाशा खिड़की खोले बाहर अँधेरे में देख रही है। पतझड़ में होने वाली इस बारिश का अर्थ ही दूसरा है। रंग बदलती पत्तियाँ, गिरते सूखे पत्तों से सुर्ख़ रास्ते, चरमर-चरमर की आवाज़ से गूँजता वातावरण, पकते फलों से झुकी डालियाँ–सब कुछ कितना अर्थपूर्ण है। बहार कभी सोचने का मौक़ा ही नहीं देती। वह एक उबाल है और कहकहों का, खुशी का, ख़ूबसूरती का, मगर यह बारिश!! पाशा दरवाज़ा खोल कर बाहर बाग़ में निकल आई। पानी की बूँदें सिर और उसके बदन को भिगोने लगीं। इस बारिश की ज़बान मैं समझती हूँ। मगर मेरे भावों को क्या यह टपकती बूँदें समझ सकती हैं?

पाशा धीरे-धीरे चलती हुई क्यारी के पास खड़ी हो गयी–काश! तुम्हारे लम्स से छूती यह बूँदें ज़मीन पर गिर कर कुछ बन जाएँ जिन्हें मैं अपना, बल्कि तुम्हारा, और मेरा कह सकूँ। मुझसे अच्छे यह फल-फूल हैं जो अपना पराग अपने बीज हवाओं से दूर-दूर बिखेर कर अपने अंश को जन्म देते हैं और मैं तुमको खो कर दोबारा नहीं पा सकती हूँ। तुम्हारे सारे ज़िन्दा स्पर्श जो मेरे शरीर पर मौजूद हैं। उन्हें जमा कर मैं मेहरान नहीं बना सकती हूँ...न तुम्हारा रिश्ता दुनिया की किसी चीज़ से बाँध सकती हूँ, न इन फूलों से, न चाँद तारों से और न अपने आप से...क्या ऐसा हो सकता है कि मैं अपने शरीर का अंग जिस पर तुम्हारे स्पर्श की गर्मी है उसे इस धरती पर बो दूँ?...कुछ तो निकलेगा...मेहरान न सही...कोई फूल, कोई पौधा या कोई तिनका!...कुछ भी, कुछ तो कहने के लिए हो...कि यह मेरा और तुम्हारा है, सिर्फ हमारा। सिर्फ हमारा!

सुबह क्यारी के पास कीचड़ में लथपथ पाशा को पड़े देख कर फ़रजाना खानम ने बाल नोच डाले और सारे कपड़े फाड़ डाले। बड़ी मुश्किलों से अली फ़क़ीही और महमूद पाशा को अन्दर लाए। नज़मा और सुहेला ने रोते-काँपते पाशा के कपड़े बदले...महमूद ने ऐम्बुलेन्स के लिए फोन किया। अली फ़क़ीही ने काँपते हुए पत्नी को डाँटा "अपने को सँभालो वरना मुझे कुछ हो जायेगा–कहा न, ज़िन्दा है, ज़िन्दा...बेहोश हो गयी है। मेरी बात मानती क्यों नहीं हो?"

ऐम्बुलेन्स आने पर महमूद ने रज़ाई में लिपटी पाशा को अन्दर लिटाया। घर में वह रोना-पीटना और भीड़ जमा हो गयी थी कि लगता था, दोबारा कोई मौत हो गयी है। महमूद और नज़मा पाशा को ले कर चले गये।

अली फ़क़ीही ने ऊपर वाले नल का कनेक्शन तो उसी दिन कटवा दिया था मगर बारिश का कनेक्शन कटवाना उनके बस की बात न थी, वरना वह यह भी करके दिखा देते।

नज़मा और महमूद को जागते हुए आज चौथा दिन है।

कभी-कभी लगता है, निमोनिया पाशा से जीने का हक़ छीन लेगा। मगर डॉक्टर जी-जान से लगे हैं। कल से पाशा की बेहोशी टूटी है मगर जिस तरह की

बातें वह कहती है, उससे तो लगता है कि बीमारी से अच्छे होने के बाद वह अपने होश में न होगी।

"महमूद, मैं घर जा रही हूँ, तुम्हें कुछ चाहिए?"

"नहीं, मगर तुम्हें क्या ज़रूरत पड़ गयी? मुझे बताओ, मैं लाता हूँ।"

"नहीं, मेरे ही जाने से काम बनेगा।"

"मैंने कहा न! मुझे जाना है। जाने क्यों कभी-कभी आप ज़िद करने लगते हैं।"

नजमा झुँझला गयी।

"अच्छा जाओ।" महमूद ने बहुत धीरे-से कहा। अजीब इत्तफ़ाक है कि चाचा के घर चार लड़कियाँ और उसके घर चार भाई। दोनों तरफ के अभाव के कारण चाचाज़ाद भाई-बहनों में बला का प्यार था।

यकायक पाशा ने मुँह इधर-उधर तेजी से करते हुए गहरी-गहरी साँस लेना शुरू कर दिया। फिर तेजी से चेहरे के सामने हाथ चलाने लगी जैसे कुछ हटाने की कोशिश में हो..."उफ़ ये लहरें।...कितना पानी है...मैं-मैं...डूब..." पाशा बेहोश हो गयी। महमूद कभी माथे पर हाथ रखता, कभी हाथ सहलाता।..."पाशा...! पाशा...!" धीरे-धीरे महमूद ने पुकारा।

"कौन...? मेहरान...?"

"मैं महमूद हूँ पाशा!..." यह सुनने से पहले पाशा बुख़ार की तेजी में दोबारा बेहोश हो गयी। बाहर कार रुकी और थोड़ी देर बाद सारे लोग कमरे में आ गये। सुहेला सबके लिए चाय उँडेलने लगी। नज़मा गुलदान के फूल बदलने लगी... " ऐ! फ़रजाना की चाय अभी मत उँडलो!" अली फ़क़ीही ने कहा...फ़रजाना खानम कुछ पढ़-पढ़ कर पाशा के पूरे शरीर पर फूँक रही थीं। उनका तो काम ही सक्क़ेखानों, इमामबाड़ों में दुआ करना रह गया था।

सबके जाने के बाद नजमा ने थैले से कम्बल निकाला। "महमूद, मेरी मदद करिये।"

नजमा ने ऊपर से कम्बल उढ़ाना शुरू किया और नीचे कम्बल को महमूद हटाता गया। फिर जब नजमा कम्बल अच्छी तरह पाशा के गिर्द लपेट चुकी तो महमूद ने ऊपर से दूसरे कम्बल डाल दिये।

"एक बात कहूँ, अगर ग़ुस्सा न हो तो?"

"कहिये?"

"यह कम्बल ऊपर से भी तो डाल सकती थीं!"

"हाँ, मगर फिर घर जा कर इस ख़ास कम्बल को लाने की ज़रूरत क्या थी?"

"क्या मतलब?"

"यह कम्बल मोहसिन का है।"

"मगर ...!"

"ख़ुदाया, महमूद आप तो यूँ मगर, क्यों, कैसे न पूछिये! क्या आपको भी यह सब बताना पड़ेगा?" नजमा यह कह कर रोने बैठ गयी। "हर वक्त सवाल-सवाल। .ख़ुद कुछ नहीं समझ सकते हैं क्या?" नजमा की बेबसी ग़ुस्से में बदल गयी थी।

महमूद अवाक् नजमा को देखता रहा! कहाँ उसकी भावनाओं को उसने ठेस पहुँचाई है? फिर कुछ सोच कर उसने लम्बी साँस खींची, शायद उसकी समझ में सब कुछ आ गया था। पाशा के क़रीब जा कर नीचे के कम्बल को थोड़ा आगे खींच कर उसे पाशा के चेहरे के नीचे ठीक से दबा दिया।

पाशा सपने में बड़बड़ाई..."मेरा घर यहीं, गली में तो था। कहाँ गया?... यहाँ तक तो रास्ता ठीक है...आगे सब कुछ धुएँ में क्यों लिपटा है?...कुछ दिख ही नहीं रहा है। मेहरान! मेहरान...! तेरे बाबा का घर कितनी देर से ढूँढ रही हूँ...मुझे याद है...नहीं...चलो, किसी सवारी पर बैठ कर ढूँढते हैं...मगर मेरे दोनों पैर तो कीचड़ में सने हैं...मेरी चप्पलें कहाँ हैं?...मैंने काले कपड़े क्यों पहन रखे हैं?...मेरे लाल, ढूँढ़ तो सही...सड़क पर कितनी भीड़ है...उफ़, यहीं कोने पर तो था मेरा घर, जिसमें मैं रहती थी...कहाँ गया आख़िर...?"

नजमा और महमूद पाशा के इधर-उधर खड़े केवल उसके हाथ को सहला रहे थे। पाशा के अच्छे होने की उम्मीद तो बँध गयी थी मगर डर लगता था कि कहीं पाशा पागल हो गयी तो? यह उल्टी सीधी बातें! मेहरान कौन है? किसी को क्या मालूम जब पिछली छुट्टियों में मोहसिन आया था तो उनके बीच जो बातें हुई थीं वह इतनी मामूली थीं मगर मोहसिन की मौत ने उन्हें जाने क्या बना दिया था।

"सुनो! मैं दुबारा नौरोज की छुट्टियों में आऊँगा और अगर कोई .ख़ुशख़बरी न मिली, तो उसकी कमी नौरोज़ की शब को पूरी करूँगा...लड़का हुआ तो मेहरान नाम रखेंगे और अगर लड़की तो मेहरमाह! एकदम ठेठ ईरानी नाम मुझे अच्छे लगते हैं।" बल्कि चलते-चलते उसने अलविदाई बोसे के समय भी शरारत से कहा था, ".ख़ुदा हाफ़िज, मेहरान की माँ।"

नौरोज आया और चला भी गया बल्कि नौरोज आने से पहले ही सब कुछ लुट गया...उम्मीद, ख़ुशी और सब कुछ सूखे पत्तों की तरह नामालूम दिशा की ओर उड़ गयी।

कल से पाशा की हालत में काफ़ी सुधार है। आँखें खोल कर वह इधर-उधर देखती भी है। करवट बदल कर कुछ खा-पी लेती है। एक दिन सुबह उठ कर नजमा से बोली, "मेरी अँगूठी देखो, ठीक है? मेरी हिम्मत नहीं पड़ रही है देखने को।"

"क्यों? ठीक तो है!"

"रात अजीब-सा सपना देखा कि बीच का यह नग इतना बड़ा हो गया जैसे

बड़ी-सी शिला। फिर मेरे देखते-देखते उसके दो टुकड़े हो गये और अँगूठी में लगे दूसरे नग झड़ गये हैं। अजीब बदसूरत-सी अँगूठी हो गयी है और मैं तुमसे कह रही हूँ नजमा...नजमा जान! मेरे नग मुझे ढूँढ दो, यहीं कहीं गिरे हैं।"

"अरे वह तो ख़्वाब की बात है। देखती नहीं, अँगूठी सही सलामत है।" नजमा ने अँगूठी वाला हाथ पाशा को दिखाते हुए कहा।

"तुम्हारा दिल चाहे तो उठ कर बैठो, थोड़ा अच्छा लगेगा।" महमूद ने कहा।

"उठा दो।"

दोनों ने तकिये लगा कर पाशा को बिठा दिया और सामने वाली खिड़की के पर्दे हटा दिये। "उफ़, कितने दिनों बाद आसमान देखा है, रंग ही भूल गयी थी।"

"दो मास! ख़ुद तो बाज़ार न जाने के बहाने से बीमार पड़ गयी और मेरी ख़रीदारी रह गयी।" महमूद ने मज़ाक में कहा।

"तुम्हे याद है? मैं तो भूल गयी थी।" पाशा हल्के-से मुस्कराई।

"चाय उँडेलूँ पाशा?" नजमा ने कहा।

"हाँ! तुम लोगों को बड़ी तकलीफ़ दी है मैंने।" पाशा ने दुखी हो कर कहा।

"बहुत ज़्यादा! ठीक हों गयी, यह क्या कम है हमारे लिए?"

खिड़की से बाहर का दृश्य—सूखे-नंगे पड़े, नीला आसमान जिस पर सफ़ेद बादलों के धब्बे हैं। पाशा उन्हें देखती रही।

'यह नंगे पेड़ मुझे बड़े अपने-से लग रहे हैं नजमा! कितनी समानता है हम दोनों में।"

"तो मैं परसों चला जाता हूँ, तुम्हारी इजाज़त है पाशा?"

"फिर कब आओगे?"

"जल्दी ही आऊँगा। छुट्टी मिलना तो मुश्किल है, मगर फिर भी आऊँगा ज़रूर। चाहे दो दिन के लिए ही क्यों न आना पड़े।"

आज पूरे तीन मास बाद पाशा घर लौटी है। इस बीमारी ने जहाँ पाशा को जिस्मानी तौर से झकझोर दिया था, वहाँ दिमाग़ी सदमे में दवा का काम भी किया था। तूफ़ान के बाद जो सकून होता है वही पाशा में आ गया था। बस इधर-उधर बिखरी, उड़ी, टूटी-फूटी चीजों को दोबारा जगह पर रखना था और यह काम घर का हर आदमी कर रहा था कि पाशा दुबारा ज़िन्दगी जाने के क़ाबिल हो जाये।

अस्पताल से लौट कर पाशा न सपने में है, न भविष्य की आशा में, बल्कि जो है उसे अपनाने की कोशिश में तत्पर लगती है। कई जगह एप्लिकेशन भेजने के बाद वह दो जगह इन्टरव्यू में क़ामयाब हो गयी। 'काखेयख' की रिसेप्शनिस्ट में और नर्सरी में। बहुत सोचने पर उसने फ़ैसला किया, हर एतबार से काख़ेयख़ की नौकरी बेहतर होगी मगर परेशानियाँ बढ़ जायेंगी...कम तनख़्वाह होने पर भी नर्सरी की नौकरी में सकून है। शायद वहाँ बच्चों के बीच वह अपने मेहरान को

पा ले। यह सोच कर उसने माँ-बाप की मर्ज़ी के ख़िलाफ़ नौकरी कर ली।

ज़िन्दगी नये ढर्रे पर चल रही थी। पाशा घर लौट कर बच्चों के लिए चार्ट, उनके लिये दूसरी चीजें बनाने, पढ़ने में लगी रहती। यह देख कर घर में सबको सकून मिला कि चलो, पाशा सँभल गयी है।

इसी बीच एक दिन मोहसिन का दोस्त पाशा के पास स्कूल पहुँच गया। अपनी ट्रेनिंग ख़त्म कर चुका था और मोहसिन का एक पैकेट पाशा को थमा कर चला गया। पाशा को होश न रहा कि वह उससे कुछ पूछती, शुक्रिया कहती। बस अपनी जगह पर जम कर रह गयी थी, जैसे तेज़ बर्फ़-बारी में दब गयी हो। घर आ कर उसने पैकेट खोला...कुछ उसके मोहसिन को लिखे ख़त थे, एक किताब थी बेबी केयर। लगा, दिल पर फिर रेत उड़-उड़ कर टीलों की शक्ल में जमा होने लगी है। एक मख़मली डिबिया थी। खोला तो उसमें महीन सी ज़ंजीर में लगे नन्हे-नन्हे अलमास और एक छोटा सा पर्चा 'ख़ुशखबरी की ख़ुशी में।' सीटियाँ, शोर। लगा, कई ट्रेनें प्लेटफॉर्म पर धड़-धड़ करके एक दूसरे से लड़ गयी हैं। कई और पैकेट थे, सुहेला, नजमा, मामान, बाबा और मारिया के नाम ... उसे लगा, उसका दम घुट रहा है। वह तेजी से कमरे से बाहर निकली। उसे चक्कर आ रहा है। उसने घबरा कर कॉरीडोर की लाईट जलायी फिर एक-एक करके सारे घर की लाईटें जला कर वह बेदम कुर्सी पर बैठ गयी।

"क्या हुआ पाशा, ठीक तो हो?" नजमा की आँखें कबूतर के पंखों की तरह फड़फड़ा रही थीं।

"ठीक हूँ नजमा! बस लगा, मेरे चारों तरफ गहरा अँधेरा छा गया था। चलो, कमरे में अपने-अपने तोहफ़े ले लो। मोहसिन ने नौरोज के लिए ख़रीदे थे।" दोनों बहनें मामला भाँप गयी थीं। इस कारण माहौल हल्का करने के लिए वे बातें करने लगीं।

"अच्छा, तो वह मिस्टर स्कूल पहुँच गये थे? यहाँ भी आये थे सुबह! हमारे माँगने पर बोले—मैं तो पाशा को ही दूँगा।"

"तुम लोगों ने कुछ ख़ातिर वगैरह की? मैं तो कुछ कह भी न पायी थी।"

"अरे पाशा, नजमा तो बिगड़ती रही है। मैंने वह ख़ातिर की कि उसकी सात पुश्तें याद करेंगी।" सुहेला ने जोश में कहा।

"तुम्हारी ज़बान को देख कर डरती हूँ, जाने कब क्या कह जाओ?" नजमा बोली।

"डिब्बा न देने की वजह बताई कि मैं पाशा को देखना चाहता हूँ। मोहसिन ने तो सबके दिल में हसद की आग सुलगाई थी। हम सब पाशा से मिलने को बेचैन थे कि इस ज़माने में जब हर चीज़ दौलत से तौली जाती है तो यह लोग पुरानी लवस्टोरी जैसी भावनाओं में कैसे जीते हैं?"

"बड़ी बातें हुई तुमसे?" नजमा ने शोख़ी से कहा।

पाशा ख़ामोशी से पैकेट को ख़ाली करने लगी फिर बड़ी कड़वाहट से बोली,

"ख़ुदा के लिए कितना आसान है इधर की मोहर उधर करना, उधर की इधर। मगर मोहरों के दिल से कोई पूछे कि उन पर क्या गुज़रती है?"

महमूद आया हुआ है। घर की हालत देख कर उसे बड़ा सन्तोष मिला। पाशा एकदम नार्मल है। सब कुछ ठीक-ठाक चल रहा था। एक दिन महमूद ने फरज़ाना खानम से कहा, "ख़ाला, पाशा से आपने कभी दूसरी शादी की बात की?"

"नहीं।"

"मगर ख़ाला, ज़िन्दगी यूँ नहीं गुज़रेगी। समझदार है, सब कुछ समझ रही है। ज़िन्दगी से समझौता तो करना ही पड़ेगा।"

"वह तो है बेटा, पर हिम्मत किसमें है? दिल तो मेरा भी यही चाहता है। अभी तो सब गुज़र जाता है मगर ढलती उम्र का साथी तो होना चाहिये। मैं भी कब तक बैठी रहूँगी? बहनें भी अपने-अपने घर की हो जायेंगी।"

"मैं बात करूँगा।" महमूद ने सोचते हुए कहा।

"पर बेटा, बहुत सँभल कर। काँच के जैसा तो दिल है उसका! टूट गया तो किरची-किरची बटोरने में सालों लग जायेंगे, बड़ी मुश्किल से तो सँभली है।"

"जानता हूँ ख़ाला।"

एक दिन पाशा जैसे ही स्कूल से बाहर निकली तो महमूद को खड़ा पाया–"तुम यहाँ?"

"हाँ, मैं बाज़ार से लौट रहा था। समय देखा तो सोचा, तुम्हें लेता चलूँ।"

"शुक्रिया! चलो, कार किधर खड़ी की है?"

"इधर है।" दोनों पैदल चल कर कार तक आये। "चलो, पहले कहीं चल कर कुछ पिया जाये।"

"ठीक है!" कार सड़कों के चक्कर काट कर एक रेस्ट्राँ के आगे खड़ी हो गयी।

अन्नानास और ख़रबूजे के शरबत का आर्डर दे कर महमूद ने सिगरेट जलायी।

"महमूद, बच्चों को ले कर मुझे बाहर जाना है। सोचती हूँ, क्यों न घर की ओर ही चलूँ। चाचा से भी मिल लूँगी। बच्चों को क़ालीन की बुनाई वग़ैरह भी दिखा दूँगी।"

"ख़याल अच्छा है! अगले हफ्ते मुझे भी जाना है। तुम जाओगी कैसे?"

"बस से! स्कूल बस से! तब तक नजमा, सुहेला, मारिया–सबकी छुट्टियाँ होंगी। सब चलेंगे।"

"ठीक है! तुम्हारी बस, हमारी कार। रेस बढ़िया रहेगी।"दोनों हँस पड़े...

"पाशा, लगता है नर्सरी में काम करना तुम्हें बहुत अच्छा लगता है मगर कुछ आगे की भी सोची है?"

"क्यों नहीं? एक बार आगे की सोची थी तो सब बर्बाद हो गया। अब तो कल के बारे में सोचना ही बन्द कर दिया है।"

"जिस तरह हिम्मत करके ज़िन्दगी शुरू कर दी है, भविष्य की भी सोच डालो।"

"ज़िन्दगी जीना शुरू कहाँ की है? बल्कि रोज़ सुबह जीने की ताक़त जमा करती हूँ, रात तक उसे ख़र्च कर इस आशा में सो जाती हूँ कि काश! मेरी यह आखिरी रात हो। मगर सुबह की सफ़ेदी फिर जीने पर मजबूर कर देती है।"

महमूद को लगा, पाशा के अन्दर खौलते पानी के स्रोत अभी ठण्डे नहीं हुए है। वह बात करे या न करे? कर ही डाले। हो सकता है, नतीजा अच्छा ही निकले।

"एक बात पूछूँ?"

"पूछो।"

"बुरा लगे तो माफ़ करना। यह...मेहरान...कौन था?"

"मेहरान..." पाशा इतना कह कर सोफ़े के पीछे टिक कर बैठ गयी। "मेहरान एक ख़याली सपना था जो हमारे यानी मोहसिन और मेरे दिमाग़ ने देखा था। यूँ समझो वही हमारी आरज़ू, हमारी तमन्ना, हमारी खुशी थी...मगर अब तो महमूद, रात इतनी लम्बी हो गयी है कि सपने के सच्चे होने का समय ही नहीं रह गया है। अपनी ज़िन्दगी का सूरज तो हमेशा के लिए डूब गया है।" पाशा ने शरबत का घूँट भरा। आँखों में हमेशा छाये रहने वाले भारी बादल, लगा, भाप में परिवर्तित होने लगे और बिना बरसे धरती पर उतर आए..."ख़ैर छोड़ो...तुम कब शादी कर रहे हो? अब तो इंजीनियर भी बन गये। कहीं किसी को अमेरिका में पसन्द तो नहीं कर आये हो?" पाशा के अपने ग़म के ऊपर काबू पा लिया था इसलिए शोख़ी से बोली।

"नहीं! चूँकि किसी की ज़िम्मेदारी कंधों पर थी। इसलिए कई बनती बातों को बिगाड़ कर चला आया हूँ।"

"ओफ़्फोह!" पाशा हँस पड़ी। "तो लगता है, लड़की यहीं है। ज़रा उसके बारे में मालूम कर सकती हूँ जिसकी ज़िम्मेदारी से आप झुके हुए हैं?" पाशा ने शरारत से कहा।

"तुम्हारी! पाशा...मेहरान...हमारा और तुम्हारा भी तो हो सकता है? मोहसिन मेरा जिगरी दोस्त था और तुम मेरे साथ पल कर बढ़ीं। मेरी साथी, मेरे चाचा की बेटी...न, उसके मरने का ग़म भूल पाया हूँ न तुम्हें ग़म में देख सकता हूँ।" कई दिनों से मंथने वाली बात उसने एक साथ उगल दी।

पाशा के रंग बदलते चेहरे को देख कर महमूद अपनी बात का असर न ढूँढ़ सका। पाशा ख़ामोश गिलास में पड़े शरबत को हिलाती रही फिर बड़ी सहजता

से बोली, "महमूद आज के बाद कभी मेरा ग़म बाँटने की कोशिश मत करना—यह ग़म ऐसा नहीं है जो खुशी में बदला जा सके!...हमारे-तुम्हारे मेहरान का मतलब है कि मैं अपने जिस्म से मोहसिन का हर लम्स मिटा दूँ। हर वह स्पर्श जो मुझे जीना सिखा रहा है, उसे पोंछ डालूँ...जब मैं दिल और दिमाग़ से उसे नहीं मिटा सकती तो फिर जिस्म से उसे क्यों मिटाऊँ, क्या मजबूरी?"

"मगर..."

"मैं समझ रही हूँ महमूद। देखो, जी रही हूँ और खुश रहना भी आ गया है।"

"ठीक है पाशा...मगर यह केवल तुम्हारा जज़्बाती दृष्टिकोण है। हक़ीक़त तुमने तसलीम कर ली है। उसको उसी तरह महफ़ूज़ रहने दो। नये कागज़ पर नयी ज़िन्दगी भी तो शुरू कर सकती हो?"

"कोई ज़रूरी है, एक बार जी हुई ज़िन्दगी को दोबारा दोहराया जाये?... नौकरी कर रही हूँ। खाने भर का कमा ही लेती हूँ। बुढ़ापे में जब बदन थक जायेगा तो सात भाई-बहनों की इस बहन को किसी के घर में सिर छुपाने की जगह मिल ही जायेगी। कोई निकालेगा नहीं, मुझे इसका यक़ीन है।"

"यह सब ठीक है पर यह फैसला यूँ इतनी जल्दी न करो। सोचने के लिए जितना समय चाहो, ले लो, मैं सालों इन्तज़ार कर सकता हूँ।"

"अपनी ज़िन्दगी मेरे साथ ख़राब न करो महमूद! मुझसे बेहतर जगह इसका इस्तेमाल करो। जहाँ इसकी ज़रूरत हो...जहाँ इसकी क़दर हो सके।"

पाशा ठहरी, और बहुत सँभल कर बोली, "और फिर महमूद, मैं भी कोई शामी काग़ज़[1] थोड़े ही हूँ कि जब ज़रूरत पड़ी उसे धो कर दूसरा फ़रमान लिख दिया—मैं इन्सान हूँ और इन्सान के दिल पर लिखे हर्फ़ बार-बार धोए नहीं जा सकते हैं।"

"उन्हें धोने की क्या ज़रूरत है? उन्हें महफ़ूज़ भी तो किया जा सकता है" ऐश ट्रे में सिगरेट को बुझाते हुए महमूद ने पाशा की डबडबाई आँखों की तरफ देखा। पाशा ख़ामोश रही, फिर उठते हुए बोली, "मोहब्बत और हमदर्दी का फ़र्क़ तो तुम जानते हो न महमूद?"

रूमाल से माथे पर छलक आई बूँदों को पोंछते हुए महमूद ने आहिस्ता-से कहा, "मुझे माफ़ करना पाशा।"

1. (अमीर खुसरो के ज़माने में काग़ज़ की जगह प्रयोग की जाने वाली सिल्क, जो बार-बार धोकर शाही फ़रमान लिखने में इस्तेमाल की जाती थी।)

आशियाना

कमरे में तीनों भाई-बहन अकेले हैं। बाहर बर्फ़ गिर रही है और कमरे में जलते हीटर के कारण शीशे पसीज रहे हैं। तीनों ने अपने-अपने हिस्से के शीशे बाँट लिये हैं और वहीं दरवाज़े के समीप बैठ कर उस पर चित्रकारी हो रही है। सोसन बार-बार फूल बनाने में थोड़ा-सा शीशा साफ़ करके सामने काज के पेड़ को देख रही है कि कहीं चिड़िया का घोंसला बर्फ से ढक तो नहीं गया? अब्बास बड़ी लगन से स्कूल में याद कराया शे'र उँगली से सँभाल-सँभाल कर लिख रहा है और इन दोनों में बड़ी तय्यबा किसी सोच में डूबी केवल चारख़ानों के जाल पर जाल बना रही है।

तब ही नीचे पेकान रुकने की आवाज़ से तीनों अपनी जगह से एकाएक उठ गये। अब्बास ने तेज़ी से फैली अपनी किताबें बैग में रखीं और उसे टाँगा, तय्यबा ने झूठे बर्तनों को समेटा और नन्ही सोसन ने बजते रेडियो को धीमा किया। तीनों के कान माँ और बाबा की पदचाप गिनने में लगे थे। अब पहली मंज़िल पर पहुँचे, अब दूसरी मंजिल पर और अब तीसरी मंजिल की आख़िरी सीढ़ी चढ़ कर माँ-बाबा अन्दर छत पर।

बतूल छत पर पहुँचते ही तेजी से बायीं तरफ किचन की ओर चली गयी और जमशेद ने बरसाती से बर्फ झाड़ी, उसे दरवाज़े पर टाँग कर कमरे में घुसा।

''खाना खा लिया तुम लोगों ने?'' कह कर क़ालीन पर पालथी मार कर बैठ गया और बग़ल में दबाया अख़बार क़ालीन पर फैला कर उसमें डूब गया।

चाय-नाश्ते की ट्रे के साथ बतूल अन्दर आयी। ''तय्यबा, यह झूठे बर्तन उठा कर किचन में रख आओ।'' ट्रे रख कर वह टी.वी. के पीछे कपड़े बदलने चली गयी। बर्फ अब भी गिर रही थी। सामने की खिड़की से सब कुछ सफेद दिख रहा था। अपनी इकलौती कत्थई पैण्ट को बतूल ने बहुत सँभाल कर उतारा और उसे हैंगर पर टाँगा। पायजामा और ब्लाउज़ पहन कर उसने नमाज़ की चादर सर पर डाली। लटकते कोनों को हाथों पर डाला और घुटनों के बल कालीन पर बैठ गयी।

फिनजानों में चाय उँड़ेलते हुए उसने पूछा, ''होमवॅर्क कर लिया?''

''मुझे कॉपियाँ चाहिये'' तय्यबा ने माँ से कहा।

"टैस्ट कैसा हुआ?" जमशेद ने पूछा।

"ठीक हुआ, बाबा।"

चाय पीने के बाद जमशेद ने दो-दो तुमान के तीन सिक्के बच्चों के हाथ पर रखे और गावतकिया सर के नीचे लगा कर लेट गया। "आज ऑफ़िस में काफ़ी काम था। लौटते में कई सवारियाँ मिल गयीं, सड़क पर भीड़ ऐसी कि बस! थक गया।"

जमशेद किसी ऑफ़िस में चपरासी है। बतूल भी टाइपिंग सीख रही है ताकि उसी आफ़िस में लग जाये। घर का ख़र्च सँभाले नहीं सँभलता है। बड़े शहरों में छोटा आदमी ही पिसता है। रोज़ ऑफ़िस से बतूल को लेने जाता है। रास्ते में सवारियाँ भी बिठा लेता है। चार-छह तुमान हाथ लग जाते हैं और फिर कौन-सा ऑफ़िस वाले पेट्रोल का हिसाब लेते हैं। सो, लम्बी सवारियाँ भी वह दूर तक पहुँचा देता है। सामान लाने-ले जाने के लिए यह छोटी वैननुमा कार पेकान ऑफ़िस से मिली हुई है जिसकी बदौलत शाम को बच्चों के हाथ पर दो-दो तुमान रख देता है। पर बच्चे भी यह पैसा चॉकलेट-टॉफी में नहीं ख़र्च करते हैं बल्कि उसी समय बचत योजना सिखाने के चक्कर में माँ-बाप अपने सामने उनसे गुल्लक में डलवा देते हैं।

जमशेद को किरमान से आये हुए कुल पाँच साल हुए है। वहाँ की तंगी की ज़िन्दगी से घबरा कर पैसा कमाने तेहरान आया तो लगा, बड़े चक्कर में फँस गया। पर यहाँ से घबरा कर कहाँ जाये? वापस किरमान? नामुमकिन! यहीं रह कर पैसा कमाना है, सोच कर दोनों ने हर तरह के हालात से समझौता करने की ठान ली। कुछ समय बाद महसूस होने लगा कि कब तक परिवार को किरमान में रहने दें। अब्बास बड़ा हो रहा है। उसको माँ की देख-रेख नहीं बल्कि बाप की छाया चाहिये, पर तेहरान में घर की समस्या कोई सोचने से थोड़ी हल हो जाती है? मकान तो एक-से-एक हैं पर...बहरहाल बहुत दौड़-धूप के बाद इस बड़ी छत और इस 12 बाई 14 फुट के कमरे के किराएदार बन गये। पर वह दिन शायद ही जमशेद अपने मस्तिष्क से झटक सके। उस दिन उसकी भावनाएँ जिस वेग से रौद्र-रस बन कर उमड़ी थीं, सेकेण्ड भर बाद ही करुण रस में पिघल गयी थीं। हुआ यह था कि वर्तमान मालिक मकान से मुलाकात हुई। मकान की आवश्यकता सुन कर वे बोले—"ठीक है, जगह खाली है। आओ, देख लो।" तीसरी मंज़िल पर पहुँच कर जब उसने खुली नंगी छत देखी तो एकाएक कुछ समझ न सका।

"कहो, कैसी है जगह?"

मन हुआ, उस बुलडॉग से फूले गलफड़े वाले आदमी को पटक-पटक कर इतना मारे कि चेहरे पर झूलती सारी खाल सूज जाये और फिर हाथों में उठा कर सीधे तीन मंजिलों से नीचे पेड़ों में फेंक दे, पर क्रोध को थूक के साथ निगल कर बड़ी सहिष्णुता से बोला, "पर जनाब, इसी नंगी छत पर? मेरा मतलब है मैं अकेला नहीं हूँ जो तम्बू लगा कर रह लूँगा। बीवी-बच्चों वाला आदमी हूँ।"

"तो मैं कब इनकार कर रहा हूँ? कितने बच्चे है"

"तीन।"

सुन कर हें-हें करके हँसा, "समझा! तुम मुझे आदमी नहीं, पाजामा समझ रहे हो। मेरे नौ बच्चे हैं। पढ़ा लिखा नहीं हूँ, पर .खुदा का करम है कि दिमाग़ इंजीनियर वाला मिला है।"

जमशेद ताव खा कर रह गया।

"देखो, इधर एक कमरा बनवा दूँगा और दरवाज़े के उस तरफ लकड़ी का रसोईघर। तुम्हारी ज़रूरत देख कर मेरे दिमाग़ में यह विचार कौंधा था। ठीक है तो बोलो।"

जमशेद गद-गद हो उठा। नम्रता से बोला, "आप इन्सान नहीं, फ़रिश्ता हैं। खुदा ने पैसा और दिमाग़ साथ-साथ दिया है। मैं किस ज़बान...किस क़लाम से शुक्रिया अदा करूँ, मेरी...।"

हाथ के इशारे से आगे बोलने से रोकते हुए उनसे बीच में बात काट दी, "कब आ रहे हो?"

"जनाब, जब कहें?"

"आज जुमा है, छुट्टी का दिन है। तुम अगले जुमा को आ जाना। सब तैयार मिलेगा।"

"बहुत-बहुत शुक्रिया! तहे दिल से शुक्रिया", जमशेद ने कमर झुका कर हाथ मिलाया।

"मुझे नहीं, ऊपर वाले को शुक्रिया दो", कह कर दोनों नीचे उतर आये।

प्रातः जब जमशेद की आँख खुली तो मन पर एक उदासी-सी छाई थी। रात भर बर्फ साफ़ करने के सपने के साथ थप-थप की आवाज़ कानों में गूँजती रही थी। इस समय जो बाहर दृष्टि डाली तो सपने के सच होने का संकेत मिल गया था।

नाश्ते के बाद उसने पाजामा मोड़ा, जूते पहने और गर्म कोट पहन कर बाहर निकल आया। 'पहले कमरे से किचन तक की बर्फ साफ़ करता हूँ, फिर बाक़ी शाम को करूँगा।' सोच कर उसने बर्फ हटानी शुरू कर दी। सोसन की जैसे ही आँख खुली, भाग कर छत की मुंडेर पर गयी "कहीं वह घोंसला बर्फ से ढक तो नहीं गया?" छत से मिली काज की शाखाओं पर वह घोंसला ख़ाली था। सोसन का नन्हा-सा मन शंकित हो उठा, "माँ कहती है, चिड़ियों को यह बर्फ नहीं खानी चाहिये वरना मर जायेंगी" तो क्या दोनों ने खा ली? घबरा कर उसने छत के नीचे झाँका। सफ़ेद बर्फ़ पर उसने ग़ौर से देखा, "कुछ भी तो नहीं है। पर हो सकता है नयी गिरी बर्फ में उनका शरीर ढक गया हो?"

"सोसन, नाश्ता करो। स्कूल को देर हो रही है।" माँ के बुलाने से लौट आयी, पर यह सोच कर नीचे जा कर वह जूते से बर्फ इधर-उधर करेगी। चावल

और सालन को चमचे से मिलाने लगी। तीनों स्कूल के लिए नीचे उतरे, सोसन भाग कर काजू के दरख़्त के नीचे पहुँची। एक कत्थई-सी चीज़ बर्फ़ के ऊपर निकली थी—"हाय, बेचारी के पंख!" दौड़ कर उसने बर्फ हटायी और उस कत्थई, छोटे-से तिनके को हटाया, फिर इधर-उधर हाथ से बर्फ हटाने लगी। तब ही ऊपर से तेज़ चीं-चीं की आवाज़ आई। सर ऊपर उठाया, शायद दाना चुग कर लौटे हैं। सोसन बर्फ पर खुशी से उछली और दौड़ती हुई, जाते हुए भाई-बहन में शामिल हो गयी।

शाम को पसीने से लथ-पथ बर्फ हटाते हुए जमशेद सोच रहा था 'कब तक चलेगा यह सब? अगर पैसा हो तो कुछ सोचा भी जा सकता है। जान-पहचान के कई लोगों ने अपार्टमेन्ट ख़रीदा है, बुरा तो नहीं। दो कमरे, किचन, बाथरूम और आराम अलग—नीचे बिल्डिंग का चौकीदार, फ़ून और फिर इस मज़दूरी से पीछा छूट जायेगा। आदमी कमाता ही खाने-पीने, पहनने-ओढ़ने के लिए है। फिर रात-दिन भटकने के बाद सर पर छत का भी इन्तेजाम न कर पाया तो लानत है इस कमाने पर!' हाथ में लिया फावड़ा वहीं दीवार से लगा कर जूते झाड़े। बर्फ साफ़ हो गयी थी। पर हफ़्ते भर बाद फिर यही होगा। हो सकता है, कल-परसों में ही बर्फ दोबारा गिर जाये।

लाल उँगलियों को आपस में रगड़ा...उँगलियाँ सूज गयी थीं। उसी हालत में जूता उतार कर कमरे में आया और दरवाज़े की चौखट पर बैठ गया। घुटने भारी हो गये थे। क़ालीन पर फ़ौरन बैठना मुश्किल था। बतूल ने गर्म चाय का फिनजान और नाने ब्रिन्जी[1] की तश्तरी आगे बढ़ायी, "तिरायक के लिए अँगीठी में कोयले सुलगाऊँ?"

"नहीं, बहुत थक गया। अब खाना खा कर आराम करूँगा। अब्बास, टी. वी. चलाना", कह कर जमशेद ने गर्म चाय की चुस्की भरी। पूरा परिवार टी.वी. के प्रोग्राम में डूब गया।

छत पर धुले कपड़े फैले हैं। धूप की तेज़ी से छत अँगारे उगल रही है। पसीने से डूबे तीनों घर में घुसे। अब्बास ने बैग रखा। मुँह पर उल्टे-सीधे छींटे मारे और कमरे में ढके खाने को खाना शुरू कर दिया। सोसन ने सारे कपड़े उतार फेंके और लेट गयी। तय्यबा ने सूखे कपड़ों को उतारना शुरू कर दिया पर अपनी फ्रॉक के उड़े रंग को देख कर उसने क्रोध से सूरज को घूरा, "इतनी तेज़ धूप में मेरी फ्रॉक ही ख़राब हो गयी" पर फ़ौरन ही आँखें नीची करके उन्हें मलने लगी।

दोनों भाई-बहन ने खाना समाप्त कर लिया पर 12 वर्ष की तय्यबा का मन उड़ा-उड़ा सा था।

बतूल बच्चों के आने से आधा घण्टा पहले टाइपिंग सीखने निकल जाती

1. चावल के बने बिस्कुट

है। समय ही ऐसा है, वह क्या करे? सुबह जा नहीं सकती, घर पर ढेरों काम रहते हैं। यही एक ऐसा समय है जब वह आराम से टाइपिंग के लिए जा सकती है, फिर दूसरा आराम यह कि लौटते में जमशेद उसे घर साथ लेता आता है।

सारे बिस्तर बीचों-बीच छत पर बिछे हैं। ऊपर खुला तारों भरा आसमान है। तय्यबा को आज नींद नहीं आ रही है। माँ-बाबा कमरे में जाने क्या कर रहे हैं? कुछ अस्फुट-से शब्द उसके कानों में पड़ रहे हैं, जिस पर विश्वास करना उसे सुखद तो लग रहा है पर उसकी सत्यता पर उसे तनिक विश्वास नहीं है...हम लोग! और अपार्टमेन्ट खरीदेंगे? पर बाबा और माँ बातें तो कुछ ऐसी ही कर रहे हैं...दो कमरे...किचन, बाथरूम...क्या वहीं घर में नहाना होगा...कितना आराम मिलेगा...हमाम जाने की झँझट से मुक्ति मिल जायेगी...हमामख़ाने की याद से उसे याद आया, पिछली बार माँ का उस सूखी औरत से कैसा झगड़ा हो गया था। फिर उसने करवट बदली। बिल्ली पानी से भरे तसले में रखी चावल की पतीली को खोलने की कोशिश में थी। उसने सीधे लेट कर आसमान देखा। फिर शानदार चिकने फर्श वाले घर में खो गयी। किस मंजिल पर होगा—चौथी, पाँचवीं या छठी? फिर आकाशगंगा की ऊँचाई को तय करते-करते जाने कब उसकी आँखें झपक गयीं।

बतूल नौकरी करने लगी। दोनों पति-पत्नी दाँतों से पकड़ कर एक-एक पैसा ख़र्च करते। बहुत मजबूर हो जाते तब वह कुछ ख़रीदते, वरना एक-एक सिक्के को वह बैंक की क़ैद में डाल रहे थे। यहाँ तक कि नौरोज में किरमान भी नहीं गये, न ज़्यादा ख़र्च किया। बच्चों से भी रूज़ेमादर[1] के दिन कोई उपहार न लिया। हाँ, बच्चों को उनकी वर्षगांठ पर नये कपड़े जरूर ख़रीदवाए। मकान के किराए, बिजली और पानी के बिल में कैसे कहाँ बचत करते, उसमें तो मजबूर थे। बाहर खाना और सिनेमा देखना कब का बन्द हो चुका था। और-तो-और पिछले जुमा को शाह अब्दुल अज़ीम[2] भी गये तो साथ में खाना और चाय ले कर गये जबकि बतूल को वहाँ के होटलों के कबाब बहुत पसन्द थे। माँ-बाप के तरीके देख कर सोसन और अब्बास ने किसी खिलौने की माँग न की। बस, बाबा ने चार भुने भुट्टे ख़रीदे थे। उसमें से एक-एक बच्चों को और एक में से आधा-आधा स्वयं दोनों ने खाया था।

कल से घर में माँ-बाबा में तकरार चल रही है। माँ, जायदाद का अपना हिस्सा बेचने को तैयार नहीं है। यह तकरार भी सियावुश के ख़त आने के बाद से शुरू हुई है। जमशेद का छोटा भाई सियावुश अभी किरमान में ही रह रहा है। उसका ख़त आया था कि यदि जमशेद राज़ी हो तो ज़मीन का कुछ हिस्सा बेच कर वह बाग़ खरीद

1. ईरान में एक दिन माता दिवस मनाया जाता है उस दिन बच्चे माँ को उपहार देते हैं।
2. तेहरान शहर का एक धार्मिक स्थान।

ले। ज़मीन तो उपजाऊ भी नहीं है। पर बतूल का कहना था कि वह जमीन का हिस्सा दो साल के बाद अधिक दाम में बिक जायेगा, जल्दी करने से क्या फ़ायदा?

बहरहाल दो दिन की नोंक-झोंक के बाद जमशेद ने इनकार का पत्र डाल दिया कि यदि तुम चाहते हो तो केवल अपना हिस्सा बेचना, हमारा अभी इरादा नहीं है।

बतूल का कहना था—अपार्टमेन्ट जब ऐलॉट होने का समय होगा, तब वे बेचेंगे। बात में वज़न था, तो जमशेद भी मान गया। किरमान में तो एक मकान है ही। यहाँ भी हो जायेगा तो दोनों को आराम होगा।

किरमान से ख़त आया है—खे़त-खलिहान की लड़ाई में भाई को चाकू लग गया है। ख़तरे की कोई बात नहीं है। पैसे की ज़रूरत है। पहले न माँगते, पर अब तुम दोनों कमाते हो तो कहने का मुँह हो रहा है।

जमशेद लिहाफ़ में घुसा ख़त पढ़ रहा है। बाहर बर्फ तेज़ी से गिर रही है। कमरे के शीशों पर पसीना बह रहा है।

"बतूल, पासबुक उठाना।"

"क्यों, क्या काम है?"

"देखूँ, रुपया कितना है?"

"10 हजार तुमान।"

"अपना हिस्सा बेचने की सोच रहे हो?" जमशेद को सोच में डूबा देख कर बतूल बोली।

"नहीं! कुछ पैसे निकलवाने की सोच रहा हूँ।"

"ख़बरदार। इन्हें हाथ मत लगाना वरना टब में पड़े छेद की तरह सारा पानी बह निकलेगा।"

"वह ठीक है पर...।"

"ऐसी कौन-सी ज़रूरत पड़ गयी...?"

"किरमान से खत आया है, रियाबुश को चाकू लग गया है। अस्पताल में है। पैसे मँगवाये हैं।"

"क्या?"

"हाँ! लो, खत पढ़ लो।"

"हालत तो ठीक है न?" बतूल ने घबरा कर पूछा।

"हाँ, ख़तरे की कोई बात नहीं है।"

दोनों ख़ामोश रहते हैं और उसी तरह सो जाते हैं। इतने मेहनत से बचाए पैसे को निकालने की हिम्मत तो दूर रही, उसके बारे में बात करने की जुर्रत दोनों में न थी।

कई दिन इसी उधेड़-बुन में गुज़र गये कि दूसरा खत आया है—भाई की सेप्टिक में मौत हो गयी है। सामने कोई चारा न था, सोचने का सवाल न था। रुपये बैंक से निकाले गये और दोनों बच्चों के साथ परेशान से किरमान भागे।

क्रिया-कर्म से छुट्टी पा कर उनके सामने एक जटिल समस्या थी। भाभी को तेहरान ले जाया जाये या यहाँ छोड़ा जाये? पर यहाँ किसके सहारे? दुश्मनी अलग है, पता न चल पाया चाकू मारा किसने था? ऐसे हालात में क्या किया जाये? अन्त में तय पाया कि सब कुछ बेच कर हिस्सा बाँट लिया जाये। भाभी को किसी प्रकार का दुःख नहीं होना चाहिये। यह सब सोच कर उसने बतूल से रात को कहा—"भाभी की मर्ज़ी हो माँ के घर जाने की तो ठीक है, वरना साथ चले।"

"उसी एक कमरे के मकान में?"

फरज़ाना ने घबरा कर सोचा, जो पूरा-का-पूरा बर्फ से ढका है जिसकी बर्फ साफ़ करते-करते दुबारा फिर बर्फ गिरने लगती है, जाड़े भर यही सिलसिला रहता है। बर्फ उठाते रहो ... साफ़ करते रहो। और जहाँ गर्मी आकाश से दिन भर अँगारे गिरते हैं? मेरी तौबा! वह सर झुकाए विचारों में डूब गयी, पर बात तो करनी थी, सो बहन से की।

भाभी ने साथ चलने की इच्छा प्रकट की, साथ में उनके दो बच्चे—गज़ाला और रज़िया। जायदाद थी ही कितनी? बेच कर पूरा काफिला तेहरान की ओर लौटा। जितनी रकम मिली थी वह आधी से कम क़र्ज़ा देने व कफ़न-दफ़न के इन्तज़ाम में लग गयी। बाक़ी को साथ ले आये।

एक कमरे के उस घर में बधारी जामुन की तरह पूरा ख़ानदान उस हण्डियानुमा कमरे में भरा रहता। बाहर बर्फ का अम्बार, अन्दर तिल धरने की जगह नहीं। ऊपर से भाभी के आँसू।

इन सात महीनों में बाक़ी रुपये बच्चों के नाम लिखवाने, कपड़े बनवाने, भाभी के दिल बहलाने और ख़र्च के बढ़ जाने में कहाँ उड़ गये।

फिर एक साल बाद बैंक की पास बुक में कुछ जमा न हो पाता बल्कि वक़्त-बेवक़्त उसमें से रुपये निकाल कर बच्चों की बीमारी, उनकी ज़रूरतों पर ख़र्च होने लगा। रिश्ता दोनों का करीबी था, फरज़ाना और फ़िरदौस दोनों बहन भी थीं और देवरानी-जेठानी भी थीं। इसलिए पति-पत्नी दोनों का दिल फ़िरदौस के आँसू देख कर पिघलता था।

गर्मी आयी, चली गयी।

बरसात आयी, बहार आयी और मौसम बदलते रहे। अब जाड़े की आमद

है। बच्चों के लिए गर्म कपड़े, हीटर के लिए तेल, बदन को गर्म रखने के लिए अच्छे खाने—सब ही ज़रूरतें हैं।

मकान मिलने का नम्बर आया और चला गया। अब यह हाल है कि एक कौड़ी भी नहीं बची। बाहर तेज़ी से बर्फ गिर रही है, जमशेद को ठण्ड का अहसास हो रहा है। "या खुदा! इस बर्फ़खाने से कब छुट्टी मिलेगी?"

सामने दीवार से लगी, मुख के चारों तरफ शाल लपेटे लेहाफ में दुबकी दोनों बहनें क्रोशिये से कुछ बना रही हैं। पाँचों बच्चे बीच कमरे में एक-दूसरे से लिपटे सो रहे हैं और वह अपने ही घर में अपनी पत्नी से किसी तीसरे आदमी के समान चन्द बातें करके चुपचाप बैठा है।

इस साल कुछ ज़्यादा ठण्ड है। जमशेद ने मफ़लर कानों पर लपेटा और अख़बार के पन्ने उलटने लगा। सोने से पहले हीटर बुझाना पड़ता है। वरना इस कमरे में साँस लेना मुश्किल हो जाता है।

अगर मैं इन्हें न लाता तो? शायद हम लोग इस बर्फ़ख़ाने की बजाय उस दो कमरे के फैशनेबुल अपार्टमेन्ट में होते। जमशेद के मन में छुपी इच्छा ने सर उठाया। जमशेद फिर ऊँची उड़ान में बहने लगा।

'कितना आराम होता। मगर इन बच्चों का, फ़िरदौस का क्या होता? गाँव में शायद फ़िरदौस हालात से हार जाती और हो सकता है कि दुश्मनी में अगर गज़ाला और रज़िया को भी...नहीं-नहीं, खुदा की पनाह! यहाँ सब मेरे साये में पल तो रहे हैं। आराम से न सही, मगर सन्तोष से तो हैं, सब कष्टों के बाद ख़ुश तो हैं।'

जमशेद को लगा, इस कमरे में कुछ न कुछ होने पर भी बहुत कुछ है जो उन्हें गर्म रखे है, वरना शायद उन दो कमरे के उस ख़याली अपार्टमेन्ट में गर्म बिस्तर पर लेट कर भी उन्हें लगातार ठण्ड का एहसास होता रहता और अपने बर्फ हो जाने की ग्लानि शायद उनकी रातों की नींदें उड़ा देती। जमशेद बहुत देर तक अख़बार पढ़ने का नाटक न कर सका और अख़बार तह करके उसे ऊपर टी.वी. पर रख दिया। चारों बहनों में अब्बास सोया पड़ा था। किसका पैर, किसका सर और किसका हाथ—कुछ पहचान में नहीं आ रहे थे, सब मिल कर एक हो गये थे। वह किनारे दीवार को ओर लेट गया। करीब में पाँच साल की गज़ाला लेटी थी। उसके माथे पर आये बालों को हटा कर प्यार से उसके सर पर हाथ फेरा फिर उसके मुख को निहारने लगा। एकदम सियावुश है। उसके नथुनों से निकलती गर्म मुलायम साँसों की गर्मी उसके ठण्डे चेहरे पर महसूस हो रही थी जो उसे धीरे-धीरे सहलाने लगी। उसकी इच्छाओं पर उसके दुखों पर जैसे मरहम का काम करने लगी। इस गर्मी को मासूमाना पवित्रता में वह सन्तोष के साथ आँख बन्द कर सोने की चेष्टा करने लगा। उसे लगा कि जैसे छत की सारी बर्फ कमरे की गर्मी से पानी की बूँदों में बदल रही हो।

आबे-तौबा[1]

दो दिन पहले भारी बर्फ़ गिरी थी। पेड़-पौधे, दरो-दीवार, पहाड़ और मैदान—सब सफ़ेद चादर से ढक गये थे मगर कल रात को हुई बूँदा-बाँदी से बर्फ की सख़्ती पिघल गयी थी और अब तंग गलियाँ बुरी तरह कीचड़-पानी से भर गयी थीं। सूसन बहुत सँभल-सँभल कर कदम रख रही थी। फिसलन भी तो ग़ज़ब की थी। चादर उसने चारों तरफ से समेट कर सीने पर जमा करके दोनों हाथों से पकड़ रखी थी। एकाएक सामानों से भरी वैन तेज़ी से गली में दाख़िल हुई। अब वह इस तंग गली में कहाँ बच कर जाये? दुकानों के दरवाज़े भी बन्द थे, सूसन व ज़ैनब दीवार से चिपक कर खड़ी हो गयी और वैन फर्राटे भरती हुई कीचड़ उछालती पास से गुज़र गयी। पीछे से ज़ैनब बोली, "उफ! कितना बदतमीज़ आदमी था!" सूसन परेशान-सी खड़ी थी। उसका चेहरा, चादर व पैर—सब कीचड़ से लथपथ हो गये थे। "अजीब हाल है, कब कौन राह चलता कीचड़ उछाल दे, कुछ पता नहीं चलता।" वह दुखी हो उठी। आँखों से तड़पती दुःख की लहरों को उसने ज़ैनब से छुपाया और उठती हुई ठण्डी साँस को सीने की क़ैद में ही घुटने दिया।

दूसरी गली में गज़ब का ढाल था। दोनों पैर जमा-जमा कर नीचे हमामख़ाने की ओर उतर रही थीं। हमामख़ाने का दरवाज़ा खोल कर सीढ़ियाँ उतरीं और अन्दर दाख़िल हो गयीं। बदन की ऊष्णता और खौलते पानी के उबाल से हमामखाना सदा की तरह आज भी गर्म था। दोनों ने चप्पलें उतारीं। सामने बहुत सारी औरतें कपड़े पहन और उतार रहीं थीं। कुछ बालों को सँभालने में लगी थीं। वे दोनों भी जा कर क़ालीन पर बैठ गयीं और साथ लायी गठरी को खोल कर कपड़ा बिछाया और उस पर खड़ी हो कर कपड़े उतारने में लग गयीं। हमामखाने की मालकिन, जो रुपये गिन कर थैले में रख रही थी, सूसन को देख कर बटुए को अपनी काली छींट की फ्रॉक में रखती हुई तेजी से आगे बढ़ी, "सलाम सूसन ख़ानम! कब आयीं? अच्छी तो हो? कब तक रहोगी?" एक साँस में वह कई प्रश्न कर गयी।

1. किसी बुरे काम से बाज़ रहने की दृढ़ प्रतिज्ञा, प्रायश्चित।

"सलाम! मैं ठीक हूँ। बस कल सुबह आयी हूँ। परसों चली जाऊँगी! तुम सुनाओ, सब ठीक-ठाक चल रहा है न?" सूसन ने भी एक साँस में सारे जवाब दे डाले।

"अरे, कहने और देखने से तो मैं भली-चँगी हूँ। सब कुछ ठीक-ठाक भी चल रहा है। मगर जो दिल पर गुज़रती है उसे तो खुदा ही जानता है। खुदा झूठ न बुलवाए बेटी! तुम्हारे चाचा ने इस साल यह तीसरा सीग़ा[1] कल किया है, वह भी एक यहूदिन से! बच्चे अपने घरों में मस्त हैं। बस, मैं अकेली आख़िरी हमाम का इन्तज़ार कर रही हूँ। मरूँ तो जान छूटे। तन्हाई की ज़िन्दगी भी कोई ज़िन्दगी है, वह भी ज़िन्दगी के आख़िरी पहर में?" सनोबर ख़ानम के चेहरे पर से जाड़े की जाती हुई धूप ने भी जैसे अपनी आख़िरी किरणों को समेट लिया हो।

"कैसी बात कर रही हो आज, सनोबर खानम? हिम्मत से काम लो। फिर तुम्हें कमी किस बात की है?" सूसन ने सनोबर को हिम्मत दिलाई।

"लो, और सुनो! किसी का मियाँ हर तीन मास बाद 'सीग़ा' करे तुम उससे कहो कुछ हुआ ही नहीं?" सनोबर खानम सीना पीट कर हाथ नचा कर बोलीं।

"ठीक तो कह रही है, सूसन! तुम भी सीग़ा कर लो सनोबर खानम! तब ही वह बूढ़ा खूसट सुधरेगा। क़ब्र में पैर लटकाए है और मियाँ को हरी-हरी सूझ रही है।" ज़ैनब ने उकता कर कहा। वह सनोबर से बहुत चिढ़ती थी। कंजूस-मक्खीचूस, एक-एक पैसा दाँत से पकड़ कर ख़र्च करती है, इसीलिए मियाँ भागा होगा—भाभी को अब कौन समझाए—दो दिन के लिए आयी हैं, बक-बक तो सुननी ही पड़ेगी।

"तौबा करो, तौबा!" सनोबर खानम लरज़ गयी। फिर दुःखी हो कर बोली, "मुझसे कौन इन उमर में सीग़ा करेगा, सफ़ेद बाल देखो।" उन्हें अपनी इस मजबूरी का भी ग़म था, बालों की लट ज़ैनब को दिखाते हुए बोली, "और जो करेगा, वह मेरे रुपये से करेगा। अकेलापन किसी ऐरे-गैरे, नत्थू-खैरे पर ख़र्च करूँ?" फिर बात बदलने के लिए बोली, "यह चूड़ी कहाँ से ली? शाहरज़ा से ख़रीदी है?"

"अरे नहीं, यह तो हिन्दुस्तान से मेरी दोस्त लायी है।" सूसन ने हँस कर कहा।

"वाह! यह सौगात, हिन्दुस्तान भी क्या मुल्क़ है? क्या ज़मीन है? बहुत-बहुत कुछ सुन रखा है मैंने। मौका मिला तो उस मुल्क़ को देख कर आऊँगी, मगर जाऊँगी किसके साथ?" तब ही किसी औरत ने पैसा देने के लिए उन्हें पुकारा। "अभी आयी", कह कर सनोवर खानम चली गयीं। सूसन और जैनब अपने कपड़े उतारने में लग गयीं। जब बदन पर केवल पैण्टी रह गयी तो दोनों ने बालों से क्लिप निकाली। साबुन, कंधे और शीशे का थैला लिया और अन्दर दूसरे कमरे की ओर बढ़ीं। दोनों कमरों के बीच ठण्डे पानी का छोटा-सा हौज़ था। जैनब पैर धो कर

---

1. विवाह, जो एक विशेष समय के लिए किया जाये जो घण्टों से ले कर मास व वर्ष तक चलता है

अन्दर चली गयी। सूसन ने जैसे ही पैर डाला, गिनगिना उठी। ठण्डा, बर्फ़ीला पानी था। उसकी हड्डी में सनसनाती-सी ठण्डी लहर दौड़ गयी और इसी के साथ एक तीव्र इच्छा किसी परकटे ज़ख्मी परिन्दे की तरह उसके दिल के आँगन में उड़ने की नाक़ामयाब कोशिश करती, छटपटाती अपने ही ख़ून में तर लोटने लगी—काश! मैं जम जाती। मैं बर्फ़ बन जाती। फिर कोई इच्छा मुझे पिघला कर यूँ कीचड़ के दलदल में न घसीट सकती। इच्छा ही क्या, तब वह ऐसी कठोर, अचल, शान्त, भावहीन हिमशिला होती कि उस पर सूरज की गर्म किरणें भी अपना प्रभाव न डाल पातीं और तब वह पर्वत के ऊँचे शिखर पर युगों तक ख़ामोश पवित्रता का स्रोत बनी। नीले आकाश को ताकती रहती...'आह...इच्छा करना कितना ख़ूबसूरत है और कितना आसान भी।'...एकदम से पीछे किसी औरत के आ कर खड़े हो जाने और कंधे पर उसके हाथ के स्पर्श के अहसास से सूसन चौंकी और पीछे देखा तो सचमुच ही कई औरतें उसको प्रश्नसूचक नज़रों से घूर रही थीं। उसने घबरा कर दोनों पैर ठण्डे पानी से बाहर निकाले और घूम कर दूसरे कमरे में आयी।

हमामखाने में आज ज़रूरत से ज़्यादा भीड़ थी। नंगे जिस्मों की भरमार थी। इसी बदन की खूबसूरती पर लोग मरते हैं? इस वक़्त कैसे घिनौने, बदसूरत, ठण्डे और फीके लग रहे हैं? हर औरत का नंगा बदन सूसन को उसके चेहरे पर पैबन्द-सा लग रहा था। नंगापन कितना कुरूप होता है? मगर इन्सानी कमज़ोरी का आरम्भ तो इस नंगेपन से ही शुरू होता है। ज़ैनब कोने में चुपचाप खड़ी थी। जगह कहीं नहीं थी। आज स्कूल में छुट्टी होने के कारण बच्चे अधिक नज़र आ रहे थे और शायद भीड़ का कारण भी यही था।

ज़ैनब को एक कोने में नल ख़ाली नज़र आया मगर वहाँ जनसंख्या का घनत्व सबसे अधिक था। एक औरत सात बच्चों के साथ बैठी थी। सबसे छोटे बच्चे को अपनी नंगी फैली टाँगों पर बिठाये बुरी तरह मल-मल कर नहला रही थी। बाक़ी बच्चे शायद मलाई से थक गये थे और शीशे-से दमकते लाल चेहरे लिये तेज़ी से खीरा और अनार खा रहे थे। दूसरे कोने में तीन-चार बूढ़ी औरतें बैठीं एक-दूसरे का बदन मलती गप्पें मार रही थीं। उनके पास ही सोने के सिक्कों के ज़ेवरों से लदी दुबली-पतली लड़की सर पर शैम्पू लगा रही थी। दूसरे कोनों में भी यही हाल था। मजबूर हो कर ज़ैनब से ख़ाली तशत पानी से भरा और बीच के बिना नल वाले हिस्से में बैठ गयी—"चलिये सूसन! जब तक हम कीसा करते है तब तक कोई-न-कोई जगह ख़ाली तो हो ही जायेगी।"

सूसन के अन्दर फिर पहाड़ी आबशार का शोर बढ़ गया था। पानी पत्थर पर सर पटकने लगा। मगर क्या मजाल जो नदी बन कर आँखों से बह निकले? मन में हूक उठी। 'आबे तौबा' के लिए भी जगह नहीं है। शायद गुनहगार के लिए सारे जहाँ का पानी .ख़ुश्क हो जाता है। दोनों आमने-सामने बैठ गयीं। जैनब

कुछ-न-कुछ बोल रही थी मगर सूसन अपने ही विचारों में डूबी हुई थी।

'मल-मल कर आज वह सारे गुनाह के निशान मिटा देगी। सारे हवस के धब्बे धो डालेगी।' कैसी नफ़रत पैदा हो गयी है उसे अपने इस बदन से। कभी-कभी तो लगता है इस बदन को ही मिटा दे। इसी की इच्छा से आज उसकी आत्मा तड़प रही है। उसका अहं उसके शरीर की क़ैद में पड़ा दम तोड़ रहा है। उसका घमण्ड हीनता की आँधी में जाने कहाँ उड़ गया है। एक दावाग्नि उसके ख़ून में लगी उसके पूरे जिस्म को लपटों में बदल रही है। काश! यह ज्वाला उसके अस्तित्व को जला कर राख में बदल दे! यूँ सुलगते रहना उसको सहन नहीं होता है। उसे यक़ीन है, जहन्नुम के शोलों की तपिश भी इतनी असहनीय नहीं होगी मगर यहाँ तो रोम-रोम में दहकते आग का समुद्र, लाल बहता दरिया, जहाँ तक अहसास की आँखें जाती हैं। बस आग-ही-आग है, लपटें-ही-लपटें! सुर्ख़ नारंगी, ज़र्द! कभी-कभी यह आग उसके लिए अधिक दुखदाई हो जाती है जब भीगी लकड़ी-सी सुलगती है और उठते धुएँ के बीच सूँ-सूँ करती हड्डियों के बीच चटखती हुई रोती है। उसे पता है, ज्वालामुखी की यह गर्मी क्रोध की है। यह तपिश ग्लानि की है। यह लपटें नफ़रत और झुँझलाहट की हैं और यह दावाग्नि वास्तव में पछतावे और बेलुत्फ़ी की है।

उसने तेजी से अपने नंगे बदन कर पानी डालना शुरू कर दिया है। उसे लगा, दहकते-लहकते अंगारे पानी की बूँदों से छुन-मुन कर बुझ रहे हैं और स्याह कोयलों में बदल रहे हैं। बुझते कोयलों की तपिश, भाप के गर्म बादलों की लहक में उसका दम घुट रहा है। तश्त का पानी यूँ ख़त्म होते देख कर ज़ैनब ने कहा, "सूसन, यह सफ़ेदा तो लीजिये और आपका कीसा कहाँ है?"

सूसन को जैसे होश आ गया, वह यहाँ थी ही कब? वह तो अपने ही अस्तित्व की भूल-भूलैया में खोई सुरंग-दर-सुरंग डूबती जा रही थी। सूसन, जैनब के इस इशारे से झेंप गयी। चारों तरफ नज़र डाल कर वह सफ़ेदा बदन पर मलने लगी, फिर कीसा रगड़ने लगी अपनी पूरी ताक़त से, जैसे अपने मन की सारी कुण्ठा बदन पर कीसे की सख़्त ख़ुरदरी रगड़ से ख़ाली करना चाह रही हो। सफेद बदन पर इस तेज रगड़ से मैल की बटें क्या निकलतीं, वहाँ तो सुर्ख़ धब्बे पड़ने लगे थे। तब ही पीछे से आवाज़ आयी—

"लाओ, तुम्हारी पीठ मैं मल दूँ।" सूसन ने मुड़ कर पीछे देखा। धन्यवाद दे कर उसने कीसा उस औरत के हाथ में थमा दिया जो अधेड़ उम्र की, मगर ज़िन्दगी की चाहत से भरपूर चेहरे वाली थी। सीने भारी हो कर आगे निकले हुए बड़े-से पेट-से-पेट रखे थे। पतले गीले बाल भारी शानों पर चिपके थे। बदन पर पैण्टी भी न थी। आराम से पालथी मारे बैठी थी। जब सूसन की पीठ मल चुकी तो सूसन को भी औपचारिकता पूछना पड़ा और उसकी गुदगुदी, चम्पई चिकनी पीठ

पानी डाल-डाल कर मलनी पड़ी। उस औरत ने बड़ी मीठी मुस्कान से धन्यवाद दिया और हौले-से शरारत भरे अन्दाज से बोली, ''तुम्हारे सीने कैसे सुन्दर हैं! सच, जैसे गदराये अनार।''

सूसन ने घबरा कर सीने पर निगाह डाली, ''कहाँ...? कहाँ है सुन्दरता?'' वहाँ तो केवल चन्दन के तने पर लिपटे ज़हरीले साँप के दाँतों के बेशुमार निशान थे—नीले-काले-नीले। उफ़! कितनी बेदर्दी से उधेड़-उधेड़ कर उसे खगोला था उसने! कितना ख़ालीपन, कितना फीकापन दिया था। मुँह का ज़ायका आज तक कड़वा, कसैला हो रहा है।

''क्यों इतना घबरा क्यों रही हो? ऐसी भी क्या शर्म जैसे कि कुँवारी हो?'' उसने आँखों के इशारे से पेट की ओर इशारा करते हुए मुस्कुरा कर कहा। सूसन ने अपने पेट पर पड़े निशान देखे और एक सन्तोष की साँस ली। यही तो एक निशान बचा है उसके शरीर पर जो उसकी ममता का, औरत होने का गौरव है, वरना लोबान की तरह उसका वजूद आग में जल कर कब का भस्म हो चुका है। उन्मुक्त मीठी-सी हँसी, हँसी। ''हाँ, मेरे दो बच्चे हैं—एक लड़का और एक लड़की।'' ''बस?'' वह औरत अँगूठियों से भरे हाथों को होठों पर रख कर हँसी। ''मेरे दस बच्चे हैं इसके बाद फिर ग्यारहवाँ...!'' वह लाज-भरे घमण्ड से हँसी जिसमें हल्का-सा नाज़ था और उसके पारिवारिक सुखद जीवन की झलक थी।

''आप सँभालती कैसे हैं?'' सूसन को लगा, उसका गला घुट रहा है। ग्यारह बच्चे? खुदा इस बुरे दिन से सबको बचाये।

''औरत का और काम ही क्या है?'' वह हँसी और फिर सीने की तरफ इशारा करके बोली, ''यह खुदा ने किसलिये दिये हैं? खुदा के बाद पैदा करने का हक़ औरत को मिला है, और मैं औरत हूँ। सीने नहीं देखती हो, कैसे भारी हो रहे हैं? हर बच्चे को दो साल तक अपना दूध पिलाया है—और फिर बच्चे तो जवानी की निशानी होते हैं।''—उसके चेहरे पर ग्यारह बार किये गये अपने प्रेम के ऐलान का रंग झलक रहा था, जिसमें घमण्ड था, चुनौती थी और विश्वास भी था। सूसन को कहीं से साँप की सरसराहट अपने बदन के चारों तरफ महसूस होने लगी जैसे साँप उसका बदन अपने लचकीले, ठण्डे, चिकने बदन में धीरे-धीरे कस रहा हो और अपना मुँह खोल कर उसके दूधिया सीने को अपनी मुँह में दबा कर ज़हर का नीलापन बिल्लौर जैसे तन पर फैलाने लगा हो। 'उफ़! घूँट-घूँट यह ज़हर कब तक मुझे पीना पड़ेगा? मैं मर क्यों नहीं जाती?' बड़ी मुश्किल से वह अपनी जगह से उठी। दूसरी ओर बने फ़व्वारों वाले कमरों की तरफ बढ़ी। ज़ैनब पहले ही जा चुकी थी।

फव्वारा खोल कर वह पागलों की तरह अपना बदन रगड़ने लगी इस उम्मीद पर, कि शायद तन पर पड़े लाख के लाल सख्त निशानों पर चुम्बनों की मोहरें

धुल जायें, गुनाह के अक्षर मिट जायें और धरती उसके शरीर से बहा ज़हरीला नीला पानी अपने में जज़्ब कर ले। यही तो होगा कि धरती के कुछ हिस्सों पर ज़हरीली ऊदे फूल की कँटीली झाड़ियाँ उग आयेंगी जो वास्तव में उसके गुनाह की साक्षी, उसकी दास्तान आने वाले लोगों से कहेंगी और बस! उसने होठों-ही-होंठों में दुआएँ, तौबा पढ़नी शुरू कर दीं। खुदा के आगे वह बुरी तरह गिड़गिड़ा रही थी। फव्वारे की बौछारों के साथ दोनों आँखें बुरी तरह बरस रही थीं जैसे चिटखे शीशे से बारिश की बहती सीधी धारा एकाएक अवरुद्ध-सी हो कर फिर सीधी बहने लगी हो।

आज से दस साल पहले सूसन की शादी कामरान से हुई थी। घरेलू जीवन सुखी था। किसी भी तरह की परेशानी न थी मगर अपने शौक़ के कारण अपने से बुलाई परेशानी कभी-कभी दोनों को उलझा देती थी, जिसका महत्त्व अधिक न था। कामरान इंजीनियर थे। घरों के नक़्शे बनाना, वीरान जगहों को बसाना और पत्नी-बच्चों पर जान छिड़कना—यही ज़िन्दगी थी उनकी। सूसन साइकॉलोजिस्ट थी। बच्चों के एक स्कूल में वह नियुक्त थी। बच्चों के मनोविज्ञान, उनके विकास और बौद्धिक स्तर को देख कर वह उनके मार्ग का चयन करती थी। इस कारण बच्चों के माता-पिता सूसन का न केवल ख़याल करते थे बल्कि उसको खुदा के बाद अपने बच्चों का पथ-प्रदर्शक मानते थे। सूसन का अपने ख़ानदान, मित्रों और पड़ोसियों में सब ही जगह बहुत आदर होता था।

ऐसा भी नहीं था कि सूसन की ज़िन्दगी में सब कुछ अच्छा-ही-अच्छा हो। ऊपर से देखा जाये तो सब कुछ अच्छा ही था परन्तु इस अच्छाई के पीछे उसे कितना दर्द सहना पड़ता है, वही जानती है। अगर वह साइकॉलोजिस्ट न होती तो शायद एक आम पत्नी, एक आम माँ, एक आम नागरिक की तरह रहती, एक मामूली आम-सी ज़िन्दगी जीती। मगर उसे तो सोचने की, हर काम के अच्छे-बुरे प्रभाव, हर घटना को पहली और दूसरी घटना से जोड़ने की आदत-सी पड़ गयी थी। वह भी अब दिमाग़ी तौर से कोई सीधी-सादी औरत नहीं रह गयी थी। जितना उसके लिये मानव मस्तिष्क खुला था, उतना ही वह तानों-बानों में उलझी, उन्हें सुलझाने में व्यस्त रहती थी। उसके पास परेशानियों की लम्बी लाइन थी मगर दूसरों की, जिन्हें उसे सुलझाना रहता था जैसेः बाक़रज़ादे ने जब से अपनी पत्नी को तलाक़ दिया था तो उनकी पाँच साल की लड़की को सोते में चलने और रोने की आदत पड़ गयी थी। मोहकिक़ के घर में रोज़-रोज़ लड़ाई से बच्चा क्लॉस में दबा, डरा, नाखून चबाता रहता था। दूसरों की चीजें ख़राब करता था। यह देख कर सूसन ने कामरान के साथ सम्बन्ध हमेशा मधुर रखा। कुछ बुरा लगा तो दवा के कड़वे घूँट की तरह उसे पी गयी, क्योंकि वह अपने बच्चों पर किसी प्रकार का बुरा प्रभाव नहीं देखना चाहती थी।

मीटिंग से निकल कर भी शमशाद बड़ी तन्मयता से उससे अमज़द के बारे

में बातें करता रहा। अमज़द पाँचवीं क्लास का विद्यार्थी अजीब मनोविकार से ग्रसित था। पढ़ने में बहुत तेज़, पर कभी-कभी जाने क्यों वह परीक्षा में सादी कापी दे देता। उसकी बहकी-बहकी बातें, उसकी ऊट-पटांग हरकतें देख कर माँ-बाप, अध्यापक सब ही चिन्तित हो उठते थे कि एकाएक इस बच्चे को क्या हो जाता है? पाँचवीं क्लास वह पास कर चुका था और अब छठी क्लास में वह कौन से विषय ले, इसी को ले कर किसी अन्य स्कूल का साइकॉलोजिस्ट जो नया-नया यूरोप से डिग्री ले कर लौटा था और सूसन के इस विद्यार्थी में बड़ी दिलचस्पी दिखा रहा था, अपना सारा ज्ञान उँडेल रहा था कि किसी तरह इस बच्चे की समस्या हल हो जाये। सबको पता था कि उसके घर का वातावरण तो ठीक होने से रहा। माँ क्लब से जुआ खेल कर सुबह को घर लौटना छोड़ेगी नहीं, बाप इसी ग़म में पीता है। फिर क्यों न बच्चे को ही सँभाला जाये? शमशाद इतनी बात कर रहा था कि मजबूरन सूसन को कहना पड़ा कि उसे जाने में देर हो रही है, बाक़ी बातें कल होंगी।

"अगर एतराज़ न हो तो आधे घण्टे हम यहीं कहीं बैठ कर बातें करते हैं। फिर आप चली जाइयेगा। मुझे कल जाना भी है, फिर समस्या भी तो जटिल है। यूँ टाला भी तो नहीं जा सकता है। कल यही बच्चे हमारे मुल्क़ को सँभालेंगे। कुछ कमी रह गयी तो हम आप अपने को माफ़ नहीं कर पायेंगे।" ऐसा तर्क सुन कर सूसन लाजवाब-सी रह गयी थी।

"घर चलिये", मजबूरन सूसन को कहना पड़ा। सारा स्कूल ख़ाली हो रहा था। ऐसे में वहाँ ठहरना उसे पसन्द न था। पसन्द तो उसे दफ़्तर की समस्या घर ले जाना भी न था, मगर क्या करती? शमशाद तो हाथ धो कर अमज़द के पीछे पड़ गया था। सूसन अपने इस व्यवहार से ख़ुश नहीं थी, क्योंकि वह अपने बच्चों के मस्तिष्क पर किसी प्रकार का बोझ उनके दोस्तों-साथियों की समस्याओं को सुना कर नहीं डालना चाहती थी, परन्तु इस समय मजबूर हो गयी थी और शमशाद को दावत दे बैठी थी। शमशाद तो ऐसा बैठा और कामरान की बातों में ऐसा डूबा कि रात के खाने के बाद ही अपने घर लौटा। और इसके बाद वह कई बार आया। हमेशा यूरोप के अनुभवों से भरा हुआ, उन्हें सुनाता हुआ। सूसन को उसने ढेरों चित्र वहाँ के स्कूलों के बच्चों के दिखाये थे जिन्हें देख-सुन कर सूसन को लगा था कि उसका देश भले ही नक़ल में आगे है मगर वास्तव में बहुत पीछे है। जहाँ औरतों पर ही विभिन्न प्रकार के प्रतिरोध लगाये जाते हों, वहाँ बच्चों का विकास क्या हो पायेगा? ऊपरी तड़क-भड़क इतनी आ गयी है कि हर काम में किसी को इसका ध्यान ही नहीं रहता कि उस काम का उद्‌देश्य, उसकी आत्मा तो कहीं नहीं खो गयी है? बस, मुर्दा जिस्म की सजावट और एक भीड़ शवयात्रा जैसी...कब सुधरेगा यह सब? सूसन शमशाद की बातों को सुन कर घबरा कर

सोचती। उसका मन देश के लिए दुखता, स्त्रियों के लिए तड़पता, उसको मंज़िल बहुत दूर दिखती।

पानी की सतह पर फड़फड़ाते सुरमई कपोत की तरह तुम मेरे दिल के आस-पास आ आकर मँडराते रहे, लौटते रहे क्योंकि मैंने अपने दिल के धरातल पर तुम्हें पल भर भी ठहरने न दिया था। जानते हो क्यों? क्योंकि पानी की तरह बहना मुझे पसन्द है, जीवन में हरकत चाहती हूँ और फिर पानी की तरह का यह पारदर्शी तरल अपने ही रंग का मेरा स्वभाव किसी को साथ ले कर बहना चाहता है मगर तुम हो कि ठोस धरातल की तलाश में मुझ जैसी के अस्तित्व के सागर पर मँडरा रहे हो, अपने को पल भर जमाने के लिए और मुझे बूँदभर चखने की लालसा में परेशान।

सूसन शमशाद की आँखों का पैग़ाम समझने लगी थी। शमशाद ही क्या, शमशाद जैसे सारे लोगों के दिल का हाल जानती थी मगर उसके मन में ऐसा कुछ करने, कुछ भोगने, कुछ पाने की न जिज्ञासा थी, न तरंग। उसके दामन में सब कुछ था। वास्तव में ऐसा कुछ करने या उन पैग़ामों के जवाब देने की न उसे चाह थी, न ज़रूरत।

पुरुषों के साथ काम करने में उसे एक ही शिकायत थी कि वह औरत के काम, बुद्धि से ज़्यादा औरत होने से रुचि रखते हैं, जैसे उनका औरत होना उनके जीवन की उपलब्धि है। हर रिश्ता स्त्री-पुरुष के धरातल पर जा कर लचक जाता है। क्यों वह सिर्फ़ दिमाग़, सिर्फ काम, सिर्फ उपलब्धि नहीं रह पाता? लचक ज़रूरी है। प्रकृति का नियम है, वह जानती है, मानती है। अनुराग के बिना किसी भी अंकुर का फूटना नामुमकिन है परन्तु प्रकृति के इस स्वाभाविक नियम को हर स्त्री-पुरुष के सम्बन्ध में लागू किया जाना अजीब नहीं है क्या? उसे बड़ा अटपटा-सा लगता है, जब लोगों का दायरा काम से हट कर उसके व्यक्तित्व के चक्कर काटने लगता और वह झुँझला कर सोचती, आखिर कब तक औरतों के ये चित्र पुरुष फ्रेम में घुटते-चीखते रहेंगे? इसीलिए वह कुछ समय बाद अपने हाव-भाव से स्पष्ट कर देती कि वह अमृत का प्याला ज़रूर है मगर हाथों की पहुँच से बहुत दूर। आकाश पर चमकते शुक्र तारे की चमक से आँखें सेंकी जा सकती हैं मगर उसे तोड़ा नहीं जा सकता है। इसी खुलेपन के कारण उसके व्यक्तिगत सम्बन्धों में औरतों से ज़्यादा मर्दों की तादाद थी। लेकिन कभी दरार न पड़ी। सब ही कुछ समय बाद उसे समझ जाते कि सूसन किसी भी लिजलिजे सम्बन्ध को जीवन में स्थापित नहीं कर सकती हैं। वह जीवन में मिठास, पवित्रता, स्पष्टता व सत्यता को पसन्द करती है। जब मीटिंग में नये पुरुष उससे मिलते, बातें करते तो कुछ समय बाद वह अपनी जन्मजात माँग पर चलने लगते। उनका अनुचित व्यवहार उसे अटपटा लगता परन्तु वह अपना रौब बनाये रहती और ऐसा व्यवहार करती जैसे वह उनका न इशारा समझी है, न मतलब, मगर स्वयं से कहती, 'फड़फड़ाने

दो! इस समुद्र पर कोई नहीं टिक सकता है। और फिर ये कोई इश्क़ के परिन्दे थोड़े ही हैं जो सर पटक कर मर जायेंगे? ये तो वो मौसमी परन्दि हैं जो मौसम के साथ आते हैं और मौसम के बदलते ही लौट जाते हैं। दरवाज़े पर लगे हर बन्द ताले को चोंच से खोलने की इनकी व्यर्थ की चेष्टा और फिर दूसरी दिशा की ओर इनकी उड़ान। इनका इतिहास केवल दो शब्दों का है—आना और जाना। इनकी न कोई संस्कृति है, न सभ्यता। बस, स्वतन्त्रता के पुजारी हैं। हर चीज़ पर चोंच मारना इनका धर्म है। न यह इश्क़ पहचानते हैं और न इरफ़ान! ये केवल ईमान ख़राब करते हैं--अपना भी और दूसरों का भी।'

मगर ये विचार, ये भाव—यह सब तो बहुत पहले की बात है जब झुंड-के-झुंड कपोत आकाश से उड़ते हुए नीचे उतरते और अपने थके बदन को उसके चाँदी जैसे झिलमिलाते अस्तित्व में सराबोर करना चाहते थे और वह गौरवान्वित-सी पर्वत के मस्तिष्क से निकली निरन्तर गिरती उज्ज्वल धारा के रूप में अपने को बहता पाती थी। कपोतों की तृष्णा को पल-पल बढ़ाती हुई, परन्तु क्या मजाल जो किसी भी कपोत को क्षणभर भी अपने दिल की मुंडेर पर सुस्ताने भी दिया हो मगर.. .वह जंगली कपोत जाने किन पहाड़ी दर्रों-समुद्रों को पार करता हुआ अपने वहशी पंख फड़फड़ाता हुआ आया और उसके अस्तित्व के सागर को उसने बूँद भर चखा नहीं बल्कि एक साँस में ही पूरे-का-पूरा पी गया था उसकी आँखों के सामने, और वह ठगी-सी उसकी प्यास को बुझता देखती रही थी।

वह उसे ख़ाली करके उड़ गया और वह नदी के छोड़े मार्ग की तरह ख़ाली, नंगी, जलती काया लिये नंगे पत्थरों से टकराती प्यास से पागल तड़प रही है। एक तृष्णा, एक तिश्नगी उसके पथरीले वजूद को दहका रही है। प्यास भी कैसी नादानी भरी है। खाली नदी के तल को दोबारा भरने की, कहीं कमान से निकला तीर भी कभी वापस आया है?

मामूली-सी मुलाक़ात कब और कैसे इतनी गहरी हो गयी और तन के मिलाप में बदल गयी, उसे कुछ याद नहीं। बस, क्षण-भर के लिए एक ज्वार उठा था—मीलों लम्बा, उसके व्यक्तित्व से कट कर बहुत ऊँचा, मगर चाँद को न छू सका था और भाटा बन कर साहिल पर पछाड़ें खाता, उसको तोड़ता-फोड़ता, उसका सब कुछ बहा कर दूर ले गया था।

सूसन का विचार था, दो इन्सानों की मुठभेड़, एक छोटी-सी मुलाक़ात शबनम की तरह पवित्र होती है और मिलाप प्रौढ़ता की चरम सीमा पर पहुँच कर मूसलाधार बारिश में बदलता है। तब नये फूल की पंखुड़ी उसे नाज़ से अपने तन पर शबनम की बूँद की तरह सजाती नहीं है बल्कि मूसलाधार बारिश से धुल कर, खिल कर और निखर कर वह और विकसित होती है मगर यहाँ...इस मिलाप में कुछ ऐसा न था। यहाँ तो न निखार था, न रंग और न खुशबू—बल्कि मूसलाधार बारिश के

तूफानी प्रचण्ड वेग ने फूल की पंखुड़ियाँ धोई न थीं बल्कि छितरा दी थीं और अब ठूंठ-सा पराग हवा के रहम पर अपना सौन्दर्य, अपना कौमार्य हार कर झूल रहा था। कुरूप, ख़ाली, मुर्दा, फीका व दिशाहीन...। शमशाद ने उसे छला, परन्तु बड़ी चतुरता से छला! उसे औरत-मर्द का मनोवैज्ञानिक दृष्टिकोण समझा कर सेक्स पर बहस करके उसके अन्दर की सोयी उस निश्छल भोली, सादी औरत को इतना जगा दिया था कि वह ख़ुद न जान पाई कि एक साईकॉलोजिस्ट, दूसरे साईकॉलोजिस्ट की साईकॉलोजी से खेलना चाहता है। वह इन सारी बातों से अनभिज्ञ, धीरे-धीरे शमशाद के इतना समीप आ गयी कि उस पर उसका हर तरह का विश्वास बढ़ता गया। कभी-कभी सोचती, कितने दिनों बाद इतना सुलझा, पढ़ा-लिखा आदमी देखने को मिला है। शायद सालों तक यूरोप में रहा है, यह उसी की देन है।

मगर इस निकटता की कीमत जो सूसन ने चुकायी, उसके बाद में पता चला कि गुनाह के बारे में ऐसा सुन्दर दृष्टिकोण, एक जीवन से भरपूर वर्णन, पाप व पुण्य की परिभाषा को जिस काव्यपटुता से शमशाद ने वर्णन किया था कि वह भी एक नयी आश्चर्यजनक दुनिया को समझने की जिज्ञासा को दबा न सकी और लालायित हो कर हर तरह का वार्तालाप करती। सोचने लगी थी कि आखिर गुनाह क्या होता है? पराया मर्द क्या होता है? तन का सुख बिना किसी दायित्व के किया जाये तो कौन-सी अद्‌भुत स्वर्गिक अनुभूति देता है? बदन वास्तव में किताब है और किताब का पूरा पढ़ना जरूरी है। अधूरी किताब भला क्या मज़ा देती है? अभी तक उसने यह साहित्य क्यों नहीं पढ़ा? अभी तक वह क्यों इस विज्ञान की तरफ से आँखें बन्द किये थी? ज़िन्दगी का कितना महत्त्वपूर्ण पहलू है। संसार की सृष्टि का राज़ यही है। कितनी भोली है वह? इन सारी बातों को जानने की बेचैनी में नयी दुनिया की खोज उसकी यात्रा में गुम दिमाग़ी झूले में झूलती वह ज्ञान के आसमान को छूना चाहती थी, साथ-ही-साथ सीने में बग़ावत के ज्वालामुखी को दबाये सब कुछ बदल डालने की प्रवृत्ति से तड़पती उस औरत ने अपने को सब कुछ जानने-समझने की राह पर छोड़ दिया था। विचार से, दिमाग़ी तौर से धीरे-धीरे वह शमशाद के अधिक निकट होती गयी मगर सुनने और जानने की हद तक। मगर वह जानती न थी कि हर हद के बाद दूसरी सीमा का आरम्भ होता है और उड़ने वाला परिन्दा हर सीमा को पार कर जाता है और इस अनजानेपन में उसने अपना सब कुछ शमशाद को सौंप दिया—खुशबू, रंग और अपने जीवन भर की जमा पूँजी।

सूसन को हर शीशे की चीज़ से चिढ़-सी हो गयी थी। आखिर वह साबुत क्यों बचा है? और इसी झुंझलाहट को ले कर एक-एक करके वह हर शीशे को तोड़ रही है। उसके वजूद का शीशा जब दरक गया, चटख गया, उसमें बाल आ गया तो फिर किसी भी शीशे को साबुत रहने का हक़ नहीं होना चाहिये। इसीलिए

वह खिसियाई-सी हर शीशे को तोड़ती थी। घर में शीशे के बर्तन या तो टूटे मिलते या फिर कूड़ेदान में चकनाचूर। खिड़की-दरवाज़ों के शीशे कहीं-न-कहीं से चटखे थे।

सूसन को लगता, उसके पैरों के नीचे से किसी ने ठोस धरती छीन ली है और वह दलदल से गर्दन तक फँसी छटपटा रही है।

रातों की नींद कब की उससे रूठ चुकी थी। अब तो यह आलम है कि जब भी वह बिस्तर पर लेटती, उसे अपना आत्मसमर्पण याद आ जाता। वह सारे स्पर्श, फिर उस स्पर्श में डूबा उसकी पत्नी का और विभिन्न स्त्रियों के स्पर्श गड्ड-मड्ड हो जाते। उसे अपने अंग-अंग से घृणा होने लगती, अपने सारे व्यक्तित्व से नफ़रत! मन में पछतावा—बहुत पछतावा होता, वह कहाँ गिरी? गन्दगी से भरपूर गड्ढे में उसका मन मचलने-सा लगता। उसकी ग़लती कहाँ पर थी जो यूँ अनजाने ही किसी की हवस का निशाना बन गयी। उसे बहुत कुछ मिला मगर उसको कुछ न मिला सिवाय आत्मा को कचोटते रुदन के, जो घुन की तरह उसे निरन्तर खोखला कर रहा है। और इसी बेचैनी में वह टैरेस पर टहलती रात गुज़ार देती।

शमशाद ने कैसा साफ़-सुथरा, सुलझा हुआ अपने को दिखाया था, आम मर्द के छिछोरेपन से ऊपर उठ कर। निकला वह आम ही मर्द। छिछोरा, घिनौना और कामवासना से ओत-प्रोत। और चूँकि वह साईकॉलोजिस्ट था, इस कारण उसने सूसन के दिमाग़ को पहले पढ़ा। फिर उसके हर महत्त्वपूर्ण पहलू पर लाल लाईन खींची, मोहरे बैठाये और फिर आसानी से अपनी मंज़िल पा ली। वरना जहाँ किसी दस्तक पर दरवाज़ा न खुला हो वहाँ यूँ पूरे घर के लुट जाने का क्या अर्थ?

उस दिन शमशाद के ऑफ़िस में मीटिंग थी। सूसन को भी बुलाया था और मीटिंग के बाद भीड़ छँटने लगी, स्कूल पहले ही ख़ाली हो चुका था केवल वही दो रह गये थे। शमशाद की लच्छेदार बातों का कहीं अन्त ही न था। सूसन ने घड़ी देखी। घबराहट छुपाये बैठी रही। इतने समय से वह शमशाद को जान रही है मगर उसे कभी भी समय का ख़याल करते नहीं देखा। यूरोप में रह कर जाने कैसे समय का मूल्य न समझ सका? उसने पर्स उठाया, थोड़ा पहलू बदल कर उठने का उपक्रम किया और तब ही बिना कुछ कहे शमशाद ने एकदम-से सूसन का हाथ अपने हाथ में लिया...सूसन कुछ कहे...उसे रोके, उसने सूसन को अपने समीप कर उसके गर्दन का चुम्बन ले लिया। सूसन हतप्रभ-सी, ठगी रह गयी. ..दूसरा मर्द...स्वर्गिक अनभूति...नयी दुनिया की तलाश और उसकी प्राप्ति...सारी बातें टुकड़ों में नाचने लगीं। जब तक वह आश्चर्य के दायरे से निकलती, अपने को बचाती—शमशाद का हाथ उसके शरीर के नाजुक मुलायम हिस्सों पर पहुँच गया। एक चुभन, एक मसलन...पर्स उसके हाथ से गिर गया। शमशाद ने अपनी उँगलियाँ बाहर निकालीं। उसे सूँघा, गहरी लम्बी साँस, "कितनी प्यारी महक है? लो, .खुद सूँघो अपने तन की खूशबू को।" फिर वह सब कुछ होता चला गया

जिसका सूसन को वहम और गुमान न था। बस, उसने तड़प कर शमशाद के बढ़ते हाथ को रोकते हुए इतना कहा और अपने को छुड़ाया था। "इस खण्डहर में तुम्हें क्या मिलेगा? नहीं, नहीं, मुझे छोड़ दो। मैं कोई लड़की नहीं हूँ, प्लीज़, शमशाद, मुझे समझो...।"

"खण्डहर ही में तो खज़ाना होता है और मुझे उसी खज़ाने की तलाश है।" शमशाद ने उसके कपोल को, बगल को और सीने की तेजी से सूँघते हुए कहा, "अजीब खुशबू है तुम्हारे बदन की।" जब तक वह अपने को छुड़ाती, प्रतिरोध करती, सब कुछ इतना आगे बढ़ गया था जहाँ कोई भी रोकथाम अब अपना अर्थ खो बैठी थी। नाजुक लतर के समान उसका बदन और ऊँचा-चौड़ा क़द्दावर दरख़्त...!

'नहीं! नहीं!' सूसन ने टैरेस पर टहलते हुए सोचा! कमज़ोर उसका बदन न था बल्कि उसका मन था। ग़ुनाह को देखने की जिज्ञासा, कौतूहल, रोमांच.. .मगर वह सब कुछ...कुछ भी नया दे न पाया। तेज़ नुकीली सुई ने पुराने कपड़े पर से उघाड़ती मजबूत बख़िया के साथ कपड़े के ताने-बाने भी नोच डाले थे।

सूसन नयी-पुरानी दुनिया के बीच में झूल रही थी। दिमाग़ और दिल का यह आलम था कि मानो वह चक्रदार झूले पर घूम रही हो। इस आकस्मिक घटना से उसका मस्तिष्क तालमेल नहीं खा रहा था। वह ख़ामोश थी, बस लग रहा था कि उसके अधनंगे बदन से कोई उसकी आत्मा को खींच रहा है और वह सुन्न पड़ती जा रही है। शमशाद जाने उसकी इस ख़ामोशी को क्या समझ रहा था और इसी अवस्था में उसे लगा, जैसे वह बेहोश हो गयी है।

होश में आने पर प्रेम से पगे शब्द और वायदे, मगर सूमन को ऐसा लग रहा था कि उसके अस्तित्व में डाका पड़ गया है, चोरी हो गयी है। आज उन बातों में छुपे भेदों को जानने का कौतूहल मिट गया था। लगा था, कुछ भी नया जानने-समझने को नहीं रह गया है। पिछले दस मिनट की उस दहशत में उसने अपना खज़ाना लुटा दिया जिसे तीस वर्षों से वह बड़ी लगन से सँभाल कर रखे थी। कभी यह सच्चा मोती उसने कामरान को समर्पित किया था और उसी दौलत को यूँ कौड़ियों के मोल भी न बेच सकी?

धुनके के हाथों रूई की तरह अपने व्यक्तित्व को बस धुनकता देखती रही थी जैसे वह एक डरावना सपना देख रही हो। सारा बदन सुन्न था। उस दिन शमशाद की ज़िन्दगी में वह पचासवीं औरत थी। अठारह वर्ष से आज तक उसने सिर्फ विभिन्न औरतों को भोगा नहीं था बल्कि इतना कुछ उनमें पढ़ा था, देखा था कि वह बड़ी आसानी से उन पर शोध कर सकता है मगर उसका शोध का विषय तो यह न था? वह क्यों दूसरों के बताये मार्ग पर चल पड़ी? हफ़्तों औरतों के साथ होटलों में बन्द रहा है, विदेशों की सैर की है। वह औरत को खूब पहचानता है। उसकी बातों में औरत के लिए आदर का अंश भी न था। एकदम बाज़ारी

अन्दाज़ से सस्ती बातें कर रहा था। उसका यह अन्दाज़ सूसन के लिए नया था। सूसन को लगा था, लाशों से भरे कुएँ में उसकी रीढ़ की हड्डी तोड़ कर उसे डाल दिया गया है। उसे शमशाद के सीने से ऐसे बदबूदार, सड़े गोश्त की गन्ध आयी थी कि वह अपनी उबकाई बड़ी मुश्किल से रोक सकी थी। ग़ुनाह क्या इतना बदसूरत, इतना बदबूदार होता है? अन्त अर्थहीन, और दामन ख़ाली, लुटा-लुटा-सा? चोरी का फल, वह भी इतना कड़वा?

औरतों की लम्बी लिस्ट बता कर शमशाद सूसन को प्रभावित करना चाहता था। उसे भाग्यशाली बनाना चाहता था कि इतने घाटों का पानी पी कर भी उसके समुद्र को पीने के लिए वह लालायित था। पी कर मदमस्त भी है मगर सूसन को लगा कि वह बाज़ी हार गयी है। इस जुए में दाँव पर लगायी सम्पूर्ण पूँजी हार बैठी है। वह उन औरतों की पंक्ति में शामिल हो गयी है जिसको सिर्फ शमशाद ने देखा था, मगर अफसोस! सूसन अपनी तरह की औरत उसे न दिखा सकी। कैसा भारी नुकसान किया है शमशाद ने अपनी चाह की बेदी पर, सूसन जैसी औरत का...! और स्वयं सूसन ने कितनी हानि स्वयं को पहुँचाई है? संसार की कोई भी चीज़ इस हार को जीत में नहीं बदल सकती है। वास्तव में वह शमशाद को कुछ न दे सकी थी। जो दिया, उसकी शमशाद के पास कमी न थी। शमशाद उसे ख़ामोश देख कर बोला—"मैं इतना कुछ कह गया मगर तुम ख़ामोश हो? तुम भी तो कुछ कहो इस मधुर मिलन के बारे में।" शमशाद सूसन के मुख से कुछ सुनना चाहता था मगर वहाँ तो ख़ामोशी में डूबा अद्‌भुत तेज भर था।

सूसन सँभल चुकी थी। वह सोच रही थी कि क्या बोले? अपने आईने जैसे व्यक्तित्व की चटखन शमशाद को वह दिखाना नहीं चाहती है। भले ही उसके व्यक्तित्व के दर्पण में लोगों को एक ही चेहरे की दो विभिन्न आकृतियाँ दिखें—ठीक है, वह जान-बूझ कर या अनजाने ही इस अन्धे कुएँ में कूदी है मगर वह टूटे, जख़्मी घुटनों पर किसी का भी हमदर्दी का फाहा नहीं रखेगी और न ही वह अपना जख़्म, ठूंठापन, शमशाद पर ज़ाहिर करेगी कि वह लुट गयी, ठगी गयी। छली गई। वह क्यों—यह रोना ले कर बैठे? फिर शमशाद है कौन? एक गन्दा नाबदान है जहाँ जाने कितने घरों की गन्दगी गिरती है। अच्छा है, अपनी नाक बन्द करके वह इधर से गुज़र जाये।

ख़यालों में डूबी सूसन टहलते-टहलते वहीं टैरेस पर लेट गयी। चुपचाप तारों को ताक रही है। वह उस दिन टूटी थी ठीक इन्हीं तारों की तरह बिखर उठी थी—हज़ारों की तादाद में! और अब पिछले एक मास से उसकी शरीर रूपी इमारत की एक-एक ईंट में लोना लग रहा है। वह कब तक उसे उठाये रहने का भ्रम पालेगी। एक दिन एकदम से ढह जायेगा तब शायद कामरान इंजीनियर हो कर भी इस इमारत को दोबारा खड़ी नहीं कर पायेंगे, न उसके तन की वीरानी को आबादी में बदल

पायेंगे। वह बेचैन हो कर खड़ी हो गयी, अन्दर आयी। किताबें उलटने लगी। फिर उकता कर लोकगीत का कैसेट लगाया और आँख बन्द करके सोफे पर लेट गयी। तब ही सूसन के कानों में भयानक कहकहे गूँजने लगे, उन औरतों के, जिन पर कभी उसने उँगली उठाई थी, उन लड़कियों के जिनको उसने ऊँच-नीच समझाया था। वह सब कर रही हैं, 'झूठी, बगुला भगत कहीं की! कितनी सती-सावित्री बनती थी? शमशाद के गर्म अल्फ़ाजों में कैसी पिघल गयी! कैसा कहती थी कि मर्द भौंरा है, पराग का रसिया, न कि फूल का; और औरत फूल नहीं है कि जो चाहे उसे तोड़ ले, सूँघ ले, मसल दे। वह इन्सान है जिसे मान चाहिए, मर्यादा चाहिए। विकसित होने के लिए स्वतन्त्रता चाहिए, खुली फिज़ा चाहिए।' सूसन ने अपनी पूरी ताक़त से उँगलियाँ कानों में ठूँस दीं।

सूसन का सब कुछ लुट गया है। गुम हो गया है। अब तो हर चीज़ एक रंग की दीखती है, काली! और काले रंग पर कोई और रंग नहीं चढ़ता है। वह तो खुद रंगों का राजा है।

आज घर के टैंक में एक सुन्दर मछली की मौत और सूसन की उदासी। एक का जोड़ा मर गया। मगर क्यों? जबकि दूसरी मछलियाँ प्रसन्न, उछलती-कूदती तैर रही हैं। क्या ग़म था इसको? क्या वह मरीज़ थी? यह मछली कहीं....कहीं इसने मेरी तरह गुनाह को देखना, उसे चखना तो नहीं चाहा था? सूसन के सारे बदन में झुरझुरी-सी दौड़ गयी। मछली तो बिना पानी के मरती है और यह पानी ही में मर गयी?

कितनी खूबसूरत मौत हुई है इसकी!

काश! मैं भी इस तरह मर सकती, इसी घर में, जहाँ मेरी आत्मा बसती है जो मुझे जान से भी ज़्यादा प्यारा है। यहीं इसी अपनी जन्नत में मर जाऊँ, इसी प्यार की बारिश में, ताकि इन जहन्नुमी शोलों से तो निजात मिलेगी।

सूसन को लगा, सचमुच मौत उसको ढूँढ़ रही है और किसी भी पल उसके दरवाज़े पर दस्तक देने वाली है। उसे ऐसा सुखद अनुभव हुआ जैसे मौत, सुन्दर, शान्त मौत, अपने सारे सौन्दर्य के साथ उसके रोम-रोम में छाने लगी हो।

उसने काली, नारंगी मछली के मुर्दा जिस्म को टैंक से निकाला। उसके गीले शरीर का चुम्बन लिया, 'मैं तेरी मौत को समझती हूँ। तेरे ग़म का अहसास है मुझे, परन्तु मेरी मौत को समझने वाला कल कौन होगा? मैरी नन्ही मछली...!' शायद वह जंगली कपोत भी नहीं, जिसने अपने वहशी डैनों में जकड़ कर उसे फड़फड़ाने भी न दिया और अमृत की एक-एक बूँद तक पी गया। उसने मरी मछली की लाश सँभाल कर गुलेयास की बेल के नीचे गाड़ दी।

परिन्दे बेज़बान हैं तो क्या, अपने जोड़ों को तो पहचानते हैं न? अपने जोड़ों के साथ उड़ते हैं, चारा ढूँढ़ते हैं, घोंसले में लौटते हैं, मगर मुझ जैसे इन्सान, जिसके पास ज़बान है, बुद्धि है, उसका जोड़ा कौन है? वह, जिसने दो बच्चे दिये, घर दिया, प्यार और विश्वास दिया...या वह कपोत?—नहीं-नहीं, वह गिद्ध...लाशख़ोर, जिसने गुनाह सिखाया, जिसने विश्वासघात सिखाया, जिसने उसके शरीर को भोगा मगर बिना किसी रिश्ते के नाम से? उसके दोनों पल्ले ख़ाली हैं। न वह पतिव्रता रही, न पतिता है। वह तो कुछ भी न बन सकी।

उसके जीवन का यह मोड़ कितना आश्चर्यजनक है जो कभी पसन्द न किया हो, जो कभी चाहा न हो, वह सब एक ही झटके में सारी मर्यादाओं को सारे क़ानूनों को तोड़ता, उसका सब कुछ छीन कर ले गया। आखिर क्यों? उसमें यह कमज़ोरी, यह नशा, यह अनुराग, यह चाह—कब, क्यों और कैसे जन्मी? कब दबे पाँव उसके वजूद का ताला खोल दिया गया? रात को सोते में वह चौंक उठती, अजीब ख़ाली-ख़ाली-सा भाव लिये, जैसे वह लुट गयी हो और ख़ाली ओट ऊँची छत वाले कमरों में बावली हवा सीटी बजाती पूरी इमारत को हिला रही हो।

कितनी नफ़रत थी उसे उन बातों से, और वे सब बातें उसके साथ हुईं। उसे उन औरतों, लड़कियों से कितनी सख़्त नफ़रत थी जो तरक्की के नाम पर आवारगी करती हैं। नया मार्ग औरतों को नहीं देती है बल्कि खुला मार्ग बन्द करती हैं।

उसे उन औरतों से नफ़रत थी जो विवाहित मर्दों से सम्बन्ध स्थापित करती हैं और दूसरी औरत का हक़ छीनती हैं, उनके घर को बिसमार करती हैं। उसे उन लोगों से नफ़रत थी, जो अपने विचारों की बलि ज़रा-सी सुख-सुविधा पर कर देते हैं। उसे उन औरतों से चिढ़ थी जो मर्दों के आगे झुक कर ग़लत तरीके से वह सब हासिल करती हैं जो उनका हक़ है मगर जाने क्यों, वह सब हासिल करने के लिए तन से हो कर गुज़रती हैं।

अपने को आग में तपाती नहीं है, सोने में नहीं ढाल पातीं, बस, आसानी से सब कुछ पाना चाहती हैं। यह व्यापार है, खुला व्यापार। आज भी रंग-रूप को बदल कर उसी नांद में जानवरों के लिए चारा सानती हैं। यह उन्नति नहीं है, यह भटकन है।

मगर आज वह ख़ुद इन सारे इल्ज़ामों की सलीब पर चढ़ी है। वे सारी औरतें जो आज संघर्ष कर रही हैं, काश! उसे पत्थर से मारें, लहूलुहान कर दें और उसकी बोटियाँ चील-कौवों को खिला दें। उसने उनके विश्वास को तोड़ा है, उनकी आदर्श की मूर्ति तोड़ी है...वह पापी है। क्यों न...वह....ख़ुदकशी कर ले...मगर बच्चे...? कामरान...? उन्होंने क्या किया है? उनकी क्या ग़लती थी? आखिर वह इस बात को इतना तूल क्यों दे रही है? क्या हुआ अगर तन का सम्बन्ध उसने किसी के साथ स्थापित कर लिया? किसी को उसने धोखा तो नहीं दिया, किसी को मारा

तो नहीं, किसी को लूटा तो नहीं, फिर क्यों वह यूँ परेशान है? जो किया, केवल तन के साथ किया है, फिर अपने घर को उजाड़ने पर क्यों तुली हुई है? क्यों वह इतना घुट रही है? ग़लती किससे नहीं होती है? कितनी बार उसने .खुद ऐसे सम्बन्धों के बारे में कहा है कि तन कुछ नहीं, आत्मा ही सब कुछ है। अगर आत्मा किसी की हो जाये तो तन का क्या है? मगर अब वह क्यों रूढ़िवादिता की बेड़ी पैरों में डाल रही है? क्यों-क्यों...? अब केवल मौत है जो मुझे सकून दे सकती है मगर क्या महनाज़ और अब्बास को भी कभी...दूसरे बच्चों की तरह साईकॉलोजिस्ट के पास जाना पड़ेगा? उनके पीछे उनकी माँ की .खुदकुशी की कहानी चलेगी...?

नहीं! नहीं!

.खुदा के लिए नहीं!

मैं ज़िन्दगी भर अपनी मुर्दा लाश अपने सीने में उठाये घूमूँगी मगर अपने बच्चों को ऐसा कुछ न दे कर जाऊँगी जो ज़हर बन कर उन्हें ज़िन्दगी भर घुलाता रहे।...कामरान जो मेरे लिए देवता हैं, मेरे शौहर, मेरे दोस्त, मेरे महबूब—उन्हें नहीं पता कि मैं...मैं पाक नहीं रह गयी हूँ मगर फिर भी मैं मरूँगी नहीं। मैं अपनी इस हार के बाद भी ज़िन्दा रहूँगी...यह हार नहीं बल्कि एक नयी दुनिया की खोज और उससे उत्पन्न नफ़रत है...जिसने मुझसे .खुद अपने तन से नफ़रत करना सिखा दिया है। शायद ज़िन्दगी की यह गन्दगी कभी देख न पाती मगर मेरा दामन जहाँ सारे अनुभवों से भरा है, वहाँ यह कड़वा भी सही। शायद यह कटु अनुभव कल किसी के काम आ जाए...! अगर किसी के नहीं तो अपनी बेटी महनाज़ के ही...!

शमशाद दूसरी लड़कियों के साथ घूमने लगा। सूसन मानसिक पीड़ा में छटपटाती रही। उसे आश्चर्य होता, उसके अन्दर की औरत कितनी मज़बूत है, क्या प्रताड़ना दे रही है, कब माफ करेगी उसे? शायद कभी नहीं।

उस दिन घबरा कर वह अब्दुल अज़ीम गयी। धार्मिक स्थान पर पहुँच कर उसे लगा, उसका मन शान्त हो रहा है। वह शान्ति ढूढ़ रही है, उसे मिल जायेगा, उसका खोया संसार उसे मिल जायेगा। जब वह अन्दर हरम से बाहर निकली और घर की तरफ लौटने लगी तो रास्ते में एक मौलवी ने उससे जाने क्या कहा। वह समझी, शायद उसका हाथ खुला है या सर, इसलिए वह ख़फा हो रहे हैं कि ठीक से चादर ओढ़ो। उसने घबरा कर चादर से अच्छी तरह चेहरा और हाथ ढके मगर वह फिर कुछ बुदबुदाया और पास आया। फिर उसने जो कुछ कहा और सूसन ने जो कुछ सुना, उसको सुन कर सूसन चकरा गयी। वह 'सीग़ा' करने की बात कर रहा था। केवल दो घण्टे के लिए! सूसन को एक धक्का-सा लगा। क्या कुछ नहीं होता है इस धरती पर? बस, कड़वाहट को निगलने की बात है और आँख खुली रखने की। सूसन से बड़े ठण्डे स्वर में कहा, "सीग़ा किया था मौलवी साहब! समय का कोई बन्धन न था, हर तरह की स्वतन्त्रता थी; फिर भी आज तक जहन्नुम

की आग में जल रही हूँ। आप बताइये ऐसा क्यों हैं? आपको क्या यह आग नहीं जलाती है?" सूसन की बात सुन कर मौलवी सटपटाया। फिर सूसन बोली, "यहाँ सुकून के लिए आयी थी। आपसे ये शब्द सुन कर लगा, मेरा पश्चात्ताप फ़िज़ूल है। आप मौलवी हैं और...।"

"फिर यहाँ क्या कर रही हो खड़ी-खड़ी? इस तरह मरसिया मत पढ़ो। जाओ, आबे तौबा अपने ऊपर डालो, दुआए तौबा पड़ो। जाओ, जाओ, .ख़ुदा तुम्हें सुकून देगा।" मौलवी मुड़ा और तेज़ी से दूसरी फूलदार रंग-बिरंगी चादरों के पीछे भागा। सूसन को नयी राह दिखी। यहीं शाह अब्दुल अज़ीम में कितनी बार चादरों में लिपटी औरतों को आबे तौबा डालते हुए देखा था। शायद उसे भी शान्ति मिल जाये। हरम से लौट कर वह सन्तोष और आशा से भर उठी थी। उसे लगा था, उसके विचारों की गर्मी उसे दोबारा मिल जायेगी, हर समय मथता यह विचार उसको स्वतन्त्र कर देगा। इसी आशा में वह इस हमामख़ाने में तेहरान से दूर मशहद में अपने ससुराल के घर के पास आ कर वह .ख़ुदा से माफ़ी माँग रही है। इस घर में तो वह पवित्र पाक दुल्हन बन कर उतरी थी, यहीं गुनाह धो कर दोबारा शौहर के समीप जायेगी। अपनी जन्नत में दोबारा जीने...दूसरे जन्म के बाद!

सूसन ने आबे तौबा सर पर डाल कर और दुआए तौबा पढ़ कर अपने को उस कुण्ठा से निकाल लिया था जो तिल-तिल कर उसे मार रही थी मगर उसके विचारों की गर्मी, उसकी डगर—सब कुछ ख़त्म हो गयी थी। उसने बहुत देर में गुनाह देखा और इस हादसे ने उसे हिला कर रख दिया था। जब कभी बच्चों की केस हिस्ट्री में वह उनकी माँओं के बारे में कुछ अनुचित-सा पढ़ती तो परेशान हो उठती। अब पहले की तरह उन पर क्रोधित न होती बल्कि एक हमदर्दी और दुख के उनके जीवन की टूटन देखती। लगता, यह भी समाज की सड़ी-गली व्यवस्था का एक अंग है। बड़ी मछली छोटी मछली को निगलती है।

हर दिन शमशाद के साथ घूमती नयी औरतों, नयी लड़कियों को वह रोक नहीं सकती थी। कैसे बताती, क्या कहती? फिर किसे अच्छा संघर्ष रहित जीवन नहीं पसन्द है? सब ही जीना चाहते हैं।

सूसन का मन सदा भरा रहता। किसके सामने वह उसे उँडेले, किससे कहे कि वह एक कड़वा अनुभव रखती है। आओ मेरे साथ, इसे बाँट लो और मुझे अपने कंधे पर सर रख कर रोने दो। मेरे लिए कुछ कहो। मुझे इस सोच की खाई से, इस थकन के दलदल से निकाल लो। मेरे लिए ज़िन्दगी से भरपूर बातें कहो. ..मुझे पाक कर दो। मेरे विचारों को, मेरी भावनाओं को पहले जैसा पारदर्शी और पानी की तरह बहता हुआ पवित्र, उज्ज्वल अनुभव दे दो जो हर ऊबड़-खाबड़ रास्ते से उछलता, गुनगुनाता हुआ पाक-पवित्र, साफ, अपने रंग में डूबा बहता रहता था मगर किससे कहे...? कामरान...? उनका सुख छीनने का उसे क्या हक़ है? वह

सब कुछ जान कर जी न सकेंगे। उसे मालूम है...फिर कोई मित्र...नहीं, कभी नहीं। वह मित्र अपने मित्र से कहेगा और वह अपने मित्र से। फिर वह बदनाम, गुनाह बेलज़्ज़त की मक़तलगाह पर शहीद!

फिर वह क्या करे? तब ही उसकी बेटी महनाज़ ने किचन का दरवाज़ा खोला और पूछा, "मम्मी, मैं अन्दर आ सकती हूँ?" सूसन ने गर्दन हिला दी। पास आ कर महनाज़ बोली, "मम्मी, यह दुख़्तरे ख़ूनगीर क्या है?"

"यानी ख़ून लेने वाली लड़की!' सूसन ने प्याज़ छीलते हुए कहा।"

"मैं समझी नहीं। पानी लेना तो मालूम है मगर ख़ून लेना? क्या वह डॉक्टर होती थीं?"

सूसन हल्के-से मुस्कुराई। बेटी के गालों का चुम्बन लिया। उसके हाथों से किताब लेकर बोली, "ठीक है। तुम ठीक समझी हो, महनाज़। पहले पुराने ज़माने में डॉक्टर आज की तरह तो होते न थे कि पेन्सिलीन का, टिटनेस का इंजेक्शन दें। वह तो घरेलू दवा, जंगली जड़ी-बूटी पर विश्वास रखते थे। पुराने क़बीलों में ऐसी लड़कियाँ होती थीं, जो जानवर की सींग से रोगी के बदन के किसी हिस्से से ख़ून चूस कर थूक देती थीं। उनका ऐसा विश्वास था कि गन्दा ख़ून निकल जाने से रोगी ठीक हो जाता है।

"उफ़, कितनी डरावनी बात है।" महनाज़ की आँखें फट गयीं। "कितना दर्द सहना पड़ता होगा?"

"आज भी ऑपरेशन चाकू से तो होता है न?"

"वह तो है, मम्मी, मगर..."

"मशहद जाना तो दादी की कमर देखना। वहाँ पर ढेरों चाकू के निशान मिलेंगे। हमामख़ाने में चीरा लगने का रिवाज़ था वह भी इसलिए कि व्यर्थ का ख़ून बह जाना अच्छा होता है। यहाँ तक कि पहले जब कोई बहुत ऊपर से गिरता था और ख़ून न बहता था तो उसका इलाज हकीम उसके माथे पर चाकू से चीरा लगा कर करते थे ताकि खून अन्दर न जमा हो कर बाहर बह जाये और रोगी मरे नहीं बल्कि स्वस्थ हो जाये। समझ गयी?"

"समझ गयी! मगर यह तो बताइये आप आज पका क्या रही हैं?"

"कूकू सब्ज़ी, पुलाव, बादमजून...क्यों, ठीक है? तुम्हें तो पसन्द है न?"

"मगर मम्मी, मुझे इस खाने के बाद केक खाना भी पसन्द है" महनाज़ ने माँ के गाल का चुम्बन लेते हुए कहा।

"केक बना दूँगी, बस! और कुछ खाना है?"

"नहीं! मम्मी, ये हमीदा खानम कब लौटेंगी? आपसे हफ़्ते भर की छुट्टी ले कर गयी थी और अब इतने दिन हो गये, नहीं लौटीं? आप थक जाती हैं न, इतना काम करके?"

"नहीं! काम ही कितना है? फिर मुझे तो अच्छा लगता है।" सूसन ने सब्ज़ी काटते हुए कहा। वास्तव में वह घरेलू कामों में व्यस्त हो कर बहुत कुछ भूल जाती है।

महनाज़ चली गयी। सब कहते हैं, महनाज़ एकदम सूसन की तरह है। वही सुन्दरता, वही कोमलता, वही प्रखर बुद्धि, दूसरों के दर्द पर तड़प जाने वाला दिल। सूसन अपने बचपन में खो गयी...वह कितनी तेज़ थी! आज तक शीराज़ में उसके घर और मोहल्ले वाले उस घटना को याद करते हैं। वह यही कोई आठ वर्ष की होगी। गर्मी की दोपहर, रमज़ान का महीना। मोहल्ले की सारी दुकानें बन्द। बस अली आग़ा की दुकान खुली थी। घर से वह खजूर लेने निकली थी। क्या करे? अली आगा का पता था। पक्का धार्मिक था और अपने विचारों के कारण कभी भी औरतों और बच्चों के हाथ सौदा नहीं बेचता था। कहता था, दोनों मासूम और मज़लूम हैं। इनसे पैसा लेना गुनाह है। मगर अब वह क्या करे? शायद आज दे दे। सब दुकानें बन्द हैं। वह आगे बढ़ी, अली आग़ा से खजूर माँगे...उसने नहीं दिये, कारण बताया तो भी बोला, "चलो भागो, इस धूप में कहाँ घूम रही हो? जब दुकान खुले तो आ कर ले जाना। यहाँ इस दुकान से सामान नहीं मिलेगा।" सूसन को क्रोध आया। सीधे मोहल्ले की कोतवाली पहुँची। शिकायत की कि दुकानदार सामान रख कर नहीं बेच रहा है। सिपाही को इतनी-सी बच्ची पर ताज्जुब भी हुआ, खुशी भी। अली आग़ा को खजूर सूसन के हाथों बेचनी पड़ी। सूसन की इस हरकत पर कोतवाली में तो सब अवाक रह गये थे मगर आठ साल की बच्ची की इस बेबाक़ बहादुरी पर पूरे मोहल्ले ने दाँतों तले उँगली दबाई थी। तब से सूसन बच्चों में एक आदर्श बन गयी थी। हर बात में सच बोलने वाली, किसी से न दबने वाली, तेज़, प्रखर बुद्धि की यह लड़की, विशेष कर मोहल्ले के सारे लड़कों के दाँत खट्टे कर देती थी। वे वास्तव में सूसन से न केवल घबराते थे बल्कि उसका लोहा भी मानते थे।

आज वही सूसन टूट रही है। वह सूसन कभी नहीं टूटेगी। ठीक है, उसने गुनाह देखा, उसे भोगा भी। यह भी सच है कि वह अपनी जिज्ञासा छिपा न पाई। मगर उसका समापन यहीं हो जाता है कि उसने वह अनुभव दोहराया नहीं और यही उसकी जीत है। हारी बाजी भी तो जीती जा सकती है। उसके हाथ सीने की तपकन पर पहुँचे। यह चमकते रिसते जख़्म उसकी जीत की निशानी हैं। इससे बोल कर, कह कर, इन्हें छू कर वह अपने को खाली करेगी। यह तो वास्तव में उसके गुनाह के सूरज हैं जो बाकी ज़िन्दगी उसे रोशनी देते रहेंगे कि औरत कहीं भी ग़लत ढंग से मर्द के आगे घुटने नहीं टेकेगी चाहे वह औरत सारी दुनिया में एक ही हो मगर है तो सही!

सूसन के चेहरे पर सन्तोष की आभा थी। हाथ तेज़ी से सब्ज़ी काट रहे थे। सूसन थोड़ी देर के लिए उस फ़िक्र से आज़ाद हुई थी। दोबारा उसमें डूब गयी।

गिद्ध के जंगली डैनों की फड़फड़ाहट, मुर्दा गोश्त की गन्ध...या ख़ुदा! कब से न उसने कुछ पढ़ा है, न लिखा। क्या करे वह...? सब कुछ छूट गया है। आना-जाना। सारे दिन घर की चहारदीवारी में अपने को क़ैद किये, घर के कामों में अपने को उलझाये रखती है...थोड़ी देर के लिए मोर की तरह नाचती है मगर पैर देखते ही रुक जाती है। कितने अधूरे केस पड़े हैं...?

अब वह रुकेगी नहीं। ज़रा-सी हिमाकत पर अपना सब कुछ नहीं गँवायेगी। वह माँ है, पत्नी है, टीचर है। एक देश की नागरिक है, उसके दायित्व बहुत सारे हैं। वह उन सबको निभायेगी...वह अपने को मरने नहीं देगी। वह आज तक अपने लिउ जी नहीं, फिर आज अपने लिए, केवल अपने लिए मरे क्यों?

उसने टॉप के बटन खोले, क्रोसेट ढीली की ओर सलाद काटने के बारीक तेज़ चाकू से सीने के सफेद अनारों पर उभरे चन्द्रकार चिह्नों को ग़लत करने के लिये कई जगहों पर निशान लगाया। खून छलका...बूँद बना और टपका...धाराएँ डेल्टा बनाती क्रोसेट में डूबने लगीं। टॉप को तर करती स्कर्ट में जज़्ब होने लगीं...सूसन उठी। अन्दर बाथरूम में गयी। कपड़े उतार डाले। आइने पर निगाह डाली, "वाकई मेरे सीने बड़े हसीन हैं। कन्धारी सुर्ख गदराये खूनी अनार!" आगे बढ़ी, टब में खड़ी हो गयी। खून उसके पेट से होता, जाँघों को तर करता, पैरों को भिगोने लगा...शॉवर खोल दिया...पानी से धुलते चेहरे पर एक सन्तोष था, प्रसन्नता थी जैसे वह एक उज्ज्वल धारा हो और पर्वत के ऊँचे शिखर से निरन्तर कपोतों की तृष्णा को पल-पल बढ़ाती बह रही हो। चेहरे पर शान्तिपूर्ण मुस्कान, ऐसी मुस्कान जैसे परिन्दा क़ैद से अभी-अभी आज़ाद हुआ हो, उन्मुक्त आकाश में पंख फड़फड़ाने ऊँचा उड़ने के लिए।

मगर सूसन की यह आज़ादी भी जाने कितनी देर की है? कौन जाने कल फिर मस्तिक के छुपा वह बहेलिया उसे चुपके से पकड़ कर कहीं पश्चाताप के, ग्लानि के पिंजरे में क़ैद न कर दे और फिर उसकी आत्मा पिंजड़े की तीलियों से सर पटक-पटक कर कहीं फरियाद न करे कि मुझे आज़ाद कर दो। मुझे इस गुनाह की सलाखों से निकाल दो। मुझे मेरे विचार दे दो, मुझ मेरी छोटी-सी दुनिया वापस कर दो।

सहरा नवर्द[1]

मेरी हैसियत उस घर में सिर्फ एक ख़ारिशज़दा कुत्ते की थी, जिससे लोग बचते भी थे और तरस खा कर रोटी का टुकड़ा भी डालते थे। वह माँ का घर ज़रूर था पर मुझे एहसान के बदले में सिर्फ चुपचाप दुम हिलाना होता। कभी-कभी मुझे लगता, जिस तरह दरख़्त अपनी पत्तियाँ गिरा कर महत्त्वहीन-सा हो जाता है उसी तरह बिना शौहर की औरत को कोई भी राह चलता सूखी पत्तियों का ढेर समझ कर आग लगा सकता है और वह खुले आसमान के नीचे विपरीत दिशाओं से आने वाली हवाओं के बीच अपने को धरती से जोड़ने की, अपने वजूद को कायम रखने की नाकाम कोशिश करती है। इसी कोशिश के बीच हालात से लड़ते-लड़ते तंग आ कर माँ ने दूसरे निकाह की हामी भर ली, यह सोच कर कि बचे दिन इज़्ज़त से कट जायेंगे और लड़का भी भविष्य में कुछ बन जायेगा। मगर माँ का यह वार भी ख़ाली गया और वह थकी-हारी-सी घर की चहारदीवारी में रहने लगी।

इस शादी से केवल दो लोगों को फ़ायदा हुआ था। मामा को, जिन्होंने नोटों से जेबें भी भरी थीं और माँ की ज़िम्मेदारी का बोझ भी सर से उतारा था। दूसरा फायदा मेरे बाप को हुआ था जिसने चन्द नोटों की गड्डियों के बदले एक ऐसे चिराग़ को हासिल किया था जो उनकी मर्ज़ी का ग़ुलाम था। माँ का अस्तित्व उस घर में पत्नी का नहीं बल्कि एक बेज़बान कनीज़ का था जो ढाल बनी बाप की सारी कुण्ठाओं को सहती थी।

ज़्यादातर बाप का मूड शाम के समय बहुत ख़राब होता था और यदि मैं उसे दिख जाता तो वह बकना, चीखना ज़्यादा कर देता और मैं थका-हारा-सा माँ के कमरे में उनके गन्दे कपड़ों में छुप कर सो जाता। रात को जाने कब माँ खाना खिलातीं। उनके बहते आँसुओं को देख कर मुँह में लिया कौर अधिक नमकीन हो जाता, कि उसे निगलना मेरे लिए कठिन हो जाता। माँ के परेशानी से टपके आँसू मेरी भूख समाप्त कर देते।

---

1. रेगिस्तान में घूमने वाला

काशी के मख़मली के नर्म गदबदे बिस्तर पर लेटे-लेटे दारीवश ने सोचा। ऊपर छत पर बड़ा-सा झाड़फानूस रहा था जिस पर खुली खिड़की से आती चाँद की किरणें चमक पैदा कर रही थीं। शीशों की रोशनी के धब्बे उनके और उनकी पत्नी के शरीर पर पड़ रहे थे जैसे दोनों मकड़ी के ख़ूबसूरत जाले को ओढ़े सो रहे हों।

पत्नी को दमे की शिकायत है सो वह दस बजे गोली खा कर नींद में डूब जाती हैं। मगर वह जागते रहते और इसी तरह सोचते रहते हैं। उन्होंने रेशमी चादर मुँह के ऊपर खींच ली। अन्दर अँधेरा था।

इतना ही अँधेरा और अकेलापन उस खोह में उन्हें लगता था। वह चिनार का बूढ़ा दरख़्त जो सक्कंख़ाने के पीछे था, उसके पीछे ही उन्हें बचपन का वह लिपा-पुता कच्चे मकानों का अपना मोहल्ला याद आ गया। वे शाम को बच्चों के साथ खेलने के बाद वहीं पेड़ की खोह में सिकुड़ कर बैठ जाते। शाम को कितनी शर्म आती है किसी के घर जाते–सबके बाबा काम से लौटते, घर में उनके साथ खाते-पीते, उसके अपने दोस्त कितने मगन हो जाते। ऐसे समय में कितना अकेलापन लगता था। घर-बाहर, दोनों जगह की घुटन से अच्छा था कि सूरज छिपते ही वे खोह में सिकुड़ कर बैठ जाते। माँ की सुनाई हुई परियों की कहानियों में से, विशेष कर वे सफेद परी से कितनी बार मिलते–उससे दुख-दर्द बाँटते। कहते, तुम काले देव के कब्ज़े में हो और मेरी माँ पीले देव के कब्ज़े में है। मेरी माँ बेचारी–गुलाबी परी–उसके डर से मुझे भी प्यार नहीं कर पाती। सफेदी परी और वे ख़ूब-ख़ूब रोते, फिर खेलते, फिर सो जाते।

माँ, बाप के चायखाने की ओर निकल जाने के बाद दौड़ती आतीं। मुझे गोद में भर कर अपनी चादर में लिपटा कर नमकीन-नमकीन प्यार करतीं। मैं नींद में नीम बेहोश घर आ कर सो जाता।

उन्होंने बिस्तर पर करवट बदली। माँ का लम्बोतरा उदास चेहरा नज़रों के सामने घूमने लगा जिस पर दो बड़ी-बड़ी घबराई आँखें, पता नहीं क्यों उनका मुख देख कर उन्हें प्यासी हाँफती हिरनी का ख़याल आता जो जाने कब से शिकारी के डर से जंगल में भटकती दौड़ रही थी।

फिर जाने कैसे माँ बीमार-सी रहने लगीं। बाप भी घर से बाहर रहने लगा। माँ को ख़र्च की तकलीफ़ होती। अन्त में उन्होंने किसी तरह एक दुकान खोल ली। बाप ने जब चलती दुकान देखी तो बड़ी दिलचस्पी दिखायी। शायद इतनी माँ में भी न दिखायी होगी। पहले बाप पन्द्रह-पन्द्रह दिन ग़ायब रहता। अब मास भर बाद आता। साथ में दुकान के लिए चीज़ें लाता। माँ से हिसाब लेता और आराम से वापस लौट जाता।

माँ के मुँह से मैंने सुना था कि बाप ने कहीं और दूसरा निकाह कर लिया

है। इस बात से माँ के प्रति उनका आदर और औरतों की हमदर्दी बहुत बढ़ गयी थी।

मैं स्कूल जाने लगा था। माँ बिना बाप के कितनी सुखी थीं, नहीं जानता पर मैं अपनी बात जानता था कि मैं बहुत खुश था। रात को माँ के पास लेटता। लाड़ दिखाता और .खूब कहानियाँ सुनता, मगर यह .खुशी के दिन बहुत जल्द बीत गये। माँ मुझे छोड़ कर चली गयीं। बाप दो दिन बाद आया, खड़े-खड़े दुकान को नीलाम किया। घर में ताला डाला और मुझे साथ ले जाने का उसका जो इरादा था, उसे मैं भाँप गया था। नफ़रत के मारे मैं बीच रास्ते में ही सामान से भारी गाड़ी से कूद पड़ा और बिना पीछे मुड़े बायीं तरफ ढाल से उतर कर खेतों के अन्दर छुपता हुआ विपरीत दिशा की ओर भागने लगा। यह मैंने क्यों किया, नहीं जानता। पर मुझे अपने बाप से सख़्त नफ़रत थी। हर महीने वह आता, रुपये गिनता और लौट जाता। इस बीच कभी वह मेरे लिए कुछ लाया हो, मुझे याद नहीं है। मोहल्ले के बच्चों में लड़ाई के समय अपने बच्चों के बचाव के लिए कोई-न-कोई निकलता पर मैं दोस्तों से मार और उनके सगे-सम्बन्धियों से डाँट भरे उपदेश सुनाता। माँ को न फ़ुर्सत थी, न उसे अपने ग्राहक ही छोड़ने थे। माँ की मजबूरी मैं समझता था, परन्तु बाप की इस सैलानी तबीयत के कारण ही मुझे उससे सख़्त नफ़रत हुई थी।

खेतों के बीच से भागता हुआ मैं काफी दूर निकल गया। आबादी देख कर घबराहट में सामने किसी की अनाज की कोठरी में घुस गया और बोरे के पीछे दुबक गया। वह रात शायद सबसे ख़ौफ़नाक रात थी। बाहर से दरवाज़ा बन्द हो गया था। अँधेरे में चमकीली आँखों वाले बड़े-बड़े चूहे मेरे चारों तरफ दौड़ने लगे थे। कुछ ने तो मेरे कान और पैरों को कुतरा था। यह पहली रात थी जो मैंने जाग कर गुज़ारी थी।

बादामी कमरे में मख़मल और महीन रेशमी पर्दे पड़े हैं। ऊपर झाड़फानूस लटक रहा है। ज़मीन पर क़ालीन है। बीचों-बीच कमरे में हमारा डबलबेड अर्थात् मेरी पत्नी मरज़िया का और मेरा। इस समय मरज़िया अकेली बिस्तर पर लेटी है। मैं ख़ामोशी से अपने पीछे छोड़ आये पदचिह्नों को देख रहा हूँ। एकाएक मरज़िया ने आँखें खोलीं।

"क्या चाहिए जानम?"

"सरवरे मन, एक आरज़ू है।"

"सर आँखों पर, कहो।"

"तुम शादी कर लो, मैं इजाज़त देती हूँ। कब तक यूँ मेरे सरहाने से लगे बैठे रहोगे, यही दिन हैं। मैं अपने को गुनहगार महसूस करती हूँ। अपने ऊपर लानत भेजती हूँ।" कहते-कहते मरज़िया हाँफ गयी।

"मेरे लिए इतनी परेशान न हो जान, यह मेरा फ़र्ज़ है। अपने को गुनहगार

समझने का वहम दिल और दिमाग़ से निकाल दो। मैं विनती करता हूँ।"

"मैं जानती हूँ। तुम्हारी वफ़ा, तुम्हारे किरदार की क़सम खा सकती हूँ। तुम्हारे आगे सिजदा करती हूँ। मगर अपनी तरफ देखती हूँ तो...मैं इस क़ाबिल नहीं रह गयी हूँ कि पत्नी का फ़र्ज़ निभा सकूँ—सुरूरे मन! अपनी ज़िन्दगी बर्बाद न करो।"

दारीवश ने प्यार से मरज़िया के बालों को सहलाया..."ज़्यादा बोल कर अपने को न थकाओ। कुछ पियोगी?"

"जानते हो, सालों पहले, या यूँ समझो युगों से एक इच्छा है कि अपने को किसी में देखूँ पर वाह री क़िस्मत...तुम मेरे लिए शादी कर लो...कम-से-कम तुम्हें तो किसी में देख कर सुकून से मर सकूँगी। इस घर में किस बात की कमी है पर...फिर भी कमी है", मरज़िया ने थके अन्दाज़ से कहा।

दारीवश ने फलों के रस से भरा गिलास मरज़िया के ओठों से लगाया। "पी लो, ओंठ सूख गये हैं।"

मरज़िया धीरे-धीरे घूँट भरने लगी।

"ऐसा क्यों सोचती हो मरज़िया जान! रहा बच्चे की कमी का प्रश्न, वह भी घर में मौजूद है। ज़ैनब नौकर ज़रूर है इस घर की। मगर उसके बच्चे को किस चीज़ की कमी है? हम लोगों को कितना प्यार करता है। हमारे बीच बैठता है, मीठी बातों से दिल बहलाता है। मुझे कमी किसी चीज़ की महसूस नहीं होती।"

"वह सब ठीक है पर जाने क्यों...जाने क्यों?"

इसी बीच बाहर मनोचहर के चीख़ने की आवाज़ आयी। "मैं देख कर आया, ज़ैनव बाज़ार गयी हुई है", दारीवश यह कहते हुए कमरे से बाहर निकले। आँगन में बने हौज़ में मनोचहर तैर रहा था।

"क्या हुआ?"

"कुछ नहीं बाबा, मैं बत्तख़ को पकड़ रहा था और वह हाथ नहीं आ रही थी", प्लास्टिक की बत्तख़ों को दिखाते हुए मनोचहर बोला। दारीवश थोड़ी देर उसे देखते रहे, फिर कमरे में लौट आये। इतना बोलने से मरज़िया थक गयी थी और आँखें बन्द करके लेट गयी थी। दारीवश आगे बढ़े, सामने खिड़की के पास खड़े हो गये। अब्दुल्ला मोहल्ले के बच्चों को फल बाँट रहा था। उन्होंने कह रखा है कि हर बच्चे को घर के बाग़ के फल दो। क्या होंगे आखिर? बचपन में कई फलों के तो वह नाम भी नहीं जानते थे...बच्चे सेब, नाशपाती ले कर सामने वाले मैदान में भाग रहे थे। दारीवश खिड़की के समीप खड़े-खड़े सोच में डूब गये।

मेरी कमज़ोरी है कि जब किसी बच्चे को रोता, ख़ामोश उदास देखता हूँ तो मेरा दिल फटने लगता है। जब तक उसे हँसा नहीं लेता हूँ किसी तरह क़रार नहीं आता। इस बेचैनी के पीछे मेरा अपना बचपन है। हर उदास मासूम चेहरे में अपने को देखता हूँ और अपनी झलक देख कर मेरे सारे ज़ख़्म खुल जाते हैं

और मैं फूटते फफोले की जलन से तड़प उठता हूँ। दुख से इस आशना दिल के कारण ही मैं अपनी पत्नी जो मुझसे पन्द्रह साल बड़ी है, धोखा नहीं दे पाया हूँ। उसकी ख़्वाहिश पर भी मैं दूसरा विवाह नहीं कर पा रहा हूँ। दो साल से किसी ईमानदार वफ़ादार शौहर की तरह उसकी ख़िदमत कर रहा हूँ क्योंकि मैं जब दुख से टूटा हुआ था, तब उसने अपने सहारे से सारे टुकड़ों को जोड़ कर मुझे वह रूप दिया जो मैं आज हूँ। और उसके बावजूद मेरी दरारें किसी को नज़र नहीं आतीं, मगर आईने में पड़े बाल की तरह मुझे अपनी पिछली ज़िन्दगी याद है। इसीलिए दस साल के विवाहित जीवन में ख़यानत करने की मेरी कभी हिम्मत न पड़ी।

और आज जाने मरज़िया को क्या हो गया कि यूँ मुझसे इसरार कर रही है। खिड़की बन्द करके मुड़ा। मरज़िया ख़ामोश लेटी थी। आज से पन्द्रह वर्ष पहले मरज़िया सुन्दर स्त्रियों में गिनी जाती थी पर अब उसके चेहरे पर वक़्त और बीमारी ने बेशुमार शिकनें डाल दी हैं। थोड़ी देर पास खड़े रहे, फिर श्रद्धा से उनका मन भर आया। झुक कर माथा चूमा। बदन ठण्डा हो रहा है, कम्बल पैर पर डाला।

"चाय लाऊँ?" ज़ैनब ने पूछा। फिर मरज़िया के पास आयी।

"यह इस समय कैसे सो रही हैं, अब तो दवा का समय हो रहा है।" उसने करीब आ कर माथे पर हाथ रखा और पछाड़ें खाने लगी और मैं बुत बन गया। सब कुछ अचानक कैसे हो गया?

ज़ैनब ने अगरबत्ती जला दी। धीरे-धीरे करके लोग जमा होने लगे। मुझे बरसों पहले की काली रात याद आयी। दोनों ही रातों में अपना कहने वाला छोड़ कर चला गया और मैं...बस एक रात से दूसरी रात का सफ़र तय करता रहा।

शोले ने कमरा बन्द कर रखा है। उसके रोने की आवाज़ आ रही है। ऑफ़िस से अभी-अभी आया हूँ और भूख के कारण चन्द कौर ज़हर मार कर कोने में पड़ा हूँ। भूख मेरी कमज़ोरी रही है। बहुत दुख उठाये हैं इसलिए रोटी को मैं सारे दुखों, सारी परेशानियों से अधिक महत्त्व देता हूँ। इसलिए खाना ज़रूर खाता हूँ।

उस क़स्बे में चायखाने पर काम करते हुए मैंने दस साल गुज़ार दिये थे। पेट भर जाता था पर पढ़ाई का शौक़ मैं पूरा न कर सका। समय ही कहाँ मिलता था पढ़ने का?

मुझे याद है मौलवी साहब माँ से कहते थे, लड़का कुछ बन कर दिखायेगा। सारे दुख मिट जायेंगे। मगर मैं बीस साल तक यूँ ही बिना कुछ पढ़े किराये का टट्टू बना पेट पालता रहा।

दुख से दारीवश ने अलमारी खोली। आज थोड़ी-सी पी ली जाये तो बुरा नहीं है। उन्होंने पेग बनाया। आराम से कुर्सी पर बैठ गये। विचार फिर उन्हें यादों के

जंगल में ले गये। वे शुरू जाड़े के दिन थे। चारों तरफ कोहरा छा जाता था। अँधेरा जल्दी होने के कारण बस्ती में जल्दी ही सोता पड़ जाता था।

इन्हीं दिनों जब सर्दी शबाब पर थी और चायखाना बन्द हो रहा था कि शहर से आख़िरी बस से एक औरत ढेर सारे सामान के साथ नीचे उतरी। सामान इतना था कि मालिक को दारीवश को मदद के लिए भेजना पड़ा।

उस दिन उसने अन्दर से वह कोठी देखी थी। कितनी बड़ी थी। सामान रख कर दुगनी मज़दूरी ले कर वह वापस लौट आया। इत्तेफ़ाक़ से एक हफ़्ते भर बाद फिर वही हुआ। इस बार वह ख़ुशी से तैयार हो गया। मज़दूरी दुगनी मिलती है। अमीर की कोठी है। उस दिन घर के अन्दर सामान ले कर गया और इसरार करके कमरे में रखा। उस औरत ने मुझे रोशनी में देखा। मेरे बारे में पूछा, मुझे उसकी शक़्ल, उसके बोलने का अन्दाज़ बेहद भाया। कितनी नर्मी है, मिठास है। कौन कहता है अमीर घमण्डी होते हैं?

मेरी सारी कहानी सुन कर उसने जो कहा, मैंने आँख बन्द करके कबूल कर लिया। अन्धा क्या चाहे, दो आँखें। वे मुझे बिना माँगे मिल गयी थीं। बस मैंने एक इच्छा की थी कि मैं पढ़ना चाहता हूँ।

निकाह के बाद मैं पहली बार उस मख़मली गदबदे बिस्तर पर लेटा तो सुबह बदन में जगह-जगह दर्द था। बदन को सख़्ती की आदत पड़ चुकी थी। कभी-कभी उस बिस्तर पर बड़े-बड़े चूहों के सपने देख कर चौंक उठता था। इतने आराम के बाद मैंने पढ़ाई शुरू कर दी और दिल की लगन ऐसी लगी कि बी. ए. कर डाला।

विचारों का सिलसिला जारी था।

उन दस सालों में मरज़िया एकदम झूल गयी थी। मैं जैसे-जैसे निखर रहा था, वह बुझ रही थी और जहाँ-तहाँ बुढ़ापा चुग़ली खाने लगा था। मैंने जी-जान से पूरे पाँच साल उसकी सेवा की थी। पैसे से मैंने बड़े-बड़े डॉक्टरों को बुलाया, पर उसकी जान की क़ीमत न अदा कर सका। अजीब, सब कुछ अजीब...गिलास को मेज़ पर रखा। घड़ी में दस बज रहे हैं। ख़ामोशी से बाहर निकल कर स्टोर रूम का दरवाज़ा भड़भड़ाया। "शोले, बस हो चुका। बाहर आओ, कुछ खा लो। शाबाश, दरवाज़ा खोलो।" कोई उत्तर न मिलने पर उन्होंने दोबारा फिर दस्तक दी और सर झुकाये पहली जगह पर आ कर बैठ गये।

मरज़िया की मौत के बाद सात साल तक मैं काम में डूबा तन्हाई से सौदा कर रहा था। उसकी मौत के फ़ौरन बाद ही मैंने उसी क़स्बे में बच्चों के लिए एक पार्क और स्कूल मरज़िया के नाम से बनवाया और नकद रुपये ले कर मैं तेहरान आ गया। नौकरी लग गयी। पन्द्रह साल मरज़िया के साथ रह कर जो मिला, उसे पा कर इतना मुतमईन था कि खोने का कभी हिसाब न किया पर आज उस जगह खड़ा हूँ जहाँ पर मुझे खोने का हिसाब करना है।

मरज़िया की मौत के बाद किसी काम से मुझे लूरिस्तान जाना पड़ा। छोटा-सा गाँव, मेरे पहुँचने की .ख़ुशी में गाँव में अच्छी चहल-पहल हो गयी थी। वहीं पेड़ों के नीचे दरी मेरे लिए बिछायी गयी। मैं जहाँ बैठा था उस जगह से थोड़ी दूर पर खाना पक रहा था। दावतों के नेवते बराबर मिल रहे थे पर मैं इनकार कर रहा था। लोग मिलने आ रहे थे। मैं पेड़ के तने से पीठ लगाए इधर-उधर गाँव पर भी नजर डाल रहा था। औरतें चादरों में लिपटी आ जा रही थीं। बच्चे खेल रहे थे। तब ही औरतों के बीच एक हँसनी की तरह सुन्दर कमसिन लड़की दिखायी दी। उसके चेहरे पर देहातीपन की जगह शहरी तीखापन था। दूसरी औरतों के मुँह लाल थे पर वह सफेद बेदाग़, मिश्री की डली थी या गुलेयास की शाख, जो भी थी उसे देख कर मेरी हालत उस बच्चे की-सी हो गयी जिसे मिट्टी में खेलते-खेलते रंगीन शीशे का टुकड़ा हाथ लग गया हो। मैं भी इस धूल के फूल को अपनाने के लिए बेचैन हो उठा। पास बैठे आदमी से पूछा, ''यह कौन है?''

''अभी आया...'' कह कर वह चला।

आधे घण्टे बाद लौटा और बोला, ''लड़की क़स्बे की है और आठवीं में पढ़ती है। बाप ग़रीब किसान है, पैसे से हाथ तंग है। इसलिए इलाज ठीक से नहीं हो पा रहा है। बीमारी के कारण खेत-खलिहान सूखे पड़े हैं। जनाब से मिलना चाहता है और कोआपरेटिव से क़र्ज़ लेना चाहता है।''

''ठीक है! इसके बाप से कह दो कि रात को आ कर मुझसे मिल जाये।''

रात के खाने के बाद मैं लेटा हुआ था कि एक बूढ़ा खूसट, बदसूरत-सा आदमी कारिन्दे के साथ आया। उसे देख कर विश्वास न होता था कि उस गुले मरयम (रजनीगन्धा) का वह बाप हो सकता था।

''क्या करते हो भाई?'' मैं उठ कर बैठ गया।

''यह पूछो साहब क्या-क्या नहीं करता? पैसा नहीं है कि इलाज करवाऊँ। जब बदन में ताकत ही नहीं है तो खेत पर क्योंकर जाऊँ? यह समझो, मैं कुछ करता- धरता नहीं हूँ।''

''फिर भी, ख़र्चा-पानी कहाँ से चलता है?''

''सब अल्लाह की मेहरबानी है।'' कह कर वह आराम से बैठ गया।

''सुना, तुम्हारी लड़की भी है फिर उसका ख़र्च?''

''साहब, दो रोटी बड़ा भाई दे देता है। लड़की भी पल रही है और मैं भी, यदि आप कुछ सोचें तो मुझे कोआपरेटिव से मदद मिल सकती है। लड़की को ब्याह दूँ। फिर तो अपना एक तन रह जायेगा।''

''मैं तुम्हारी लड़की से निकाह करना चाहता हूँ।'' मैंने एकदम से बिना किसी भूमिका के यह बात कह दी।

वह कुछ देर ख़ामोश रहा फिर बोला, 'साहब, यहाँ पर उससे विवाह करने

वालों की फ़ौज है। लोग पाँच हज़ार तुमान तक आ गये हैं।"

"मैं पचास हज़ार तुमान देता हूँ।"

"फिर लड़की आपकी! बस! इस बात का विशेष ध्यान रखें कि इस बात का पता न चल सके वरना यहाँ से आपको ज़िन्दा निकल पाना मुश्किल है।"

मैंने काम समाप्त किया। दोबारा रुपये का इन्तज़ाम कर मैं रातों-रात वहाँ से ख़ामोशी से शोले को निकाह के बाद इस्फ़हान ले आया।

मरज़िया की दौलत ने मुझे बहुत कुछ दिया, मैं सुकून से उस छोटे-से घर में शोले के साथ रहने लगा। वह मुझसे सही बीस साल छोटी थी और उसकी हर अदा पर, हर .ख़ुशी के लिए मैं तैयार था मगर उसके चेहरे पर से .ख़ुशी से मिश्रित वे भाव न मिटा सका था जिसने नीचे वह नागवारी थी जो मुझसे भागने, मुझे ज़बरदस्ती झेलने की क़ैफ़ियत से पैदा होती थी। चूँकि मेरा झेला हुआ दर्द था इसलिए मैं उसको गहराई से समझ चुका था। समर्पण के समय उसके मुख के भाव में मैं अपने को देखता। बाईस साल पहले का दारीवश! पर मैं मजबूर था। मेरे आशिक़ होने का, किसी को चाहने का जो खाना खाली था। उसे शोले ने भरा था।

एक दिन ऑफ़िस से लौटा तो शीले हँसी से लोटी जा रही थी। पूछने पर बोली, "आज मैं जब कूड़ा डालने नीचे गयी तो नीचे वाली कहने लगी, मैं तुम्हारे बाबा से तुम्हें अपने भाई के लिए माँगना चाहती हूँ। तुम राज़ी हो? मेरे भाई को देखा तो है न?"

"मैंने जवाब दिया, भाई तो आपके अच्छे हैं, पर मेरी तो मँगनी हो चुकी है।"

यह कह कर वह लोट-पोट हो गयी, "तुम्हें सब मेरा बाप समझते हैं', कहती हुई वह खाना लाने चली गयी, मगर उसकी बातों के नश्तर ने मेरे दिल पर ऐसा वार किया कि मैं न चाहते हुए भी उससे बोला, "साफ़-साफ़ कह क्यों नहीं दिया? झूठ बोलने से फ़ायदा?"

"फ़ायदा यह होगा कि अब वह कैसे, क्योंकर, आखिर क्या मजबूरी थी, जैसे सवाल तो नहीं करेगी न, वरना मेरा दोपहर का समय इसी में निकलता।" उसने बड़े भोलेपन से, पर बड़े विश्वास से यह बात कही और खाने की सेनी सुफ़रे पर रखी।

बात में हक़ीक़त थी, पर जाने क्यों ये बातें काँटे की तरह चुभती रहीं और मैं रात भर अंगारों पर लोटता रहा।

दिन गुज़रने लगे, अच्छे-बुरे जैसे भी। शोले राख में दबी चिनगारी की तरह खुद ही अन्दर-अन्दर सुलग रही थी, पर ऊपर से सन्तोष के रंग में रँगी मेरे पहलू को गर्म करती और मैं अपने को उसमें देखने के बावजूद किसी निष्ठुर के समान उसे भोग रहा था। शायद जितना मैं समझ रहा था, अनुभव कर रहा था, शोले का कमसिन अस्तित्व पूर्णरूप से अनभिज्ञ था।

बहार की शुरुआत ही थी कि एक दिन घर लौटते हुए मेरी मुलाकात आहंग से हो गयी। वह मेरे घर के करीब ही तनहा रहता था। अब तक मैंने उसे देखा ही नहीं था। लड़का सुशील, सभ्य लगा। फिर मैं शाम को उसके साथ उसके कमरे में शतरंज खेलने जाने लगा। कभी-कभी वह घर भी आने लगा। और यहीं से इस मनहूस कहानी का आरम्भ होता है। जाने कब और कैसे आहंग के मन में शोले के लिए अंकुर फूटा। जब उसने दरख़्त का रूप धर लिया तब मुझे पता चला। मानता हूँ शोले वह फूल है जो सबको लुभा सकता है। सबको अपने को छूने, सूँघने के लिए मजबूर करता है। पर मैं...मैं भी तो इन्सान हूँ। मेरी भावनाएँ, मेरे विचार—क्या उनकी क़ीमत कुछ भी नहीं है?

इस समय कमरे में शोले सिसक रही थी। इस बार भी हमेशा की तरह वह कई दिन तक यूँ ही रोती, अपने को दुख पहुँचाती, मुझे इस सारे हादसे का ज़िम्मेदार समझ कर, ज़ालिम के नाम से सम्बोधित करेगी। पर मैं कहाँ पर अपने को गुनाहगार, इस हादसे का ज़िम्मेदार समझूँ?

चन्द दिनों की मुलाक़ात गहरी दोस्ती में बदल गयी थी, तब ही आहंग ने मुझे शिकार पर चलने की दावत दी जो मैंने क़बूल कर ली।

जंगल में घने दरख़्तों के बीच छुप कर हम शिकार के इन्तज़ार में थे। तब ही झाड़ी में हरकत हुई और मेरी बन्दूक से शोला निकला और सेकेण्ड भर बाद ही फरियाद की आवाज़ आई 'मार डाला।' इन्सानी आवाज़ सुनते ही आहंग और मैं समझ गये कि निशाना ग़लत बैठा। आगे जा कर देखा तो ख़ून के फ़व्वारे को रोके एक पचास साला वृद्ध जमीन पर बैठा है। शुक्र है, गोली बाजू की चीरती निकल गयी थी। इधर-उधर से अन्य शिकारी जमा होने लगे। यह देख कर आहंग ने मेरे हाथ से बन्दूक ले ली और खुद को पेश कर दिया।

सब कुछ पल भर में हो गया और मैं कुछ न बोल पाया। आज पच्चीस दिन से आहंग जेल में है। वहाँ से हफ़्ते-हफ़्ते आशक़ाना ख़त शोले के लिए डालता। पहले ख़त से पता चला कि वह मुझे शोले का बाप समझ रहा है और यह सब उसके शोले को पाने, मेरे हृदय में जगह बनाने के लिए किया है। वाह रे मेरी क़िस्मत! आधी ज़िन्दगी दुनिया की निगाहों में बेटा बन कर विवाहित जीवन व्यतीत किया और यह आधा जीवन दूसरों की निगाहों में बेटी का बाप बन कर गुज़ार रहा हूँ। कभी-कभी लगता है कि अगर मैं नाटक का कलाकार होता, तो क्या इतने सारे किरदारों को एक समय में जी पाता? खुली आँखों से देखी यह हक़ीकत नहीं, नाटक लगने लगा है। आहंग की जेल की मुद्दत एक माह और है और मेरे पास सोचने के लिए सही चार हफ़्ते हैं। आहंग के किसी पत्र का उत्तर शोले ने नहीं दिया है। मगर वह दीवाना, दीवानावार जेल से पत्र डालता जा रहा है। हर बार ख़त पाने के बाद घर में यही तमाशा होता है। शोले मुझ पर बेरहम, जालिम होने

का इल्ज़ाम लगाती है और बन्द कमरे के बाहर खुला ख़त मेरे लिए छोड़ देती है। मैं उसे पढ़ता हूँ। हर शब्द सीधा मेरे दिल पर असर करता है। मुझे मालूम है, शोले का उन्नीस वर्षीय दिल ख़ून के आँसू रोता है। उसे ऐसे ही शब्दों की ज़रूरत है। रस से डूबे, भावना से भरे हुए। मेरे पास शब्दों का भण्डार ही ख़ाली है। ज़िन्दगी ने इस गान का गला ही घोंट दिया। जब समय था तो मौका न मिला, जब मौका मिला तो समय हाथ से फिसल रहा है। बहती हवा को मुट्ठी में बाँधने की बेतुकी कोशिश पर रहम आता है। जो दुख मेरे साथ सब कुछ होने के बाद शोले झेल रही है, वह मैं झेल चुका हूँ। उसके बाद मेरा फ़र्ज़ क्या है? पिंजरे में बन्द परिन्दे को आज़ाद कर दूँ और ख़ुद नामुरादी को अपना लूँ?

रात ढल रही है। पूरे कमरे में धुँआ भरा है। ऐश ट्रे में सिगरेटों का अम्बार है। मेरी बीवी से कोई इश्क़ करे और मैं...कितना अजीब, कितना विचित्र...कितना दुखदायी है यह तजुर्बा।

कल सुबह आहंग जेल से छूटने वाला है। मुझसे वह एक उम्मीद के साथ मिलेगा। कुछ पाने के लिए ही उसने जेल जाना स्वीकार किया था। अपनी इज़्ज़त से ज़्यादा मेरी इज़्ज़त का ख़याल किया और शोले...? उसने हर बात का इल्ज़ाम मुझे दे रखा है कि मैंने उसके सकून को दरहम-बरहम किया है। आहंग के इस एहसान के नीचे दब कर फिर मैं अपनी ज़िन्दगी के विभिन्न मोड़ों का किससे शिकवा करूँ, जहाँ पर मैं हर बार लूटा गया। लोग दूसरे जन्म की बात करते हैं। मैं तो एक ही जन्म में कितनी बार पैदा हुआ और मरा हूँ, उसका हिसाब किसे दूँ?

रात आधी से ज़्यादा ढल गयी। शोले मोम की तरह पिघल रही है। सिसकियों का न ख़त्म होने वाला सिलसिला मेरे कानों में पिघला सीसा उँड़ेल रहा है। मैं जानता हूँ, इस दुख के बावजूद शोले ने मुझे पति के सारे अधिकार दे रखे हैं। उसने कभी कोई बेतुकी हरकत नहीं की जिससे मैं उसे इल्ज़ाम दे सकता पर इन सब बातों के बावजूद मैं उसे छूते डरता हूँ। अपने हाथों को ख़ून से रँगा नहीं देख सकता हूँ। जो कुछ हुआ है, वह एक इत्तेफ़ाक़ था मगर इस इत्तेफ़ाक़ के ज्वालामुखी ने हम सबको हिला दिया है। एक न समाप्त होने वाला धधकते लावे का उबाल...बहाव। या ख़ुदा...!

अपने बालों को मुट्ठियों में पकड़ कर दारीवश बैठ जाते हैं।

शोले से इस बारे में बात करूँ? पर वह अभिमानी ऐसी है कि इस हमदर्दी को भी अपनी बेइज़्ज़ती समझेगी और जाने क्या कर डाले। नहीं-नहीं, उससे कुछ कहना ठीक नहीं है, फिर...वह कुर्सी से उठे, बाहर बालकनी में निकल आए। आसमान साफ़ था। ठीक उनके दिल पर पड़े जख़्मों की तरह उस पर बेशुमार तारों का हुजूम उमड़ आया था।

थोड़ी देर दीवार से लगे खड़े रहे। 'इन अनगिनत तारों में से यदि एक कम

भी हो जाये या ज़्यादा, तो इस हुजूम में कुछ फ़र्क़ पड़ेगा?' सवाल मामूली था, मगर पेचीदा। अन्दर आये, घड़ी देखी। पौ फटने में घण्टा भर ही रह गया है। आँगन में आये, सिंक पर झुक कर मुँह धोने लगे, 'इस घर को छोड़ देना मुनासिब होगा, जो होगा, देखा जायेगा। लगातार आपको गुनहगार समझते रहना, जबकि गुनाह किया न हो। अजीब है, सब कुछ अजीब है...सबको पता है कि एक दिन सबका अंजाम एक है फिर...मगर इच्छाओं का जाल मज़बूत है। बहुत मज़बूत...पर मुझे इसे तोड़ना होगा...वरना मैं जाल में फँसे क़ैदी की तरह हमेशा फड़फड़ाता ही रह जाऊँगा।'

मुँह पोंछा, कपड़े पहने, स्टोर रूम की तरफ बढ़े। अन्दर से कोई आवाज़ नहीं आ रही थी। थोड़ी देर तक खड़े रहे। फिर लगा, यह बुज़दिली नहीं है कि हालात से मुक़ाबले के डर से यूँ ख़ामोशी से भाग जाना, फिर शोले मेरे इस आचरण को अपने ऊपर आरोप समझ कर ओढ़ न ले...यह मेरी मर्दानगी की हार न हो?

वह लौट आए...मेज़ पर बैठ गए, कलम काग़ज़ निकाला।

"शोले...यह आखिरी सम्बोधन है, मैं तुम्हें उसी रूप में कर रहा हूँ जो हक़ीक़त में है। बहरहाल, सारे हालतों और अपनी ज़िन्दगी के तजुर्बों की रोशनी में मैं यह उचित समझ रहा हूँ कि तुम उस भ्रम को, उस झूठ को जो अनजाने में कह दिया गया था, सच समझ कर क़बूल कर लो। कभी-कभी लोग अनजाने में कुछ कह देते हैं पर दरअसल वह आने वाली घटनाओं के द्योतक होते हैं। तुम अब आज से हर फैसले के लिए आज़ाद हो। मैं कहाँ जा रहा हूँ मुझे कुछ पता नहीं है, न फैसला कर पाया हूँ पर इतना ज़रूर है कि मैं कुछ दिन दूर रहूँगा। कब तक? नहीं मालूम...हाँ, जब भी तुम्हें उस पड़ोसिन के कहे रिश्ते के अनुसार देखने के क़ाबिल हो जाऊँगा—आऊँगा, यह वचन देता हूँ, ख़ुश रहना—दारीवश।"

पत्र लिख कर दारीवश ने उसे बरामदे में रखी खाने की मेज़ पर गुलदान से दबा दिया और आँगन में निकल आये। जैसे ही दरवाज़े की ओर बढ़ने लगे, एकाएक शोले स्टोर रूम का दरवाज़ा खोल कर बाहर निकली। दारीवश के कदम थम गये। कोरे लट्ठे जैसा सफेद चेहरा, बीरबहूटी-सी सुर्ख आँखें, उलझे बिखरे बाल, मैली-मैली-सी स्कर्ट। लगा, शोले कब्र से निकल कर आयी है। सामने दारीवश को खड़े देख कर वह ठहरी। फिर आगे बढ़ी, मेज़ के कोने को पकड़ कर दो सेकेण्ड ख़ामोश रही। दारीवश हक्का-बक्का उसका मुख ताक रहे थे तब ही उसने बिना किसी भूमिका के कहा, "मैं लूरिस्तान जाना चाहती हूँ। आज, अभी, इसी समय।" कह कर मुड़ने लगी तब ही उसका दृष्टि काग़ज़ पर पड़ी। अपना नाम लिखा देख कर उसने हाथ बढ़ाया।

दारीवश जैसे गहरे पानी से उभरें, रोकें, मना करें। क्या करें? जब तक उनके मुख से आवाज़ निकलती, शोले ने काग़ज़ खींच लिया। घबराहट में बौखला कर बोले..."अच्छा...पर एकदम से...मेरा मतलब है लूरिस्तान का कैसे इरादा कर लिया?"

"तय तो बहुत पहले से कर लिया था पर चूँकि निकाह के बाद मैं आपकी ज़िम्मेदारी हो जाती हूँ, सो प्रतीक्षा में थी कि आप कोई क़दम उठाएँ।" कह कर वह पत्र पढ़ने लगी। पढ़ कर बजाय रोने के, क्रोध के, घृणा से उसने बड़ी ठण्डी नज़रों से होंठ भींच कर दारीवश को देखा। दारीवश इन नज़रों की ताब न ला सके। कनपटी के अधपके बालों से पसीने की बूँदें गालों पर बह आयीं।

"बस, यही क़द्र है मेरी?" स्वर में शिकायत थी।

"नहीं-नहीं, शोले। ख़ुदाया मुझे ग़लत मत समझो", दारीवश ने बेचैन हो कर कहा।

"फिर आप बताइए आपको क्या समझूँ?" शोले का रोम-रोम प्रश्न में ढल गया।

"मैंने जो फ़ैसला किया है बहुत समझ कर! तुम्हारी भलाई के लिए। इसके बावजूद यह सच्चाई है कि तुम्हें छोड़ने का मुझे दुख है।" भावना के अतिरेक से दारीवश का गला भारी हो उठा।

"मेरे बारे में यह फैसला बिना मेरी राय के आपने कैसे कर दिया? क्या आप सिर्फ अपने बारे में ही सोचना जानते हैं?" शोले के होंठ फड़क रहे थे।

"नहीं, यह बात नहीं है", दारीवश ने कहा पर उन्हें लगा, सत्य यही है। इस संसार में अपने को इतना भुनाया है कि केवल अपनी क़ीमत का ही अन्दाज़ा हो पाया है। दूसरों को और उनके दृष्टिकोण को समझने का ध्यान ही कभी नहीं आया। बस अपने में ही डूबा, अपने को भुगतता रहा हूँ। झेलता रहा हूँ, समझौता करता रहा हूँ।

"आपने कैसे सोच लिया कि हर कोई दूसरे के आँगन में लगे दरख़्त को उखाड़ कर अपने आँगन में लगाने को राज़ी हो जायेगा और फिर पेड़ बीज नहीं होते कि कहीं डाला, अंकुर उग आए, उन्हें दोबारा रोपने के लिए...।"

दारीवश का मन उमड़ने लगा। बीच में बात काट कर वे बोले..."चलो, हम कुछ दिन लूरिस्तान रह कर आते हैं" कह कर वहीं वरामदे के दर पर बैठ गये। उन्हें लगा, वे बहुत-बहुत थक गये हैं।

"नहीं, अब मुझे कहीं नहीं जाना है। बाबा ने अपनी जायदाद समझ कर मुझे बेच दिया। आपने अपनी मिल्क़ियत समझ कर मुझे दान कर दिया और मैं...मुझे यहीं रह कर वास्तविकता का मुक़ाबला करना है, यथार्थ से अपनी रक्षा करनी है।"

दारीवश को लगा, उनका दिमाग़ बादल की तरह हल्का हो गया है। मगर उनके पैर जैसे मन-मन भारी पत्थर, जो धरती में उनकी कोशिश के बावजूद धँसते चले जा रहे हैं।

तलाश

इस्लामिक हिस्ट्री का पीरियड चल ही रहा था कि बाहर लॉन में हल्का-सा शोर उभरा। फिर सब कुछ शान्त हो गया। क्लॉस समाप्त हुई। लड़के-लड़कियाँ बाहर निकलने लगे। सब मगन, सब अपने आप में गिरफ़्तार! परन्तु तेहरान यूनिवर्सिटी में बनी मस्जिद के कोनों में अलग-थलग बैठे लड़के ख़ामोश थे। आज उनकी गिनती कम हो गयी थी। साथी के लौटने की आशा भी नहीं है। कोई आज तक शासन के ख़िलाफ़ बोल कर लौटा है?

आज़ान की आवाज़ से भी कोई अपनी जगह से नहीं हिला। जब सूरज डूबने लगा तो चारों खड़े हुए और थके कदमों से दरवाज़े की तरफ गये। पानी के नल से चारों ने गले तर किये, फिर जेब से आइडेण्टी कार्ड निकाल कर दरवाज़े पर खड़े बन्दूकधारी पहरेदार को दिखाया और खुले दरवाज़े से बाहर निकले। चारों के दिल में ग़लीज़ गालियों का तूफान उमड़ रहा था, "लानत है ऐसी दानिशगाह पर, जहाँ कार्ड के बिना जाना मना हो। बस एक ही कमी रह गयी है। अब कार्ड के बिना पैदा होने पर और मरने पर प्रतिबन्ध और लगा दिया जाए।" चारों ने सड़क पार की, सामने फोटोग्राफर की दुकान में गये। कुछ दिन पहले पिकनिक पर ली गयी तस्वीरों की क़ीमत अब बढ़ गयी थी। अकबर की यादें बस उन्हीं तस्वीरों में क़ैद हो कर रह गयी थीं।

धूप अलबुर्ज़ की पहाड़ियों से नीचे तेहरान में फैल गयी थी मगर अली नींद में मदहोश पड़ा था। बहन कई बार जगा कर जा चुकी थी, मगर जब बकताश आया तो अली को उठना पड़ा, "क्या बात है?"

"कुछ नहीं।"

"फिर इतनी सुबह?"

"माशाअल्लाह! बारह बज रहे हैं। पूरा ईरान सो रहा है, यह तो मैं जानता हूँ परन्तु तुमने तो सबको मात कर दिया। जागो यार! मैं कब तक जगाता रहूँगा

और किस-किस को? पूरी क़ौम सो रही है।"

"बकवास बन्द! फरीदा, चाय लाना!" कह कर अली बाथरूम में चला गया।

बकताश धीरे-धीरे गुनगुनाने लगा, तब ही .खुसरू और सईद आ गये। कुछ देर बाद चारों बाहर थे। माँ दरवाज़े तक आयी भी मगर तब तक दोनों कारें सड़क पर थीं। फरीदा ने ग़ुस्से में ट्रे मेज पर रखी। उसे गुस्सा सईद पर था कि बिना उससे मिले क्यों चला गया? पर बेचारे को क्या पता कि फ़रीदा के दिल में कौन-सी कली ख़ामोशी से चटक रही है। स्वयं फरीदा ने ही कब जाना है?

आज जुमा है। चारों मस्त घूमने के मूड में हैं। सड़क पर बिना किसी प्रोग्राम के चक्कर काटने लगे। शैमरून जाने वाली सड़क पर सन्नाटा देख कर चारों ने लोकगीत शुरू कर दिया...

"...तुम्हें दूर से देखने से क्या फ़ायदा
जब तुम्हारे समीप ही न बैठा।
तुम्हारे हुस्न का दरख़्त फूलों से लद गया
जब फल ही नहीं तोड़ा, तो क्या फ़ायदा।..."

बहार का मौसम है। चारों ओर अंकुर फूट रहे हैं। अलबुर्ज से ले कर नीचे शहर के सारे पेड़ों में नयी चमकीली पत्तियाँ निकल रही हैं। हवा में बड़ी मज़ेदार ठण्डक और छिटकी धूप में अजीब-सी गुनगुनाहट। चारों मस्त, .खुश होटल के समीप रुके।

अन्दर भीड़ गज़ब की थी। वे भी इन्तज़ार करने वालों की लाइन में खड़े हो गये। पन्द्रह मिनट बाद जगह ख़ाली मिली। चारों भूख से तड़प रहे थे। कुर्सी पर बैठते ही ऑर्डर देने लगे।

सईद ने मेज़ पर रखी प्याज़ को कुतरते हुए कहा...

"नसरीन का कुछ पता चला?"

"नहीं!" अली ने काँटे पर चम्मच बजाते हुए कहा।

"उसे भूल जाओ! हम सब भूली कहानियाँ हैं।" .खुसरू ने कहा।

"फिर भी, एक बार घर तो जाना चाहिए न?" सईद ने कहा।

"कोई फ़ायदा नहीं है, रोते लोगों को और रुलाने का। कुछ कर सकते हैं हम लोग तो करें, वरना पुरसा देना अपने बस की बात नहीं है।" अली ने कहा।

"कायदे से नसरीन के घर वालों को हमें पुरसा देना चाहिए। बातें बड़ी-बड़ी करते थे पर हर साथी के जाने के बाद अपाहिज-से बैठ जाते हैं। इन हाथों में ख़ून नहीं, पानी बहता है। यह रबर के हाथ हैं—रबर के, बेकार, बेजान।" कहते हुए .खुसरू ने काँटा हाथों में चुभोया। अली ने काँटा छीन लिया! यह ग्रुप दस लोगों का था पर बचे केवल चार थे। थोड़ी देर ख़ामोशी रही। चारों मेज़ पर कुछ पढ़ने की कोशिश में लगे थे तब ही सईद ने पूछा...

"हूँ! हॉवर्ड से कुछ जवाब आया, अली?"

"आया, पार्टीबाजी की नज़र हो गया।"

"तो अब?"

"अपने पैसे से जाऊँगा, फिर तो किसी को आपत्ति नहीं होगी।" अली ने जले सिगरेट से दूसरा सिगरेट जलाया। "वीज़ा इत्यादि का चक्कर है, बस। जिस दिन मिला, इस सोने के पिंजरे की घुटन से आजाद।"

"मैं तो भाई के पास सुइस जा रहा हूँ। कोई काम मिल गया तो वहीं रुक जाऊँगा। फ़र्क़ भी क्या है? यहाँ रहूँ या वहाँ, अपनापन तो यहाँ भी खो चुका हूँ।" बकताश ने कहा। उसकी आँखें सिगरेट से उठते धुएँ में अधमुंदी हो रही थीं। तब ही पीछे से किसी बहुत फ़ैशनेबल औरत ने मुँह पर रूमाल रख कर नज़ाकत से कहा, "उफ़, ये लड़के है या कारख़ानों की चिमनियाँ?"

..."बेयरे ने तेज़ी से रोटी, पुलाव, दही और सलाद की प्लेटें रखीं। छुरी-काँटे की मद्धिम आवाज में जामों और कबाबों से सजी मेज़ वैसी-की-वैसी ही थी। खाना भूख से ज़्यादा आर्डर दिया गया था या फिर बातों का सिलसिला इस ओर मुड़ गया था कि सब खाने का बहाना कर रहे थे। खुसरू ने खाना शुरू ही नहीं किया था। बस, वह बीच-बीच में बीयर के साथ कुछ निगल लेता।

"तुम्हारा कैसा चल रहा है सईद?"

"समझ नहीं पा रहा हूँ कि इण्डिया जाऊँ या यहीं रह जाऊँ? नतीजे पर है अगर 'कंकूर'[1] में ले लिया गया और दाख़िला मिल जाता है तो रुकता हूँ वरना जहाँ सींग समाएँगी, चला जाऊँगा।"

"मेरी मानो दोस्तो, मृगतृष्णा के पीछे मत भागो। आराम से यहीं नौकरी करो, शादी करो। मकान ख़रीदो, कार ख़रीदो। बीवी कुछ दिन बाद तलाक़ दे दे तो बच्चे पालो। अगर उसने तलाक़ नहीं दिया तो तुम दे डालना। यार! ज़िन्दगी की खोज में दर-दर न भटको। यहीं इसी सरज़मीं में जहाँ पैदा हुए हो, भेष बदल-बदल कर, आचरण बदल-बदल कर रहो। इसी में मज़ा है।" इतनी देर से सर झुकाए ख़ामोशी से बीयर पीते हुए खुसरू ने एकदम से कहा।

"यह राय देने से पहले तुम क्यों नहीं यह ज़िन्दगी जीते? जी कर दिखाओ तो तब जानें।" अली में होंठ सिकोड़ कर सिगरेट बुझाते हुए कहा, "खुद क्या जियेगा? इसे तो हर चारदीवारी काटने दौड़ती है, चाहे वह घर हो या होटल।" बकताश ने कहा परन्तु उनकी बातों की ओर बिना ध्यान दिये खुसरू बोलता रहा, "बन्दर की तरह जमाने की धुन पर नाचो। उससे लुत्फ़ उठाओ, गले में पड़ी दूरबीन से ईरान के उन इलाकों को देखो जहाँ रोटी केवल सपना बन गयी है। यहाँ पेट भर कर हम

---

1. कंकूर परीक्षा का नाम है, जिसमें पास होने पर विश्वविद्यालय में दाखिला मिलता है।

सुकून से जीना चाहते हैं। उसकी बातें करते हैं। उसे ढूँढते हैं, परन्तु सुकून है कहाँ?'' खुसरू की आवाज़ की ज़हरीली गर्मी अपने शबाब पर थी। थोड़ा रुक कर कड़वाहट से बोला, ''अपने अन्दर ढूँढो और अन्दर कुछ भी नहीं। ताशे के पेट की तरह ढोल में पोल।'' खुसरू को देख कर अली ने दूसरों को इशारा किया और नेपकिन से होंठ पोंछे, ''उठा जाये'' और खड़ा हो गया। धीरे-धीरे करके चारों चल पड़े परन्तु खुसरू बुदबुदाता रहा। ''ताशे के पेट की तरह ढोल में पोल, रीतापन, खालीपन। अपने अन्दर भी और बाहर भी।''

चारों को देख कर कोई यह नहीं कह सकता था कि सुबह के प्रसन्न उन्मुक्त नौजवान ये ही हैं। इस समय उठते कदमों में भारीपन था। कार में चारों बैठ गये।

''क्या बजा है?''

''तीन बज रहे हैं। क्यों, कहीं जाना है?''

''घर से वायदा करके निकला था कि आज ज़रूर अस्पताल हो कर आऊँगा, जिस दिन से मुहम्मद का एक्सीडेण्ट हुआ है बस दो बार गया हूँ।''

''चलो, हम सब चलते हैं। करना भी क्या है?'' अली ने वर्तमान की कठोर सच्चाई से भागने के प्रयास में कहा। सच तो यह है कि किया भी क्या जाये। समय है, रुपया है पर जो वे करना चाहते हैं उस पर कड़ा प्रतिबन्ध है। उमड़ती नदियों को बाँधना भी तो एक कठिन कार्य है, परन्तु यह बिफरी मौजें स्वयं को पत्थरों की चट्टान पर धोबी की लादी की तरह पछाड़ कर चिथड़ों में बदलती रहती हैं इस उम्मीद पर, कि एक दिन उनकी चोटों से चट्टान का हृदय फटेगा।

खुसरू ने थके स्वर से कहा, ''हाँ, अभी पूरा दिन पड़ा है। इसको भी तो काटना है।'' कह कर उसने बदन ढीला छोड़ दिया और सर पीछे सीट पर डाल दिया।

कार अस्पताल की तरफ चलने लगी। रास्ते में कार रोक कर कुछ फूल खरीदे गये। अस्पताल में जा कर चारों लड़कों ने मरीज़ को घेर लिया जो एकदम अच्छा-भला लेटा था, उसे दिलासा देने लगे 'कैसे हैं?' 'जल्दी ठीक हो जायेंगे।' 'किसी बात की फिक्र नहीं करनी चाहिए! किसी बात से घबराना नहीं चाहिए।' 'अरे यह तो मामूली चोट है, लोग तो लूले-लंगड़े हो जाते हैं और कभी-कभी तो मर भी जाते हैं। आप तो ख़ुशकिस्मत हैं।' वगैरह-वगैरह...। उन्हें स्वयं ज्ञात न था कि वे क्या बोल रहे हैं। हर दिल में लावा फूट रहा था और उसे वे पानी की छीटों से ठण्डा करना चाह रहे थे। अपने को सँभालना-बहलाना चाह रहे थे, परन्तु चकराया मरीज़ उनके हृदय की दावाग्नि से अनभिज्ञ, शान्त बैठा था। उनके ऊटपटांग दिलासों को सुन रहा था। वहाँ से फ़ुरसत पा कर चारों बाहर निकले।

राहदारी से गुजर कर जब वे आख़िरी कमरे में आये तो कोने की पलंग पर लेटा एक मरीज़ कराह रहा था। चारों थोड़ा रुके। फिर इधर-उधर देखा। पास वाला

बोला, "फिक्र मत कीजिए। जब यह किसी को देख लेते हैं तो बिना किसी तकलीफ़ के ही कराहने लगते हैं।"

"फिर भी! क्या चाहिए तुम्हें?"

"ज़िन्दगी!!" मरीज़ ने हसरत से कहा।

"कोई नयी चीज़ माँगते दोस्त!" कह कर अली आगे बढ़ गया।

"कैसी ज़िन्दगी चाहिए दोस्त?" खुसरू बोला।

"मज़ाक न करो! चलो।" बकताश ने कहा। उसे डर था कि खुसरू अभी भी स्वस्थ नहीं हुआ है।

"ठहरो यार! तुम्हें ज़िन्दगी क्यों चाहिए?" खुसरू ने पूछा।

मरीज आँखें फाड़ कर चारों को देख रहा था। वह एक शब्द कह कर पछता रहा था। चारों शहद की मक्खी की तरह उसकी जान को आ गये थे।

"ज़िन्दगी चाहिए तो फिक्र बदलो।" खुसरू स्टूल खींच कर मरीज़ के पास बैठ गया।

"तुम एक बहुत ख़ूबसूरत-सी लड़की का ध्यान करो जैसे कि वह तुम्हारे पहलू में हो। फूल की खुशबू का एहसास करो, अनुभव करो। ये दोनों चीज़ें तुमको मिल सकती हैं, मेरे दोस्त! बस सोचो। ख़ुश हो कि तुम्हारे दिन बंदलने वाले हैं, मगर कब? दिन, तारीख़, साल पर मत जाओ। बस, आज जीने के लिए कल के सपने देखो।' वह आदमी हल्के से मुस्कराया, 'मज़ाक कर रहे हो न?'

'बखुदा! मज़ाक नहीं कर रहा हूँ। तुम सोचके देखो; फिर न आयें दोनों चीज़ें तुम्हारे पास तब कहना!' खुसरू ने जोर से उसका हाथ हिलाया मगर उस हाथ के ढीलेपन से वह चौंका। पास के आदमी ने बताया कि उस आदमी को कई साल से फालिज है, घर वाले फेंक गये यहाँ। अस्पताल वाले स्वयं व्यस्त हैं। कौन देखे? चेहरे को तथा बायें हाथ को छोड़ कर पूरा बदन बेहिस है। चारों ने झुरझुरी-सी ली, उन्होंने जब मरीज़ से हाथ हिला कर ख़ुदा हाफ़िज कहा तो वह हल्के-से मुस्कुराया, परन्तु चारों की आँखें बिना बरसे ही बरसने लगी थीं। सब ही को फ़ालिज की बीमारी है। कोई हिल सकता है, चल सकता है, फिर भी कुछ नहीं कर सकता।

"तुम अजीब हो? ये उल्टी-सीधी बातें उससे करने की क्या ज़रूरत थी?" अली ने घुटन से उबरने के लिए ख़ामोशी तोड़ी।

"ज़िन्दगी को तुम नहीं समझ सकते हो चाहे हॉवर्ड से पी-एच. डी. की डिग्री ही क्यों न ले आओ।" खुसरू ने कहा और च्यूइंगम का पैकेट आगे बढ़ाया। "कितने हम भारी हुए, कितना वह हल्का हुआ, दोस्त! कम-से-कम हम एक फीकी मुस्कुराहट तो दे आये न उसे।" खुसरू ने अली के कंधे थपथपाये।

चारों च्यूइंगम चबाते हुए खिन्न-मन से कार में बैठ गये।

एक-दूसरे के पीछे कारें हरकत कर रही थीं। चारों ख़ामोश बैठे थे। बकताश

को बहन शोले की फिक्र थी, माँ की फिक्र थी और बीमार बाप की थी। अली को अपनी पढ़ाई की। सईद को नौकरी की। खुसरू को ये सारी परेशानियाँ थीं परन्तु इस घुटन में मदहोश, नीम बेहोश वातावरण में कहाँ से वे अपने मस्तिष्क की, अपने विचारों की और अपनी उचित माँगों की पूर्ति करें? वे तो बस बेचैन-से अपनी आकुलता लिये दर-दर भटक रहे हैं। हर दरो-दीवार से प्रश्न करते हुए कि वे क्या करें? कैसे अपने को व्यक्त करें? यह भटकन कब तक यूँ भटकायेगी आखिर?

शहर के गुनजान इलाके में आ कर चारों होश में आए। शाम ढल रही थी, सड़क पर गज़ब की रेल-पेल थी। लग रहा था, फ़ौलाद की नदी मन्द गति से बह रही है। दोनों कारें सड़क के किनारे रुकीं, चारों ने आइसक्रीम ख़रीदी और पार्क फरहा में घुसे। बेदेमज़न के दरख़्त झूम रहे थे, फूल खिले थे, परन्तु यह सारा प्राकृतिक सौन्दर्य उनको लुभा नहीं पा रहा था। ख़ामोशी से चारों बेंच पर बैठ गये और सामने खेलते बच्चों को देखने लगे।

धीरे-धीरे करके पार्क खाली हो गया, मालियों ने फ़व्वारे खोल दिये, घास तर होने लगी, पेड़ धोए जाने लगे। जिस्म पर ठण्डी बूँदों के पड़ने से चारों के शरीर में एक अनुभूति-सी जागी। उठे, और पार्क के दूसरे गेट से बाहर निकले। बकताश ने पूरे ज़ोर से पार्क के चारों तरफ लगी सलाख़ों में से एक पर ज़ोर आज़माईश की जैसे अपने अन्दर की सारी उत्तेजना को इस सलाख़ के मोड़ने में व्यक्त करेगा।

"क्या बचपना है?" "अली ने बकताश से कहा। चारों पैदल चलने लगे, बिना किसी दीप के, बिना किसी उद्देश्य के। लम्बा चक्कर काट कर जब वे कुछ शान्त हुए, तो घूम कर सड़क पार की और कार में बैठ गए। सईद और बकताश ने "कल यूनिवर्सिटी में मिलना होगा।" कह कर .ख़ुदा हाफ़िज किया। "चलो, आज के दिन का भी ख़ून कर ही डाला हमने!" कह कर बकताश ने कार स्टार्ट की।

"हाँ! हमारे पास समय के अतिरिक्त है भी क्या?" खुसरू ने कहा।

खुसरू ने पूछा, "तुम्हारा क्या इरादा है?"

"घर जाऊँगा, थक गया हूँ।" अली ने जवाब दिया।

"दिमाग़ से या दिल से?"

"अपने पूरे वजूद से।" अली ने उत्तर दिया।

"अच्छा!" खुसरू ने कहा और किसी सोच में डूब गया। जाने क्यों उसके मस्तिष्क में छुपा छठा चोर-दरवाज़ा खुल गया और विचारों का तूफ़ान उमड़ने लगा! कार ख़ामोशी से आगे बढ़ने लगी। आज शायद कूड़ा निकालने का दिन है, तब ही हर घर के सामने कूड़े के ढेर लगे थे। अली को उसके घर पर उतार कर खुसरू ने गाड़ी मोड़ी और चलाने लगा...किसी घर में शायद पार्टी है। शोर-हंगामे की आवाज़ आ रही है। जाते मेहमानों के हाथ में बड़े-बड़े डिब्बे हैं। ज़रूरत से ज़्यादा पकाने के

बाद 'नज़र' (प्रसाद) का सामान मेहमानों को देना पड़ता है। इन दिनों यह भी एक सामाजिक फ़ैशन जैसी मजबूरी बन गयी है। बिना ज़रूरत ढेरों पकाना, उन्हें फेंकना- बाँटना। फ़कीर और ज़रूरतमन्दों को ढूँढना भी आजकल इस तेहरान शहर में अँधेरे में सूई ढूँढने के बराबर है। उसने गाड़ी आगे बढ़ायी। घर जा कर वह क्या करेगा? सोने में तो अभी एक सदी पड़ी है, केवल ग्यारह बज रहे हैं। वह यूँ ही बिना मतलब के सड़क के चक्कर काटने लगा। कोने वाले घर से दो औरत-मर्द बाहर निकले। उनके हाथों मे कूड़े का बड़ा-सा डिब्बा था जिसे पकड़ कर वह सीढ़ी उतर रहे थे। उसके ऊपर केक का पीस था जो शायद इनकी अपनी शादी की सालगिरह या बच्चे की बर्थ-डे का होगा। उसने गाड़ी रोक दी। दोनों बचे केक के कई किलो के भारी टुकड़े को कूड़े के ढेर पर रख कर ऊपर चले गये। केक पर लिपटा काग़ज़ हवा में उड़ गया।

इस लम्बी गली में कूड़ों के ढेर में केक, खाने, सब्ज़ी के छिलकों की मिली-जुली बू फैल रही थी। पूरी गली में कोई साया न था। दूर कोने वाले घर में बँधा कुत्ता हल्के-हल्के गुर्रा रहा था। शायद किसी अमेरिकन का घर है। अभी यहाँ यह फ़ैशन नहीं पनपा है वरना सड़क पर गाड़ी की रेल-पेल धुएँ में एक और शोर बढ़ जाता।

उसने सिगरेट जलाई। गली में फीकी रोशनी फैल रही थी। हवा अपने साथ कूड़ों के छोटे-छोटे टुकड़े इधर-उधर फैला रही थी। सुबह से अब तक वह अपने को उलझाए रहा, बहलाए रहा, पर यह कब तक? आखिर क़ब तक? जाने क्यों उसका दिल भर आया और वह बेइख़्यितार स्टीयरिंग-ह्वील पर सिर रख कर फूट पड़ा, "आखिर हम ज़िन्दगी से क्या चाहते हैं?"

मिट्टी का सफ़र

कुहसंगी जाने वाली सड़क पर कारों की आमद-व-रफ़्त बन्द हो चुकी थी। पूरी सड़क पीली, मैली रोशनी में नहाई हुई थी। घरों की खिड़कियों, दरवाज़ों में गहरा अँधेरा था। केवल मुशदग़ुलाम के चायख़ाने पर मद्धिम-सी रोशनी हो रही थी।

मुशदग़ुलाम एक पैर कुर्सी पर रखे बदन को आराम देने के अन्दाज़ से खड़ा मेज़ पर रखी मशीन पर ग़ोश्त तौल-तौल कर उसके हिस्से लगा रहा था। मशीन के चारों तरफ ग़ोश्त के छिछड़ेनुमा टुकड़ों के छोटे-छोटे ढेर लगे हुए थे। चाकू से गोश्त काटते हुए और तौलते हुए वह बार-बार खड़े होने का अन्दाज़ बदल रहा था। दूसरे झोले से चर्बी के विभिन्न आकार के टुकड़े निकाल कर उन्हें भी तौल-तौल कर वह ढेर पर रखता जा रहा था।

''खुदा न करे, यह हाथ अमानत में ख़यानत करे।'' हिस्सा बाँट करके वह वहीं दीवार से लग कर कमर सीधी करने लगा। फिर बेटे को आवाज दी–''ओ बेटे महरम, उठ जा! जल्दी उठा ले इन्हें।'' यह कह कर मुशदग़ुलाम चायख़ाने के दरवाज़े के समीप लगे सिंक की ओर गया।

क़ुर्सी जोड़ कर बनाए बिस्तर में घुसे लड़के ने अपने को बड़ी मुश्किल से बिस्तर से बाहर खींचा। एल्युमीनियम की लूटियाँ जो सिंक के पस धुली-मँजी औंधी पड़ी थीं, उन्हें सीधा करके उसमें गोश्त डालने लगा।

''थक गया न? बस यही दो हफ़्ते की बात है। भीड़ छँट जायेगी। फिर वही बँधे हुए ग्राहक आयेंगे।'' मुशदग़ुलाम ने बच्चे की हिम्मत बढ़ाई और उससे बातें करता हुआ बाहर निकला। मुर्ग़ियों के दड़बे पर बोरे का बड़ा-सा टुकड़ा डाला। फैली कुर्सियों को मोड़ कर मेज़ के ऊपर रखा और अन्दर आ कर, महरम के डाले हुए गोश्त पर तसले में भीगे काबुली चने की आधी-आधी प्याली डालने लगा।

''अभी यह न करो तो सुबह वक़्त कहाँ मिलता है? बारह बजे तक चाय-नाश्ता, फिर खाना! महरम, इन्हें उठा कर ऐलों पर रखे दे, बेटा।''

महरम अपने थके-ऐंठे पैरों और नींद में धुत्त आँखों और काँपते हाथों से लुटिया उठा-उठा कर सामने बने बाईस ऐलों के चूल्हे पर रखने लगा।

मुशदगुलाम ने अन्दर कोने में खाट उठाई और दरवाज़े के पास डाली। दुकान की छत से डण्डे के सहारे लटकी अपनी गुदड़ी उतारी। उसे खाट पर बिछाया और फिर कोने में खड़े लकड़ियों के पट्टे बराबर से गड्ढों में लगा कर उल्टा-सीधा दरवाज़ा बन्द किया और किसी कटे पेड़ की तरह खाट पर गिर गया। महरम ने हाथ धोया, फिर बिजली बुझाई और बिस्तर में घुसते ही गहरी नींद में डूब गया।

मुशदगुलाम बिस्तर पर लेटते ही फौरन सो न सका। उसके सामने अब तक के कमाये हुए रुपयों का हिसाब था और इन दो हफ़्ते में कमा लेने की उम्मीद भी। करवट बदल कर बोला—"या, अबुलफजलिल!" पैरों में तेज़ दर्द की टीसों से उसने फिर पैर समेट लिया पर आराम कहाँ? दर्द की उठती लहरों से परेशान वह बार-बार करवटें बदलता और अपने दिमाग़ में खड़े किये महल तक पहुँचने के मंसूबे बाँध रहा था। उसी में डूबा जाने कब नींद में खो गया।

तबरीज के पेड़ों के बीच अभी कोहरे की पर्तें छाई हुई थीं। सूरज का दूर-दूर पता न था। मुशदगुलाम ने मुर्ग़ियों के आगे दाना डाला और झुक कर दड़बे में हाथ डाला। टटोलते-टटोलते छह अण्डे उसने हाथ में पकड़े, तसले में रखे और उठ खड़ा हुआ, "हर चीज़ में बरकत हो रही है।"

महरम तेज़ी से सिंक पर झुका मुँह धो रहा था। "यह देखो महरम! आज छह-की-छह मुर्गियों ने अण्डे दिये हैं। मैं कहता था न, यह दिन बरकत के हैं। मिट्टी भी सोना उगलती है।"

महरम ने गर्दन हिलाई और मुँह धोता रहा। मुशदगुलाम ने पानी से भरा जग उठाया और एल्युमीनियम की लुटियों का ढक्कन खोल-खोल कर पानी डालने लगा। ठीक से सारे ढक्कन लगा कर उसने गैस जला दी तभी साइकिल की घण्टी बजी। सामने साइकिल पर साग के ढेर लादे नेमत खड़ा था।

"सलाम। सुब-बख़ैर!"

"सलाम नेमत! आज कैसे जल्दी आ गये?" मुशदगुलाम ने आगे बढ़ कर कहा।

"आज बच्चों के साथ हरम जाना है। इसलिए काम जल्दी निबटाना है।"

"यह लो, अपनी रेहान की गड्डी!" कह कर नेमत ने रेहान की पत्तियों का बड़ा-सा गट्ठर मेज़ पर रखा और साईकिल पर चढ़ कर चला गया। महरम ने चाय फिनजानों में उंडेली और पनीर का टुकड़ा रात की बासी रोटी में लपेट कर मेज़ पर रखा।

"खा के तू मुशद सेतार के पास चला जा। आज रोटी ज़्यादा ले आना। भीड़ कल से ज़्यादा होगी।" बड़े-बड़े कौर निगलते हुए मुशदगुलाम ने कहा।

यह छोटी मगर लम्बी-सी कोठरी या कमरा, जो भी था, चायख़ाना था। एक तरफ बड़ा-सा बाईस ऐलों का चूल्हा, उसी में मिले चबूतरे पर चाय का समावर और समावर से मिले चबूतरे पर तेल का छोटा-सा स्टोव था जो अण्डों को तलने

के काम आता था। दूसरी तरफ केवल दो मेज़ और कुर्सियाँ बिछी थीं। सिर्फ बीच में खड़े होने की जगह थी। बाहर कई मेज़ें और कुर्सियाँ डालने का इन्तज़ाम था। इस कारण आस-पास के सारे काम करने वालों की भीड़ जमा हो जाती थी।

महरम बाहर तन्दूर की तरफ जाने को निकला। मुशदगुलाम ने झूठे बर्तन धोने के लिए सिंक में डाले।

सूरज निकल आया था। कोहरे के कम होने के साथ ठण्ड भी कम होने लगी थी। मुशदगुलाम ने मेज़-कुर्सियाँ लगा दीं। मुर्गियों को बन्द कर दिया। तब ही दूर से आते चन्द लोग दिखे, उसने तेज़ी से समावर की लौ को तेज़ किया। फिर फिनजान[1] की ट्रे में रखे कन्ददान में कन्द[2] के टुकड़े डाले और चाय दम देने के लिए केतली उठाई।

"सलाम। मुशदगुलाम! आज अकेले कैसे, महरम कहाँ है?"

"सलाम सुब-बख़ैर! महरम तन्दूर तक गया है।" चाय के फिनजान आगे रखते हुए मुशदगुलाम बोला।

"पैर की चोट कैसी है?" आने वाले ने चाय की चुस्की ले कर कहा।

"ठीक हो जायेगी।"

"दवा लगाई थी?" आने वाले ने पूछा।

"अब सारे दिन यहाँ जूझने के बाद अस्पताल का समय कहाँ से निकालूँ? सारा दिन वहाँ निकल जायेगा।"

"एक दिन चायख़ाना बन्द ही सही।"

"बड़ा नुक़सान हो जायेगा। मैं कौन-सा अपने लिए जोड़ता हूँ, इस्माईल आग़ा[3]! जो है, इसी के काम आएगा। रात-दिन मेहनत करके इतना जमा कर लूँ कि बाहर पढ़ने के लिए भेज दूँ, बस!"

"उसका भी इन्तज़ाम हो जायेगा। अभी कौन-सा तुम उसे भेज रहे हो, मगर पैर का इलाज अपनी जगह है। कुछ हो न जाये, भाई।" इस्माईल ने मुशदगुलाम को समझाया। उससे महरम का हाल छुपा न था।

"ग़रीब को कुछ नहीं होता।" कह कर मुशदगुलाम ने अल्युमीनियम की रकाबी को स्टोव पर रख कर उसमें घी डाला और दो अण्डे तोड़ कर गर्म घी में तलने लगा।

महरम गर्म रोटियों के गट्ठर को सँभाले अन्दर आया और आबग़ूश्त की पकती लूटियों के ऊपर दीघार पर रोटी टाँगने लगा। मुशदगुलाम ने सेनी में पूरी बड़ी रोटी को चार पर्तें करके रखा और जलती रक़ाबी सेनी में लगा कर आने वाले

---

1. फिनजान–चाय के छोटे गिलास।
2. कन्द–शुगर क्यूब।
3. आगा–महाशय, श्रीमान्, साहब, जी।

के आगे रखा। तभी दो-तीन मज़दूर क़िस्म के लोग आ गये जिनके पीछे एक और आदमी अख़बार लिए आया, "सलाम मुशद आग़ा! क्या ख़बर है?"

"सलाम! सब ठीक-ठाक है तुम्हारी दुआ से! तुम सुनाओ, अख़बार में क्या-क्या ख़बर है अकबर आग़ा?"

अकबर आग़ा ने बैठते हुए, "अधिकतर अस्त्र-शस्त्र ख़रीदने की योजना पर विचार के लिए मन्त्री का अमेरिका का दौरा।"

"पैट्रोल के दाम दोबारा बढ़ गये हैं।"

"गूगूश[1] के पति ने सफ़ाई पेश की है।"

"अरे अकबर आग़ा, इन्हें छोड़ो। अपने दिल की लगती ख़बर सुनाओ न!' मुशदगुलाम वहीं कुर्सी पर बैठ गया।

"हूँ!" अकबर ने अख़बार खोलते हुए कहा। फिर थोड़ी देर बाद बोला, 'मशहद में हर चीज़ में बरकत हो रही है। साल भर अण्डों की कमी चलती है, पर इस समय किसी चीज़ की कमी नहीं है। सब तरह का इन्तज़ाम बढ़िया है।"

"सब बरकत की बात है वरना इस भीड़ में तो हर चीज़ का अल्लाह ही मालिक था।" मुशदगुलाम ने गद्‌गद् हो कर कहा।

"और हाँ, इस समय मशहद की जनसंख्या डबल हो गयी है, दाम पर कड़ी निग़ाह है। कोई चीज़ मँहगी नहीं बेची जायेगी, बाहर से आये मेहमानों के लिए मेहमानख़ानों के नाम, उनके किराए, सबकी लिस्ट।" अकबर सुनाता रहा। आस-पास के लोग बड़े ग़ौर से सुन रहे थे।

महरम तेज़ी से मेज़ साफ करता, चाय के फिनजान, कन्द के टुकड़े रखता इधर-उधर भाग रहा था। ख़बरें सुन कर सन्तोष से भरा मुशदगुलाम, सेनियों में रोटी, अण्डा या पनीर रोटी लगा कर एक के सामने रखता तो दूसरे के सामने से झूठी सेनी उठा रहा था। लोग बातों में मग्न थे। "सब खुदा की मर्ज़ी है। कौन-सा इलाज, कौन-सा तावीज़ उठा रही है, बस अब तो हरम की चौखट बाक़ी है।"

"हाँ! औरत बिना बच्चे और मूली बिना पत्ते के अजीब-सी लगती है।" दूसरी आवाज़ उभरी।

"अरे वह तो कहो इमाम के नाम की बरकत थी जो रात सर छुपाने को जगह मिल गयी वरना इन होटल वालों ने तो हमें कहीं का न रखा था।" आवाज़ उभरी।

"एक महीने पहले से तीन कमरे के लिए लिखा था। सब तय था, पर कौन सुनता है? उठा दिया ज़्यादा दाम पर। मंगल के बजाय बुध के आने की यह सज़ा मिली है हमें।" दूसरे ने कहा।

"ऐसा न कहो। शुक्र करो कि उस रहमत के फरिश्ते ने यूँ खड़ा देख कर

---

1. गूगूश—प्रसिद्ध ईरानी गायिका।

पूछ लिया कि ठहरने की जगह चाहिए वरना तो बस।''

"हाँ, दो कमरे, एक बाथरूम है। अपने घर का आधा हिस्सा दे दिया है। खाना पकाने का अलग आराम है।''

"चलो। पहले से तो अच्छा हुआ न?''

"बहुत अच्छा, वहाँ पाँच सौ रोज़ देने पड़ते, खाना-पीना अलग! यहाँ पर सिर्फ़ सौ तुमान हफ़्ते का है।''

"अरे, पैसे का हिसाब न करो। उनके दर की बरकत से दुगुने मिलेंगे।''

धूप पेड़ों से छन कर लोगों के बदनों पर पड़ने लगी। सड़क पर आमद-व-रफ़्त बढ़ गयी, दूर-दूर से आये हुए लोग बसों पर बैठे हरम की ज़्यारत के लिए जाने लगे थे। चायख़ाने से थोड़ी दूर पर अब्दुल्ला ने अंगूर से भरा ठेला तिरछा करके खड़ा कर दिया। उसके आगे घरों के सामने एक सफेद कार को एक लम्बे चौड़े क़द का आदमी धो रहा था। आस-पास छोटे बच्चे खेल रहे थे।

"बाबा! कल यह लोग अफ़ग़ानिस्तान से आये हैं, मीर क़ासिम के दोस्त हैं।'' महरम बोला। चायख़ाने की भीड़ शबाब पर आ कर ढल रही थी। महरम ने तेजी से ख़ाली होती मेज़ों को पोंछना शुरू कर दिया था। बर्तनों का ढेर लग गया था, जिसे मुशदगुलाम ने रगड़ना शुरू कर दिया था। ग्यारह बज गये हैं। अब एक-दो भटकते-से लोग चाय के लिए आ-जा रहे थे।

महरम के पैर से खून रिस रहा था, शायद पट्टी अपनी जगह से खिसक गयी थी। पैंट ज़ख़्म पर बार-बार चिपक रही थी पर उत्साह में वह भूला हुआ था। ग्राहक जितने आयेंगे, पैसे उतने ही अधिक मिलेंगे और इन्हीं पैसों से वह पढ़-लिख कर बड़ा आदमी बनेगा। बाबा को आराम-ही-आराम पहुँचायेगा। बढ़िया अंग्रेज़ी बोलेगा और ईरान से लौट कर गरीबों का मुफ्त इलाज करेगा। इसी ख्याल में डूबा वह काम में तल्लीन था तभी कुर्सी से उसे ठोकर लगी और मुँह से 'सी' निकली।

"क्या हुआ?''

"बाबा, आज दर्द काफ़ी है।''

"ठीक हो जायेगा बेटा! घबरा मत, यह दिन मुरादों के हैं। सबकी फैली झोली भरती है। हमारा दिल तो आईना है। खुदा सब जानता है। ईमाम रेज़ा सब दुखों से वाक़िफ हैं।'' मुशदगुलाम का चेहरा जिस पर भक्ति-भाव की गहरी छाप थी, आकाश की ओर उठ गया।

"बाबा, पर मैं बिना तुम्हारे रह कैसे पाऊँगा वहाँ?''

"सब हो जायेगा, घबरा मत। देखता नहीं, फीरोज़ बख़्त का लड़का हिन्द में पढ़ रहा है। कैसी अंग्रेज़ी बोलता है!''

"पर मैं दो हफ़्ते से स्कूल नहीं गया, डाँट पड़ेगी।'' महरम ने ख़ौफ़भरी आँखें उठायीं।

“मैं वक़्त निकाल कर तेरे मास्टर से मिल आऊँगा। बस यही दो हफ़्ते की बात और है। फिर कौन-सी हर माह ईमाम रेज़ा की वर्षगाँठ मनाई जाती है। साल-साल की तो बात है और फिर आज का कमाया कल तेरे ही तो काम आयेगा।” मुशदगुलाम ने सन्तोषपूर्वक जवाब दिया।

“हम लोग तो अभी तक ज़्यारत को भी न गये बाबा?”

“अरे बेटा! ज़्यारत[1] का क्या! जहाँ से हरम का सुनहरा गुम्बद दिख जाये, समझो, वहीं हमारी इबादत हो गयी। खुदा दिल देखता है। फिर हम तो इसी मिट्टी पर रहते हैं। उसी हवा में साँस लेते हैं जो गुम्बद से छुल कर हमारे तक पहुँचती है।” मज़दूरों के झुण्ड आने शुरू हो गये। कूहसंगी जाने वाली इस सड़क पर तरह-तरह के रेस्ट्राँ, चायख़ाने हैं। मुशदगुलाम के चायखाने के दाहिने हाथ आगे चल कर नानबाई का तन्दूर, फिर कोका-कोला की फैक्टरी, फिर सैंडविच और शरबत का छोटा-सा परन्तु मँहगा रेस्ट्राँ। उसी के सामने दूसरा बड़ा-सा सुन्दर चायख़ाना और फिर तो कूहसंगी के बाईं तरफ बेशुमार-जुजेकबाब और चुल्लूकबाब (ईरानी खाने) के रेस्ट्राँ थे। चायखाने के बाईं तरफ ड्राइक्लीनिंग की दुकान, कूहसंगी पुलिस थाना, फल-फूलों के बीज की दुकान और दूसरी छुटपुट छोटी-मोटी दुकानें थीं। आस-पास काम करने वाले चायखाने में जमा होते थे। इस समय भी मज़दूर व अन्य काम करने वालों की भीड़ चायखाने की ओर आ रही थी। कुछ ने नानबाई से तीन रियाली की गज़-भर लम्बी रोटी को बग़ल में दबा रखा था और कुछ ने रोटी के मुलायम गर्म टुकड़ों को मुँह में रखना भी शुरू कर दिया था। गोल पायजामेनुमा पैंट, बंडीनुमा कोट और सर पर गोल चिपकी टोपी लगाये धूल, गन्दगी से अण्टे मज़दूर क़रीब आये। कुछ बैठ गये, कुछ आगे जा कर ठेले से अंगूर ख़रीदने लगे। कुछ तरबूज़ और खरबूज़ा खरीदने के लिए चौराहे की ओर बढ़ गये।

चौराहे के एक तरफ सिनेमाहॉल, दूसरी ओर शानदार बाज़ार की शुरुआत। यहाँ इस चौराहे से तीनों रास्ते मॉडर्न मशहद बन जाते हैं। सामने फल की दुकान से तरबूज़ व ख़रबूज़ा ले कर मज़दूरों का यह क़ाफ़िला फिर चायखाने की ओर लौटा। चायखाने के सामने तबरीज़ के पेड़ों के नीचे वे घास पर बैठ गये। तबरीज़ की जड़ों के साथ बहते पानी में लाये गये तरबूज़ व ख़रबूज़े को ठण्डा करने के लिए रख दिया गया।

चायख़ाना लोगों से भर गया और सामने घास पर बैठे लोगों ने भी रोटी-अंगूर, रोटी-ख़रबूज़ खाना शुरू कर दिया था। बातों के शोर और खाने की महक में कभी-कभी किसी की ओर से लगायी हाँक पर लोग अपना चेहरा उठा कर देखने लगते... “मुशदी आग़ा, एक आबग़ूश्त!”

---

1. ज़्यारत–दर्शन।

"आधी रोटी देना भाई!"

"महरम जान, एक इधर चाहिए आबग़ूश्त।"

"चार चाय इधर पेड़ के नीचे चाहिए।"

"जल्दी चाहिए।" तीसरी आवाज़।

सेनी में रेहान की गड्डी, हरी मिर्च, पिसी गोल मिर्च, बड़ी रोटी, खीर का कटोरा और आबग़ूश्त की गर्म लूटिया रख कर महरम सबके आगे रख रहा था। पैर से तेजी से खून रिस रहा था और एक मक्खी पैंट के पांयचे से अन्दर घुस कर ज़ख़्म में खुजली पैदा कर रही थी।

तेजी से लोग कटोरे में आबग़ूश्त का रसा निकाल कर लूटियों में पड़े ग़ोश्त, काबुली चने व सब्बी टुकड़ों को पीस कर भुर्ता बना कर रोटी के संग बड़े-बड़े निवाले निगल रहे थे। गर्म-गर्म सूप जैसे रसा के घूँट भर रहे थे।

"क्या हुआ? मीर अल्लाई लड़कों को रखने पर राज़ी हुआ?" किसी ने कौर से भरे मुँह से पूछा।

"न-नहीं! कहता है निक़ाह तुम से किया है, तुम्हारी औलादों से नहीं।" टोपी झाड़ते हुए जवाब मिला।

"इन्सान भी बन्दर की क़ौम का है। न उसकी दोस्ती भली, न दुश्मनी।" सुड़-सुड़ की आवाज़ के साथ सूप पिया।

"बेचारी को क्या पता था कि निक़ाह का मतलब सिर्फ़ उसकी ज़ात थी?" दूसरी आवाज़ सहानुभूति की थी।

"अरे मीर अल्लाई तो पानी से मक्खन निकालने वाला आदमी है। यह तो सुहेला को निक़ाह से पहले समझ लेना चाहिए था।" पहले ने हँस कर कहा और खिलाल करके दाँतों में फँसे खाने के कण निकालने लगा।

धीरे-धीरे करके कुर्सियाँ ख़ाली होने लगीं। धूप तबरीज़ के पेड़ों की जड़ों तक पहुँच गयी थी। चायख़ाना गन्दे, झूठे बर्तनों से भर गया था। दीवार पर टंगी आखिरी रोटी बच रही थी जिसे आधा-आधा महरम और मुशदगुलाम अण्डे से लगा-लगा कर खा रहे थे। सामने पेड़ों के नीचे बैठे मज़दूर धीरे-धीरे करके वहीं जूतों का तकिया बना कर पैर-पर-पैर रख कर सीने पर दोनों हाथ बाँध कर गहरी नींद में डूब गये थे।

मुशदगुलाम ने हाथ धोए। फिर बची रोटी के किनारों के छोटे-छोटे टुकड़े कर मुर्ग़ियों के आगे डाल दिये। महरम ने फिनजान में चाय उंड़ेली और दोनों बाहर कुर्सी पर बैठ गये। धीरे-धीरे करके महरम ने पैंट को ऊपर उठाया, दर्द की लहरें उठने लगीं, होंठ को दाँतों से दबा कर उसने अन्त से खुले ज़ख़्म को देखा। ख़ून दोबारा रिस रहा था। आस-पास ख़ून की कत्थई पपड़ी जम गयी थी। चलती हवा ज़ख़्म में आरामदेह जलन पैदा कर रही थी।

दोनों अपने को दोबारा काम करने के लिए जमा कर रहे थे। तभी चुगती

हुई मुर्गियों में से एक ने महरम के खुले ज़ख़्म पर गोश्त के छिछड़ों को चिपका समझ कर ज़ोर से ठोंग मारी। महरम बिलबिला कर तड़पा और ख़ून का फ़ौव्वारा-सा पैर से निकल पड़ा। महरम चीख़ने से पहले ही अचेत-सा नीला हो कर कुर्सी पर झूल गया।

मुशदगुलाम बिना असलियत समझे हड़बड़ा कर उठा और पास लेटे मज़दूरों को आवाज़ देने लगा। सब हड़बड़ा कर उठे और बिना मामला समझे मुशदगुलाम की ओर भागे।

मुशदगुलाम ने सबकी मदद से महरम को घास पर लिटाया और मुँह पर पानी छींटें डाले। गर्म पानी से ज़ख़्म को धोया और वहीं सर पर हाथ रख कर बैठ गया।

''डॉक्टर के पास ले जाओ, मुशदगुलाम! महरम के पैर की हालत ठीक नहीं है।'' जूता पैर में डालते हुए एक मज़दूर बोला!

''हाँ मुशदगुलाम, अब देरी ठीक नहीं।'' दूसरे मज़दूर ने कोट पहनते हुए कहा।

मुशदगुलाम ख़ामोश महरम के चेहरे को देख-देख कर आँसू पोंछ रहा थ। क्या जवाब दे, किसे बताये, किसे समझाये? काम बन्द करे तो यही तो कमाने के दिन हैं। अस्पताल में कौन एक दिन में सब कुछ हो जायेगा? रोज़-रोज़ इतनी दूर अस्पताल जाना और आना, रास्ते में दो बसें बदलनी, पर अब तो कुछ करना ही पड़ेगा। कल सुबह जाऊँगा। आज रात सबको कह दूँगा कि चायख़ाना सुबह बन्द रहेगा। सोच कर मुशदगुलाम उठा और बर्तन पर मिट्टी रगड़ने लगा। शाम को चाय पर वही भीड़ थी। मुशदगुलाम अकेला सब सँभालता रहा मगर बाप के बहुत मना करने पर भी महरम ने रात के खाने के समय घिसटते-घिसटते बाप का हाथ बँटाया और दोनों जल्द ही चायखाना बन्द करके लेट गये।

मुशदगुलाम को किसी कल क़रार न था। इस साल महरम छठी पास कर लेगा। दो साल बाद महरम को अपने भाई के पास हैदराबाद भेज देगा। वहाँ पर उसका होटल है। आमदनी ठीक-ठाक है। मुशदेजाफ़र ने, जो उसका बड़ा भाई है, लिखा था, 'महरम को भेज दो, खाने-पीने की फ़िक्र न करो। घर का धन्धा है। मगर हर माह की फीस का बन्दोबस्त कर लो। अच्छे स्कूल यहाँ महँगे हैं।' मुशदगुलाम बिस्तर से उठ बैठा, तीन हज़ार तुमान जमा हैं। अभी तो केवल महरम का किराया जमा हो पाया है। शुक्र है ख़ुदाया कि किराए का इन्तज़ाम हो गया है। चायखाने से आमदनी ही कितनी होती है कि वह कुछ अधिक बचा सके? ख़ैर, सफर का बन्दोबस्त हो गया है। अब दो साल में इतना जमा और कर लूँ कि वहाँ की फीस और दूसरी ज़रूरतें भी दो-तीन साल के लिए पूरी हो जायें। घबरा कर मुशदगुलाम बिस्तर पर लेट गया। कल अस्पताल भी जाना है। कल की सुबह की आमदनी ख़त्म! पूरे सौ तुमान का

चूना समझो। शाम को भीड़ कहाँ होती है? सब काम करने वाले घर की ओर भागते हैं। ख़ैर, जो भी हो, महरम को कल दिखाना तो है। फ़ैसला कर मुशदगुलाम ने पैर फैलाए और आँखें बन्द कर लीं।

सुबह उठते ही दोनों ने नाश्ता किया। फिर मुर्गी को दाना डाल उनके दड़बे में ताला लगाया और दुकान को अच्छी तरह से बन्द करके सड़क के उस पार बस स्टैण्ड पर खड़े हो गये। महरम का बदन बुख़ार की तेज़ी से तप रहा था। मुशदगुलाम का शरीर बिना बीमारी के टूटा हुआ था। फ़िक्रों से परेशान वह महरम को लेकर बस पर चढ़ा।

अस्पताल में भीड़ थी। दोनों बाहर बिछी बेंच पर बैठ गये। जाने कब नम्बर आये? सामने कई औरतें थकी-सी बैठी थीं। शायद आस-पास के गाँव से आयी थीं। बच्चे गोद से उतर कर जमीन पर रेंग रहे थे। आखिर घण्टे भर बाद नम्बर आया। डॉक्टर ने देखा...‘‘हूँ, पहले क्यों नहीं आये? लड़के की हालत नाज़ुक है। भर्ती करना पड़ेगा?’’

‘‘नर्स...नर्स...कोई बैड ख़ाली है?’’

‘‘नहीं, डॉक्टर! बल्कि एक हफ़्ते तक ख़ाली होने की उम्मीद भी नहीं है।’’

‘‘फिर...? अच्छा मैं इंजेक्शन लिख रहा हूँ। तुम अभी एक इंजेक्शन तो ले लो। अस्पताल में रहना इसके लिए अच्छा है। हर समय देख-भाल की ज़रूरत है पर...अजीब मजबूरी है।’’ डॉक्टर बुदबुदा रहा था।

मुशदगुलाम घबराया-सा इंजेक्शन रूम की तरफ गया। इंजेक्शन के बाद भी उसका दिल घबरा रहा था। दोनों अस्पताल से बाहर निकले। महरम की हालत ऐसी हो रही थी कि उसके लिए बस की प्रतीक्षा में खड़ा होना कठिन था। दूर-दूर तक टैक्सी का नामो-निशान न था। तंग आ कर उसने बस स्टैण्ड पर महरम को बिठाया। आस-पास कोई पब्लिक फोन भी तो नहीं है कि दरबस्त टैक्सी के लिए फोन कर दे। महँगी ही सही, कौन-सा लुट जाऊँगा, पर महरम का दुःख देखा नहीं जा रहा है। इसी कमबख़्त के लिए तो अपने को निचोड़ रहा हूं। हाथ दिखाने से आज कोई कार भी नहीं रुकती है या अल्लाह!!

टैक्सी से पहले बस आ गयी। मुशदगुलाम ने घर आते ही महरम का बिस्तर ठीक किया। महरम की हालत बिगड़ रही थी और बाप का दिल पत्ते की तरह हिल रहा था। ‘‘या इमाम रेज़ा, अपने नाम की बरकत से इसे ठीक कर दे। मेरे पास इसके अलावा है क्या?’’

शाम की चाय के लिए लोग जमा होने लगे।

‘‘मुशदी आग़ा! सामने वाले मौलवी से पानी फुँकवा लो। बच्चा है, नज़र लग गयी होगी।’’ किसी धार्मिक आदमी ने राय दी।

‘‘हाँ, मामूली चोट है। घरेलू दवा लगाओ। ठीक हो जायेगा। कहो तो मैं

घर से मरहम भिजवाऊँ?"

"बुख़ार वगैरह थकन से है। तीन हफ़्ते से एक पैर पर खड़ा काम कर रहा है। बुख़ार न होता तो और क्या होगा?" जितने मुँह उतनी बातें, उतनी हमदर्दियाँ। रात को महरम की हालत बिगड़ने लगी। मुशदगुलाम घबराता रहा। सुबह जब साईकिल की घण्टी बजाने पर भी कोई न निकला तो नेमत ने दरवाज़ा भड़भड़ाया। मुशदगुलाम ने दरवाज़ा खोला। नेमत को देखते ही रोने लगा।

"क्या बात है मुशद आगा?" नेमत घबरा गया।

"महरम!" आगे रोने ने बोलने की ताक़त छीन ली।

नेमत आगे आया। लड़के की हालत देख कर वह बौखला गया। "कल तक अच्छा-भला था। खुदा ख़ैर करे।" फिर बोला, "जो भी हो मुशदी आग़ा! आज नफ़े-नुकसान की बात मत सोचो। इसे डॉक्टर को दिखाओ। वरना...।"

"खुदा न करे, खुदा न करे...नेमत भाई...ऐसे मत कहो...इससे क़ीमती कोई नफ़ा नहीं है...।" मुशदग़ुलाम तड़प कर बोला और महरम के समीप जा कर उसके चेहरे पर झुक गया, "अब मैं क्या करूँ?" हाथ मलता हुआ वह उस चन्द गज़ के चायखाने में फिरने लगा।

"सुनो मुशदी आग़ा! मैं पहलवी पर एक डॉक्टर के घर में रेहान की पत्ती देता हूँ। तुम ऐसा करो...तैयारी करो। मैं टैक्सी लाता हूँ। देर करना ठीक नहीं है।"

"खुदा तुम्हारा भला करे...नेमत भाई!"

नेमत पन्द्रह मिनट बाद हाँफता हुआ घुसा।

"मुशदी आग़ा, आज सवारी का मिलना कठिन है। स्टैण्ड पर कोई दरबस्त टैक्सी नहीं। प्राइवेट टैक्सी हाथ देने पर रुकती नहीं।" दोनों बदहवास-से थोड़ी देर एक-दूसरे की ओर देखते रहे। फिर नेमत की निग़ाह बच्चे के लाल चेहरे पर पड़ी।

"मुशदी आगा! मैं जाता हूँ। हाथ-पैर जोड़ कर उस डॉक्टर को लाता हूँ। जैसे भी होगा।" नेमत तेज़ी से साईकिल पर बैठा...और हवा से बातें करने लगा।

मशहद में आज इमाम रेज़ा की वर्षगाँठ की ख़ुशी में जगह-जगह रोशनी का इन्तज़ाम हो रहा है। पूरे शहर में टैण्ट किराये पर लिये लोग दूर-दूर शहरों से नहीं, बल्कि मुल्कों से आये पड़े हैं। शहर में तिल धरने की जगह नहीं है और हरम का कहना ही क्या! उसके मीलों लम्बे-चौड़े आँगन में हज़ारों ख़ानदान बस गये हैं। बस, रात को लेटने और सुबह को बैठने की जगह निकल आती है। हरम के बाहर बाज़ार लगा है। केवल सर-ही-सर नज़र आते हैं। यूँ तो इस शहर में साल-भर मेला रहता है पर इस मास की बात ही अलग है।

नेमत तेज़ी से साईकिल चलाता हुआ पहलवी पर पहुँचा और जाने कैसे क्यों

कर वह उस बड़े प्राइवेट डॉक्टर को, जिससे लोग मास भर पहले समय लेते हैं, चलने के लिए तैयार कर लिया। उनकी कार में अपने को समेटे जड़ित-सा बैठा रहा। कार से उतर कर डॉक्टर ने महरम को देखा। "क्यों भाई, इतनी लापरवाही क्यों की? पहले दिखाना था?" तेज़ी से उसने महरम के ज़ख़्म को देखा। रूई से दबाया। जगह सख़्त थी।

"अस्पताल में किस बात की कमी है, पर जाने क्यों तुम लोग लापरवाही करते हो? पानी सर से ऊँचा हो जाता है तो...।" डॉक्टर अभी देख ही रहा था कि महरम का बदन ज़्यादा ऐंठने लगा। जब तक डॉक्टर बैग खोल कर इंजेक्शन का इन्तज़ाम करता, महरम का बारह साल का कोमल बदन पेड़ से गिरी टहनी की तरह बेजान हो गया। डॉक्टर सकते में खड़ा रह गया। उसके मुख पर एक अजीब-सा रंग छा गया। उसके समझने से, कुछ उपचार करने से पहले ही...सब कुछ पल-भर में हो गया। हवा की दिशा ही बदल गयी।

मुशदगुलाम की गगनभेदी चीख़ों से आस-पास के छोटे-मोटे दुकानदार भाग आये।

"आखिर किसलिए, किस दिन के लिए मैंने यह सब किया था?" मुशदगुलाम अपना माथा दीवार से टकरा रहा था।

डॉक्टर ने बैग बन्द किया। वह बढ़ती भीड़ और रोना-पीटना देख कर घबरा रहा था। उसे चिन्ता रही थी कि फीस किससे माँगे। आज के दिन बिना किसी से अप्वाइन्टमेन्ट के यूँ देखने वह केवल इस कारण राज़ी हुआ था कि कुछ पैसे हाथ आ जाएँ तो बुरा क्या है? वह आगे बढ़ा...नेमत के शाने पर हाथ रखा, "चलता हूँ पर मेरी...।"

"ठहरिए जनाब मैं अभी..." नेमत ने मुशदगुलाम से कुछ कहा...मुशदगुलाम बैन करना भूल गया। आँसू रुक गये...फीस! हाँ, फीस ही तो! अर्थात् रोगी को देखने की कीमत...तुगान...रियाल...रोटी...पेट...मनसूबे...सपने...किसलिए...किसके लिए...किस दिन के लिए...आज के लिए...आज की ज़रूरत के लिए...ख़ामोशी से उठा। ऊपर की ताक से डिब्बा निकाल कर बोला, "कितने...?" उसने बड़ा-सा बच्चों को दूध का डिब्बा मेज़ पर उलट दिया...!

नेमत ने डॉक्टर की ओर देखा। डॉक्टर ने नोटों को...मुशदगुलाम के चेहरे को, फिर भीड़ को देखा। रोज़ का धन्धा है। नयी कोई बात नहीं। नपे-तुले ठण्डे शब्द निकले, "मेरी फीस दो सौ तुमान है मगर यहाँ तो...!"

"यहाँ-वहाँ कुछ नहीं, डॉक्टर साहब, मैं आपको दो सौ तुमान ही दूँगा। महरम को डॉक्टर न बना सका तो क्या? उसके देखने की फीस तो डॉक्टर को दे सकता हूँ।" बड़ी शाने बेनयाज़ी से मुशदगुलाम ने कहा, और मुड़े-तुड़े नोट गिन कर उसने डॉक्टर को दिये। बाक़ी रुपयों की तरफ इशारा करके बोला, "नेमत भाई, मुझसे

नहीं होगा यह सब! अब्दुल्ला भाई! तुम लोग, मेरे बेटे के लिए नर्म-गर्म आरामदेह बिछौने का इन्तज़ाम कर दो। मुझसे न होगा...मुझसे न होगा...।'' कहता हुआ मुशदगुलाम बाहर ज़मीन पर बैठ गया, ''मुझे आज से इस ज़मीन से, इस ख़ाक से, इस धरती से प्यार हो गया है। मेरा सब कुछ यही है।''

''अपने को सँभालो भैया। यूँ जानो, जहाँ से आया था वहीं वापस चला गया।''

''ख़ुदा की मर्ज़ी में किसी का क्या दख़ल भाई...सबर करो...उसकी करनी वही जाने।'' मुशदगुलाम दीवानावार मिट्टी पर हाथ मलने लगा। ''हाँ भैया नेमत, तुम ठीक कहते हो। ऊपर वाला सबकी सुनता है। मेरी भी सुन ली...रात दिन की दुआ सुन ली उसने...कैसा, बिना किसी के आगे हाथ फैलाए...महरम के सफ़र का...किराये का बन्दोबस्त हो गया... ।'' कहता हुआ वहीं जमीन पर बिखर गया। आस-पास खड़े लोग उसे सँभालने, उठाने और दिलासा देने में लगे थे, पर इन सारी बातों से बेख़बर मुशदगुलाम सर पर मिट्टी डाल कर दीवानों की तरह बिलख रहा था, ''मुझे इस मिट्टी से प्यार हो गया है।''

मुट्ठी भर धूप

शीराज़ जाने वाली बस के इन्तज़ार में रेखा अन्दर प्रतीक्षालय में बैठी थी। हड़बड़ाहट में कुछ पहले ही आ गयी थी सो अब अपने को कोस रही थी। सूरज निकल आया था जिसकी रोशनी में प्रतीक्षालय की गन्दगी कुछ अधिक उभर आयी थी। धूप की मरियल किरणें शीशों पर पड़ कर बाहर के दृश्य को एकदम धुँधला रही थीं। सामने बैठा क्लर्क तेज़ी से कुछ लिख रहा था; उससे भी तेज़ी से जबड़े च्यूइंगम को चबाते हुए चल रहे थे। दीवारों पर लगी बड़ी-बड़ी इस्फाहान, शीराज, तेहरान की ऐतिहासिक इमारतों की तस्वीरों को देख-देख कर रेखा तंग आ गयी थी। इससे तो कहीं अच्छा था कि मैं नाश्ता नहीं तो कम-से-कम चाय पी कर ही निकलती। पर शीघ्र ही उस प्रतीक्षालय की वीरानी को समाप्त करती हुई एक भीड़ आ घुसी। करीब-करीब सभी औरतों ने काले कपड़े पहने रखे थे। कुछ ने काली जालीदार लेसी चादरों से अपने सफेद बदन को छुपा रखा था...उनके सिसकने, आँसू पोंछने से लग रहा था कि वे किसी मौत के घर से लौट रही हैं। रेखा उनको देखने में मगन थी कि एकदम से तेहरान जाने वाली बस ने हार्न दिया और उनके बीच गले मिलने, हाथ मिलाने और चुम्बनों का एक ऐसा शोर उठा कि उस हंगामे के बीच रेखा मात खाई-सी बैठी रह गयी। भीड़ के छटते ही फिर से प्रतीक्षालय खाली हो गया। रेखा ने दोनों पैर ऊपर उठाये और सर घुटनों पर रख कर बैठ गयी। इस्फहान में रहते हुए उसे डेढ़ साल हो गया था। आधुनिक यन्त्रों से सुसज्जित अस्पताल का वातावरण भी बुरा न था, पर वह अपने दिल का क्या करती जो एक पल भी उसके साथ न रहता। वह या तो दिल्ली में मेडिकल कॉलेज के हॉस्टल की दूसरी मंजिल के पहले कमरे में भटकता होता या फिर अपनी ससुराल के आँगन में वह अपने से छोटे ननद-देवरों से घिरी होती।

रेखा ने जम्हाई ले कर घड़ी देखी। शायद बस लग गयी है, सोच कर उठी। सामने वाला क्लर्क तेज़ी से पैर हिला रहा था। वह बाहर निकल आयी, धूप फैल गयी थी। सड़क पर औरतें दूध की बोतलों और रोटियों को बास्केट में डाले—चादरों से आधा चेहरा छुपाये सड़क पार कर रही थीं, ऑफिस में काम करने वाली लड़कियाँ

नोक-पलक से दुरुस्त खट-खट आ-जा रही थीं। बायें हाथ को बैठे हुए फल वाले से रेखा ने कुछ सेब और अंगूर खरीदे और अन्दर आ कर बैग में रखने लगी। धीरे-धीरे भीड़ बढ़ गयी थी और शीराज़ जाने वाली बस भी आ लगी थी। रेखा दोनों बैग उठा कर बाहर आयी। कण्डक्टर को बैग दे कर अपना नम्बर लिया और तेज़ी से अन्दर जा कर अपनी सीट पर बैठ गयी। इस तन्हाई की थकन का कोई इलाज है? कोई यन्त्र है जो इसे माप सके? इतने लोगों के बीच भी वह अपने को अकेला महसूस करती है। आखिर क्यों? इस कारण कि किसी से भी जो चन्द बातें होती हैं उनकी परिधि औपचारिकता तक ही सीमित रहती है। उसके आगे बढ़ने, उसको तोड़ने का कोई साधन नहीं है। बस, सारे हफ़्ते मशीनों की आँख से मरीज़ को देखना, समय से दवा की गोलियाँ देना। किसी की तकलीफ़ को सुन कर डॉक्टर को इत्तिला करना, यानी मरीज़ और डॉक्टर के बीच वह केवल यन्त्रचालित एकमात्र पुर्जा-सी बन कर रह गयी है।

नीचे बातों की आवाज़ से रेखा ने चेहरा घुमा कर देखा। अधेड़ उम्र की औरत लगातार कण्डक्टर से कुछ कह रही थी। कण्डक्टर बिना किसी उत्तर के मुँह में सिगरेट दबाये नीचे बैठा सामान लगा रहा था। रेखा ने शीशा हटाया। कण्डक्टर ने ताला लगाते हुए कहा, 'परेशानी की क्या बात है? ऊपर उस उन्नीस नम्बर की सीट पर बैठ जाइये।''

दोनों माँ-बेटी का चेहरा सन्तोष से भर गया। माँ ने बेटी को गले लगाया, गालों पर प्यार किया और डबडबाई आँखों को कंधे पर पड़ी चादर से पोंछा। बस क़रीब-क़रीब भर चुकी थी। जीन्स और गुलाबी टॉप पहने वह लड़की रेखा के पास आ कर बैठ गयी। अपना दस्ती बैग सामने वाली सीट के पीछे टाँग कर वह रेखा की ओर देख कर बड़ी शालीनता से मुस्कुरायी। बस चल पड़ी। सूरज शीशे पर चमकने लगा था। रेखा को अपने हाथ पर पड़ता वह धूप का गर्म धब्बा अच्छा लग रहा था, तभी वह लड़की बड़ी नम्रता से बोली, ''ओह, धूप आ रही है।'' फिर खड़े हो कर खिड़की का पर्दा बराबर करने लगी। रेखा चौंक पड़ी। बिना कुछ कहे उसने लड़की का मुख ग़ौर से देखा। मामूली नैन-नक्श, आम ईरानी लड़कियों की तरह बड़ी-बड़ी आँखें, लाल ओंठ, सफेद रंग, बहुत मामूली-सी शक्ल थी। यूँ अपनी तरफ ताकता देख कर वह हौले-से मुस्कुराई फिर बड़े मृदुल कण्ठ से बोली–

''मेरी माँ बहुत घबरा रही थी कि इतने लम्बे सफर में मैं किसी लड़की के साथ बैठूँ तो अच्छा है। मुझे तो कुछ फ़र्क़ न पड़ता पर माँ के ख़याल से कण्डक्टर से कहना पड़ा।''

रेखा से कुछ उत्तर बन न पड़ा। इस कारण वह सिर्फ़ मुस्कुरा पड़ी।

---

1. जनेरूज–स्त्रियों की प्रिय पत्रिका।
2. हुवेदा–ईरानी गायिका।

"लीजिए!" पास वाली लड़की ने च्यूइंगम का खुला पैकेट उसकी तरफ बढ़ाया। रेखा थोड़ा झिझकी। समझ न पायी, ले या न ले। इतने दिनों रह कर भी वह यहाँ की औपचारिकता की ऊँच-नीच समझ न सकी थी कि कब यह लोग सचमुच आवभगत करते हैं और कब केवल पूछने भर के लिए ख़ातिर करते हैं। उसने इन्कार करना उचित समझा।

"लीजिए न!" उसके दोबारा कहने पर रेखा मजबूर हो गयी।

"शुक्रिया!" कह कर रेखा ने ले लिया। अस्पताल में दो-तीन नर्स लड़कियों से दोस्ती हो गयी थी और क़रीब-क़रीब उसके रात-दिन अच्छे तो नहीं पर ठीक ही कट रहे थे, पर इस नौरोज़ की छुट्टी में सभी अपने-अपने घर चली गयी थीं। रेखा ने अकेले हॉस्टल में रहने से बेहतर यही समझा कि शीराज घूम आये। मुँह में च्युइंगम रख कर रेखा फिर अपने में डूब गयी।

विभिन्न आवाज़ें बस में उभर रही थीं।

"ऐ आग़ा! अपने बल बैठिये! मैं कोई आराम कुर्सी नहीं हूँ।"

"यह 'ज़नेरूज'[1] पत्रिका अच्छी नहीं है। हुवेदा[2] ने दूसरी शादी कर ली, यह सब ख़बर देने की क्या ज़रूरत है? यह सब पढ़ कर हमारी औरतें बिगड़ेंगी।" किसी की परेशानी से भरी आवाज़ उभरी।

"मैं तो इसलिए कोई पत्रिका ख़रीदता ही नहीं हूँ। कौन पड़े मुसीबत में!' किसी और का सन्तोष भरा स्वर उभरा।

"अरे बहन! आसमानी बला है जो शौहर के रूप में मेरे सर पर टूटी है।"

"सबर करो बहन! हर घर की यही कहानी है।"

"आप शीराज़ जा रही हैं?"

"हाँ! यूँ ही घूमने, और आप?"

"मेरे शौहर हैं वहाँ आर्मी में। इस्फ़ाहान माँ से मिलने गयी थी। आप ईरान में कब से हैं?"

"एक साल से!"

"पढ़ने आयी हैं?"

"नहीं! यहाँ काम करती हूँ। नर्स हूँ।"

"मैं भी पढ़ाती हूँ। सिपहेदानिश हूँ।"

थोड़ी देर में बातों का सिलसिला चल निकला। वह बड़ी बातूनी निकली। अपनी सारी दास्तान रेखा को सुना डाली। कैसे उसका विवाह हुआ, पति उसे कितना प्यार करता है आदि। बड़ी मुश्किल से वह दो दिन के लिए इस्फ़ाहान हो कर आयी है वरना शौहर उसे अपने से अलग करना पसन्द ही नहीं करता है। खाने के समय तक रेखा और शूरअंगीज बेहतरीन दोस्त बन गयी थीं जिसका श्रेय शूरअंगीज को था। खाने के लिए जब बस होटल के सामने रुकी तो शूरअंगीज ने ऐसे दुलार से

उसे क़सम दी कि रेखा को उसके खाने में शरीक होना पड़ा। सारे यात्री खाने के लिए सामने होटल में चले गये। वे दोनों सीट पर आमने-सामने बैठ गयीं। "मुझे आलू की कूकीज बहुत पसन्द हैं। माँ ने ज़बर्दस्ती साथ लिए। यह लो हरी मिर्च। मैं तो खीरे और हरी मिर्च के बिना खाना नहीं खा सकती हूँ।" वह अपनी धुन में बोले जा रही थी। रेखा को लगा, भगवान जब देता है तो छप्पर फाड़ कर देता है। इतनी खुले दिल की लड़की से दोस्ती हो गयी है, कम-से-कम शीराज़ में तो समय अच्छा कटेगा। आख़िरी कौर शूरअंगीज ने उसके मुख में अपने हाथ से डाला, "मेरी ओर से।"

खाने के बाद दोनों नीचे उतरीं। बहती नहर के सफेद पानी में हाथ-मुँह धो कर वे ऊपर आ गयीं। रेखा ने फलों का लिफ़ाफ़ा खोला मगर शूरअंगीज ने फलों को छुआ नहीं। "खुदा की कसम रेखा! यह रहने दो। मैं तुम्हें काट कर देती हूँ।" यह कह कर उसने अपने थैले से सेब निकाले और उसकी फाँकें काट कर रेखा को बड़े इसरार से खिलाने लगी।

रेखा के बहुत प्रयत्न के बाद भी शूरअंगीज उसका इतना सत्कार कर रही थी कि रेखा अन्त में बिना इन्कार किये उसका हर हुकुम मानने लगी।

"यह गाँव देहबेद है।" सामने इंगित की गयी बस्ती की ओर रेखा ने देखा, जहाँ कच्चे मकानों में से एक की छत पर खड़ी औरत शलवार, घेरदार फ्रॉक पहने और दुपट्टे से सर, चेहरे को छुपाये सूप से अनाज गिरा रही थी। सारे घर लिपे-पुते और साफ-सुथरे थे। उसे अपना गाँव का घर याद आया जहाँ ओसारे में भैंस रँभाती रहती थी और औरतें इसी तरह सूप फटकाती होतीं। भला क्या फ़र्क़ है देहवेद में और सैय्यद सरावें में?

तभी कण्डक्टर ने ठण्डे शरबत की बोतल और टॉफी से भरी प्लेट आगे बढ़ायी। शूरअंगीज ने रेखा की बोतल भी उठायी। उसकी नफ़ासत से ओत-प्रोत इस आवभगत का मज़ा रेखा को बड़ा मीठा लग रहा था। टॉफी का काग़ज़ फेंकने के लिए वह सीट की दूसरी ओर लटकी बाल्टी की ओर झुकी।

"मैं फेंकती हूँ।" शूरअंगीज ने टॉफी की पन्नी ले ली।

"मेरा भाई अलीगढ़ में पढ़ता है। पिछली बार आया था तो मेरे लिये साड़ी और अन्नानास लाया था। पर साड़ी बाँधना मुझे आता ही नहीं।"

रेखा यह सुनहरा मौक़ा हाथ से नहीं जाने देना चाहती थी। बोली, "मैं सिखा दूँगी। मैं होटल में ठहर रही हूँ। तुम आ जाना या मैं आ जाऊँगी।"

"ठीक है, पर मैं वायदा नहीं करती। सुबह गाँव के स्कूल जाती हूँ, शाम तक लौटती हूँ। फिर घर, खाना, इसमें फँस जाती हूँ।"

"फिर मैं आ जाऊँगी। पता मुझे दे देना।" आख़िरी उम्मीद के सिरे को रेखा ने पकड़ा।

''कैण्ट में किसी को आने की इजाज़त नहीं है। मैं स्वयं आऊँगी। फिर साथ-साथ ऐतिहासिक इमारतें, परसीपुलिस, नक्शे रुस्तम, सादियाँ, हाफिजिया देखने चलेंगे।''

''ठीक है!'' रेखा का मन बुझ गया। यहाँ हर इन्सान कितना मसरूफ़, कितना गिरफ़्तार, कितना बँधा हुआ है। हर घण्टे, हर मिनट का हिसाब है। ''यह देखो! आबे बारीक है।'' शूरअंगीज ने कहा।

रेखा ने पर्दे को बेल्ट में बाँधा। सामने पानी की एक पतली लकीर बह रही थी जिसके दोनों तरफ थोड़ी-थोड़ी दूर पर कारें खड़ी करके उसके सामने लोग बैठे पिकनिक मना रहे थे, कुछ कारें धोने में लगे थे। कितने मस्त हैं ये लोग!

बस आगे बढ़ रही थी। सूरज तिरछा हो रहा था। सामने सफेद कार की आड़ में गलीचे पर सोये दो जिस्म दीन-दुनिया से बेगाने पड़े थे। ऊपर खुला नीला आसमान, दूर-दूर तक पेड़ों की घनी कतारें, जिनके बीच सन्तोष की छाया में लेटे वे बेख़बर सो रहे थे। उनके चारों ओर जंगली रंग-बिरंगे फूल खिले थे, जिन पर लड़की के सुनहरे बाल बल खा रहे थे।

बस आगे बढ़ी, पर रेखा के मस्तिष्क पर यह दृश्य अंकित हो गया। 'कितना स्वतन्त्र, कितना उन्मुक्त है यह जीवन। जहाँ चाहा, थक कर डेरा डाल दिया। यहाँ तो अरमान ही रह गया है कि अपनी मर्ज़ी से उड़ सकूँ। उस मोहल्ले में माँ-बाप से अधिक पड़ोसियों को उसकी फ़िक्र रहती थी। यहाँ स्वतन्त्रता है तो वह इस स्वतन्त्रता की क़ैदी बन गयी है।' रेखा को महसूस हुआ, वह बहुत थक गयी है।

उस अस्पताल का वातावरण बार-बार यह एहसास कोड़े की तरह लगाता है कि तुम विदेशी हो, बाहर के हो, हमसे अलग हो। उस दिन कैसा लगा था रेखा को जब डॉक्टर बिना कुछ समझे केवल अपनी त्रुटि को छुपाने के लिए उस पर बरस पड़ा था। उसका यह वाक्य...उफ़...

''आपसे कोई राय नहीं माँग रहा है, रेखा ख़ानम! क्या ठीक है, क्या ग़लत—हम जानते हैं। आप केवल नर्स का काम करने आयी हैं। इसलिए हम जो कहते हैं, वह करिये। याद रखिये, पैसे मुफ़्तख़ोरी के नहीं मिलते हैं।''

लगा, ज़ोर से चीख कर जवाब दे, 'और वह जो परी खानम ड्यूटी के समय दस बार टॉयलेट जा कर मेकअप के लेप मुँह में मलती है, क्या वह हलाल के पैसे लेती है? क्या वह मुफ़्तख़ोरी नहीं है?' पर केवल ओंठ काट कर रह गयी थी। कुछ दिन पहले ही तो वह बूढ़ा आया था। गन्दा, बदबूदार। उसे ग्लूकोज़ चढ़ाना था। परी को अपने हाथ गन्दे होने का अधिक डर था, उस बूढ़े की जान जाने का कम। यदि वह समय पर न पहुँच जाती तो शायद वह बूढ़ा स्ट्रेचर पर ही अकड़ चुका होता। वह परी से बोल तो न पायी थी पर जिस दृष्टि उसने परी को देखा था, यह परी ही जानती है। एक-दो जो अपनी तरफ के डॉक्टर हैं उनसे कुछ कहना फ़ुजूल है। वे स्वयं दिन गिन रहे हैं। फिर उनसे यदि हमदर्दी माँगो

तो वे अपना हक़ समझने लगते हैं जैसे—राकेश। एक-दो बार उसके साथ अपनेपन से बात करने और शॉपिंग को निकली तो उसने कुछ और ही समझना शुरू कर दिया। उसे मुसाफिरख़ाने की तरह इस्तेमाल करने की उसकी घिनौनी इच्छा से वह दुखी हो उठी थी। अन्त में वह हॉस्टल और अस्पताल में क़ैद हो गयी और वहीं दो-तीन नर्सों से जान-पहचान की हद तक दोस्ती को ही उसने बहुत जाना।

रेखा को एकाएक लगा, वह बहुत थक गयी है। मन चाहा, काश! उसे कोई रुई में लपेट कर बक्स में बन्द कर दे। वह इतना सोये कि पिछली पच्चीस साल की ज़िन्दगी की थकान उतार कर दोबारा ताज़ादम हो कर ज़िन्दगी शुरू करे। उन्मुक्त, स्वतन्त्र-सी चारों दिशाओं में पंख फड़फड़ाती उड़ती रहे। बस, उड़ती रहे। जब कभी थके तो दोनों पंखों में मुख छुपा कर सो जाये, कहीं भी। किसी डाल पर, खोह में, घास के ढेर पर...।

"अभी तक शादी क्यों नहीं की? कहीं ईरानी दूल्हा तो नहीं चाहिए?" शूरअंगीज के मज़ाक से रेखा हँस पड़ी।

"मेरी शादी को हुए दो साल होने को आये हैं।"

"अच्छा? पर पति से इस उम्र में इतनी दूर क्यों?" शूरअंगीज शायद बहुत चाहने पर भी अपना आश्चर्य मिश्रित कौतूहल न छुपा सकी।

रेखा के गले में कुछ अटकने लगा। क्या जवाब दे? उसका बस चलता तो वह कभी भी पति से अलग न होती, पर मज़बूरी जो थी। न चाहने पर भी उसे यहाँ आना पड़ा पर जब सब एक तरफ हो गये तो उसकी इच्छा हमेशा की तरह घुट कर रह गयी।

जिम्मेदारियों की लम्बी फ़ौज, जिससे उसको और उसके पति को जूझना था। इस विवाह का चाचा जी और बुआ जी ने बहुत विरोध किया था पर माँ-बाबू जी मजबूर थे। समधी का भरा-पूरा घर देखते या अपना, दोनों ही घरों में हर साइज़ के लड़के-लड़कियाँ मौजूद थे। फिर तिलक पर अधिक न माँगा जाना भी केवल बाबू जी-माँ को नहीं बल्कि उसे भी अन्दर तक सहला गया था। फिर भी बाबू जी ने पाँच हज़ार नकद और कपड़े-लत्ते दे कर उसे विदा किया था। यह देख कर वह पाँच हज़ार रीता के लिए दबा गये थे कि कहीं दूसरा जमाई कुछ अधिक माँग कर बैठा तो?

उस घर में सब कुछ ठीक था पर रेखा को रात-दिन खटना होता। नौकरी से लौट कर ननद-देवर की पढ़ाई, फिर रसोई में सास का हाथ बँटाना। रेखा को लगता कि औरत हर तरह से अपने को ख़र्च ही करती हैं। चाहे प्रेम से, चाहे बल से, पर दोनों का रास्ता एक ही दिशा को जाता है। यह सब देख कर उसने तीन साल के कान्ट्रेक्ट पर साइन कर दिया कि चलो...संघर्ष के लम्बे सफर की यातना शायद कम हो जाये।

"पति याद नहीं आते?" दोबारा पूछे जाने पर रेखा चौंक पड़ी।

"आते हैं। अब तो केवल डेढ़ साल और गुज़ारना है। वह भी गुज़र जायेगा।"

"हाँ, जो समय शुरू होता है, ख़त्म भी होता है।" शूरअंगीज रेखा के स्वर से समझ गयी कि उसे भला नहीं लग रहा है, सो आश्चर्य व कौतूहल को दबा कर उसने बात को हल्केपन से समाप्त कर दिया।

रेखा सोचने लगी कि गेहूँ का दाना तो सचमुच में प्रेम के पक्षी का दाना है जिसे खाने के बाद आदम और हव्वा को स्वर्ग छोड़ना पड़ा था। कहा जाता है कि प्रेम के पक्षी इस दाने को खा कर होश-हवास खो देते हैं पर मैंने और राजन ने होश-हवास खोने के बजाय बुद्धि की सारी क़लाबाजियों के बाद मेरे स्वर्ग छोड़ने का फैसला किया था कुछ अर्जित करने के लिए।

पिछली बार नौरोज पर कुवैत गयी थी। इतनी सुन्दर सस्ती साड़ियों को देख कर वह परकटी चिड़ियों की तरह गिर गयी थी। एक साँस में बीस साड़ियाँ ख़रीद डाली थीं फिर रुपये गिन कर दूसरे ही दिन इस्फाहान लौट आयी थी। पर कमरे में पहुँच कर जब हिसाब करने के बाद उसके हिस्से में एक साड़ी आयी तो जाने क्यों वह उदास हो गयी। फिर सोच कर स्वयं को आश्वासन दिया था कि वह अर्जन करने के लिए निकली है। केवल अपने लिए नहीं, बल्कि अपने पूरे परिवार के लिए।

"अब शीराज आने ही वाला है।" कह कर शूरअंगीज ने पर्स से कंघा निकाल कर बाल ठीक किये, लिपस्टिक लगायी।

रेखा ने भी वैसा ही किया। उसके मन में हल्की-सी घबराहट उठी। 'शीराज बस शाम को पहुँच रही है। जाने होटल बस-स्टेशन से कितनी दूर है? पता तो पास में है, फिर भी! शूरअंगीज शायद क्या, ज़रूर मुझे होटल तक छोड़ देगी। उसे पता है, मैं अकेली हूँ। पहली बार शीराज आयी हूँ।' ऐसा सोच कर उसने पर्स से टॉफी का पैकेट निकाला।

"अरे नहीं, यह कैसे हो सकता है?" कह कर शूरअंगीज ने पर्स खोला, पैकेट निकाला।

"तुम हमारी मेहमान हो, लो यह लो, लो न!" रेखा फिर उसके प्यार भरे अनुरोध से हार गयी। अपना पैकेट पर्स में डाल कर उसने एक टॉफी मुँह में डाल ली। इस लड़की में कितना अनुराग भरा है। अपनी बातों से, अपने अनुरोध से किसी और की कुछ चलने ही नहीं देती है। रेखा ने जो ख़रीदा था, पड़ा था बल्कि यूँ कहना चाहिए कि इस धरती पर बिना पैसा ख़र्च किये, उसने पहला लम्बा सफर तय किया था। आज बहुत दिन बाद मन के रीते भाग में एक सन्तोष की भावना उभरी थी जिसने इस ज़मीन में पहली बार अपनेपन का बीज बोया था।

बस शीराज के बस-स्टाप पर रुकी। मुसाफिर अपने-अपने सामान लेने के

लिए भीड़ में जमा हो गये। जब रेखा अपना अटैची लेकर मुड़ी तो शूरअंगीज को न पा कर उसने इधर-उधर देखा, आगे बढ़ी। सामने एक अत्यन्त सुन्दर युवक आर्मी यूनिफॉर्म पहने शूरअंगीज का अटैची केस कार में रख रहा था। रेखा ने चाहा कि अपनी हम सफ़र को आवाज़ दे, पर इससे पहले वे दोनों बातों में मगन कार में बैठ गये थे और कार दूसरी खड़ी बसों के पीछे से जा कर मेन सड़क की भीड़ में गुम हो गयी।

खाली होते बस-स्टेशन पर ठगी-सी खड़ी रेखा को लगा कि तीन साल के कान्ट्रेक्ट की तरह इन चन्द घण्टों का भी शूरअंगीज की तन्हाई से कान्ट्रेक्ट हो गया था। यही क्या कम था इस अजनबी धरती पर, इस दौड़ती-भागती मशीनी ज़िन्दगी में?

बेगाना ताजिर

कल एक ताज़िर से मुलाक़ात हुई। कहता था कि मैं ताजिर हूँ। मुझे तो झूठ लगा। यूँ ही कोई मामूली लेन-देन करता होगा। मगर कपड़े? कपड़े से क्या होता है? आजकल तो सब ही सूट-टाई का इस्तेमाल करते हैं।

मैंने उससे कहा कि तुम दौलतमन्द हो और इस घर में सज नहीं रहे हो, बल्कि तुम्हारे आने से मेरे आस-पास की चीज़ें अपना अस्तित्व खो रही हैं। इस मामूली घर में तुम्हारे आने का मतलब?

हँसा। "सुनो, मुझे समझने की कोशिश करो, दौलत मेरे लिए एक घोड़ा है, जिस पर मैं सवार हो कर दुनिया का सफर तय कर रहा हूँ। यह याद रखो कि मैं सवार ज़रूर हूँ मगर दौलत का रकाब नहीं।"

मैं सोच में डूब गया।

"मैं ताजिर हूँ। सामान ख़रीदता हूँ, बेचता हूँ मगर मेरे अपने माल का कोई ख़रीदार नहीं है, जो माल मेरा है वह पड़े-पड़े ढेर लग रहा है और इस बोझ के दबाव की वजह से मेरी रूह ज़ख़्मी होती जा रही है।"

"ऐसा क्यों है?"

"सब कुछ माल की खपत पर होता है। जब ख़रीदार नहीं मिलता तो माल पड़ा रहता है। सारे दरवाज़े बन्द मिलते हैं। जैसे कि यह एक बेकार-सी चीज़ हो जिसका न कोई ख़रीदार, न ज़रूरतमन्द!"

मुझे आदमी दिलचस्प लगने लगा। उपमाओं और इशारों से भरी उसकी बातों की गहराई ने मुझे अपनी ओर खींचा। मैंने उसे बहुत अनुरोध के साथ खाने के लिए रोका।

घर में खाने को था भी क्या? फिर भी रसोई के हर कोने से निकाल कर बेहतरीन खाना, अपनी हैसियत के मुताबिक़ उसके आगे चुन दिया। उसने सिर्फ़ चावल खाये। सिर्फ़ नमकीन, उबले चावल। मुझे फिर कुछ शुबहा हुआ। वह बोला, "कल मैं जापान जा रहा हूँ। फिर इंग्लैण्ड और फिर कनाडा और उसके बाद हिन्दुस्तान लौटूँगा। चन्द दिन ठहर कर फिर यहाँ से अपने देश लौटूँगा और फिर वहाँ से

यही चक्कर शुरू होगा संसार को नापने का। कुछ नहीं पता, कल क्या होगा? ज़िन्दगी से कई बार मैंने यह प्रश्न किया, क्यों पैदा हुआ हूँ? क्यों जी रहा हूँ? क्यों मर जाऊँगा?"

मुझे लगा कि इसके दिमाग़ का कोई पेंच ज़रूर ढीला है। लोगों का मक़सद इस दुनिया में पेट पालना है और इसी मक़सद को जीवन का उद्देश्य बना कर जीवन-यापन के लिए जाने क्या-क्या करते हैं? फिर भी अपनी कोशिशों से घबरा कर वे प्रश्न नहीं करते हैं बल्कि वे अपने को कुछ पाने की राह पर बे-लगाम छोड़ देते हैं। यह सब कुछ पा कर आखिर क्या पाना चाहता है?

"तुम दुनिया घूम रहे हो, तरह-तरह के लोगों को देखते हो। उनसे मिलते हो, अभी तक तुम्हें कोई ख़रीदार नहीं मिला?"

"मिला क्यों नहीं? जो मिला, वह भी मेरी तरह सामानों से भरा हुआ था।"

"ताज्जुब है!"

उसने सर हिलाया और थोड़ी देर बाद बोला, "अपनी इस छोटी-सी ज़िन्दगी में, इस बड़ी-सी दुनिया में मैं तीन तरह के जानदारों से मिला हूँ। नर्तकी, तोता और बन्दर।"

"क्या?"

"तुम मेरा मतलब अभी समझोगे। नर्तकी से मेरा मतलब उन लोगों से है जो दूसरों के साज़ पर, दूसरे की धुन पर नाचते हैं; तोते वे हैं जो दूसरों के कहे को दोहराते हैं जबकि वे .ख़ुद नहीं समझते वे क्या कह रहे हैं। तीसरे वे बन्दर हैं जिन्हें ज़ंजीर में बाँध कर, मार-मार कर सधाया जाता है।"

"तुम ताज़िर नहीं हो।" उसकी बातों ने मेरी साँसों का उतार-चढ़ाव बढ़ा दिया। मैं एकाएक चीख़ पड़ा। "और अगर हो तो तुम्हारा काम सिर्फ़ रुपये को अँधेरी कोठरी में बन्द रखना है, समझे?"

"नहीं, मैं ताज़िर होने पर भी इन्सान हूँ। देखो!' यह कह कर उसने अपनी कमीज के बटन खोल दिये। दिल की जगह पर सिर्फ़ एक गड्ढा था। मैंने पूछा, "सामान कहाँ है जिससे तुम्हारी रूह का बोझ बढ़ रहा था?"

हँसा। "यही तो चक्कर है जो तुम भी नहीं समझ पाये।" लिबास से उसने सीने को ढक लिया। पसीने की बूँदों से नहाया मैं बैठा रहा। इस बार मेरा अपना मित्र, जिसके साथ वह आया था, मेरी प्रतिक्रिया को देख कर उदासी से मुस्करा पड़ा।

इसके बाद बातों का सिलसिला चल पड़ा। वह बातें करता रहा। मैं उसको सुनता रहा। फिर मुझे लगा कि उसका क़द इतना बढ़ गया है कि वह एक ऊँचा छायादार दरख़्त बन गया है और पहाड़ों पर अपनी छाया डाले अपने क़द की बुलन्दी पर उदास, हर शाख़ पर बने घोंसले को पत्तियों से ढाँके खड़ा है। उसके जाने के

बाद काफी देर तक उसकी कविताओं की पंक्तियाँ मेरे आस-पास घूमती रहीं। मन भारी हो उठा। वहीं सड़क के किनारे पड़े बड़े-से पत्थर पर बैठ कर मैं बड़ी देर तक उसके बारे में सोचता रहा। हवा जाने कहाँ से ढेरों बिनौले उड़ा कर ले आयी थी। अपने चारों ओर उड़ते बिनौलों में से एक को चुटकी से पकड़ कर हथेली पर जमा लिया, उसके कत्थई वजूद के चारों तरफ लरज़ते हुए सफेद बर्फ़ीले रोओं को मैं देखता रहा। फिर जाने क्यों एकाएक फूँक मार उसको उड़ा दिया। हवा ने लपक कर उसके हल्के-फुल्के वजूद को अपने साथ ले लिया। ऊपर-नीचे, दायें-बायें हवा उसको आसमान की ओर ले जाने लगी। लगा कि यह रुई का गोला मुझसे जुदा हुआ मेरा ताज़िर दोस्त है जिसके माल का कोई ख़रीदार नहीं, जो हर जगह अजनबी है।

शब्द तालिका

आबे-तौबा–इस्लाम में हर ग़लती के लिए हमेशा पश्चात्ताप के द्वार खुले हैं। जिसने तौबा कर ली और फिर पाप नहीं किया, वह पापी नहीं रहा। इसी तरह से क़ुरान-शरीफ़ में दुआए तौबा का वर्णन आया है। पापी स्त्रियों को नया जीवन देने के लिए तौबा का पानी सर पर डाला जाता है। उन्हें पहले हमामख़ाने ले जाया जाता है। फिर किसी भी दरगाह में वहाँ लड़की या औरत पर दुआ से फूँका पानी उसके सर पर डाला जाता है। लड़की मन में नियत करती है। फिर उसका यह दूसरा जन्म माना जाता है। वह नवजात शिशु की तरह निष्पाप मानी जाती है।

चहारशम्बे सूरी–यह वर्ष का आख़री चहारशम्बा (बुध) होता है। इस दिन होली के त्यौहार जैसी आग जलाई जाती है। लोग .ख़ुशी मनाते हैं। यह त्यौहार जमशेद राजा के समय से मनाया जाता है। इसी के बाद नौरोज का त्यौहार आता है। अलाव के बाद सारे लड़के-लड़कियाँ चादर ओढ़ कर कटोरा पीटते घर-घर जाते हैं। लोग मिठाई, नमकीन या कुछ भी कशकोल में डाल देते हैं। कभी मज़ाक में पानी डाल कर चादर से छुपा मुँह देखने के लिए चादर खींचते हैं; हँसी-मज़ाक होता है। साथ ही, शाम को जब लोग घर से बाहर निकलते हैं, तो पहला शब्द अच्छा या बुरा, जो भी उनके कान पर पड़ता है, उसे अच्छा या बुरा शगुन मानते हैं, इसको 'कान का फाल' कहते हैं। रात को लोग फिर जमा होते हैं। गाना-बजाना, खाना-पीना, गयी रात तक करते हैं।

दरबस्त टैक्सी–ईरान में कई प्रकार की टैक्सियाँ होती हैं। जो टैक्सी पूरी-की-पूरी किराये पर ली जाती है (जैसा भारतवर्ष में होता है) उसे 'दरबस्त' कहते हैं। ये बहुत महँगी होती हैं। दूसरी प्रकार की टैक्सी ऐसी होती है जो पाँच-छह सवारियों को बिठा लेती है। यह रास्ते में उन्हें उतारती, दूसरी सवारियों को चढ़ाती है। यह सस्ती होती है। तीसरे प्रकार की वे कारें होती हैं जिनका मालिक लोगों के हाथ देने पर कार रोक लेता है, यदि उसके घर के बीच के रास्ते में सवारी को उतरना होता है तो वह बिठा लेता है और उनसे पैसे ले लेता है। हर टैक्सी का किराया तय है और सबको मालूम है। तीसरे प्रकार की टैक्सी पैसा दे कर लिफ्ट देने की

श्रेणी में आती है।

नौरोज़—यह त्यौहार जमशेद बादशाह के शासन काल से ईरान में मनाया जाता है। सासनी साम्राज्य में इस दिन का अर्थ ख़ुशी मनाने से लिया गया था। फिर पण्डितों, ज्योतिषियों ने इस त्यौहार को एक विशेष तारीख़ दे दी—21 मार्च। कभी 21 मार्च और कभी 22 मार्च के दिन नौरोज़ पड़ता है। इस विशेष दिन बर्फ़ पिघलने के बाद पहले दिन फूल खिलते हैं। आश्चर्य की बात तो है पर 21, 22 या 23 मार्च के आस-पास पूरा ईरान फूलों से भर जाता है और नव वर्ष की इस शुरुआत के दिन हर ईरानी 'हफ़्तसीन' सजाता है जिसमें सात प्रतीक वस्तुओं का रहना अत्यन्त आवश्यक है जो हर परिवार में सजाई जाती हैं, जो फारसी के अक्षर सीन (स) से आरम्भ होते हैं। जैसे सब्ज़ी (साग या गेहूँ के अंखुए), सेब, सिरका (ख़मीर का निशान है), सीर (लहसुन, प्रेतात्मा को भगाने के लिए), सींक (सोने या चाँदी की सलाख़ जो लक्ष्मी का प्रतीक है), सुमक (एक मसाला, जो चुल्लोकबाब पकाने में काम आता है। यह सुखी जीवन का द्योतक है), सेमानु (हलवे की तरह का मीठा पकवान), इसके साथ क़ुरान शरीफ, रंगे हुए अण्डे, आटा और प्याले में सुनहरी मछली रखी जाती है।

नक़्शे रुस्तम—यह राजाओं की घाटी कहलाती है। यह परसीपुलिस से दस मील दूर स्थित है। पत्थरों पर चित्र और कील से लिखी भाषा ख़त-ए-मीख़ी के निशान मिलते हैं।

परसीपुलिस—मार वा दश्त के बेसिन पर बसा पासरगाद, जिसको कुरूश महान ने (550 ई. पूर्व) बसाया था। उसने मेदीज़ व पारसियों का मिला-जुला साम्राज्य स्थापित करके अपना सिक्का न केवल मध्य एशिया में जमाया था, बल्कि अटलांटिक तक धूम मच गयी थी। उस समय यह हिस्सा परसी कहलाता था। ग्रीक प्रभाव के बाद इसका नाम परसीपुलिस अर्थात् 'ईरानियों का शिविर' पड़ा। इसका इस्लामी नाम 'तख़्ते जमशेद' है। यह शीराज़ शहर से 60 मील दूर है। आपादान राज भवन के 100 खम्भे अशोक की लाट की याद ताज़ा करते हैं। तचारा भवन अर्थात् तीन दरवाज़ों वाले महल के मुख्य द्वार पर शेर व राजा के युद्ध का चित्र है जो उस जमाने का मुख्य चिह्न था। पूरे महल में विभिन्न मुद्राओं में योद्धा खड़े हैं और कुछ बाहर के मेहमान योद्धा हैं जो साथ में लाये उपहार लिए खड़े हैं। रात को 'साउंड एंड लाईट' प्रोग्राम आपादान राज भवन में होता है। बायें हाथ को थोड़ा ऊँचाई पर क़ब्रों से निकली आवाज़ और अँधेरे में धीमी रोशनी में उभरती लाल पत्थरों की क़ब्रें अवर्णनीय समां बाँधती हैं। सिकन्दर ने अपने आक्रमण से परसीपुलिस जलाया था। सो, लकड़ी की छतें जल कर राख हो गयीं पर पत्थर के अवशेष बाकी हैं।

मैदानेशाह—सफ्फवी काल में इस्फाहान ईरान की राजधानी थी। शाह अब्बास द्वितीय ने मैदानेशाह बनवाया था। 500 मीटर लम्बे, 165 मीटर चौड़े इस मैदान

के चारों तरफ एक मंजिला इमारतें हैं जिनमें मस्ज़िदें-शाहलुत्फ़ुल्ला और मस्ज़िदे-शाह ईरान की सुन्दर मस्ज़िदों में से हैं, जिनकी काशीकारी का कोई जवाब नहीं है। राज भवन आलीकापू से बादशाह अपनी प्रजा के दुःख-सुख को देखता था और सामने मैदान में उस समय पोलो खेला जाता था। मैदान के चारों तरफ उस समय भी दुकानें थीं और आज भी इस्फ़ाहान कलाओं की घाटी है। यही मैदानेशाह है जिसे नक़्शेजहान भी कहते हैं। इस्फ़ाहान किसी समय में दुनिया का सबसे बड़ा शहर था। इस कारण उसका नाम इस्फ़ाहान निस्फ़ेजहान (आधा संसार) रखा गया।

शबे यल्दा–25 दिसम्बर की रात चूँकि सबसे लम्बी होती है, इसको गुज़ारने के लिए ईरानी रतजगा करते हैं। रात-भर गाते-बजाते, खाते-पीते, कहानी-क़िस्सों में मस्त रहते हैं। उस दिन खाने पर विशेष स्वादिष्ट पकवान होने के साथ तरबूज़ का होना अत्यन्त ज़रूरी है। इस ज़माने में तरबूज़ की कीमत दो सौ, ढाई सौ तुमान भी हो जाती है। बाक़ायदा पहले से रिज़र्वेशन होता है उसी प्रकार से, जिस प्रकार से टर्की के लिए क्रिसमस के दिनों में इंग्लैण्ड में नम्बर लगा होता है। ईरानियों का विचार है कि शीत में तरबूज़ के सेवन से ग्रीष्म ऋतु में गर्मी कम लगती है और शरीर हर कष्ट से मुक्त रहता है।

सीजदेह बदर–नौरोज़ के 13वें दिन को कहते हैं। इस दिन को ईरानी अशुभ मानते हैं। वह सुबह ही घर छोड़ कर बागों, पार्कों में चले जाते हैं ताकि पहाड़ों, मैदानों की हरियाली उनके जीवन में .ख़ुशहाली भर दे। हर घर उस दिन खाली होता है। जाते समय वह सारी हरियाली जो गेहूँ, प्याज़ की नौरोज़ के दिन के लिए बोते हैं, बर्तन सहित ले जाते हैं और बाहर जंगल में या सड़क पर कहीं भी फेंक देते हैं। इसी दिन कुँवारी लड़कियाँ घास में गिठ्ठा बाँध कर अच्छा पति पाने की मन्नत मानती हैं।

सक़्क़ाख़ाना–ईरान में हर छोटे शहर के मोहल्ले में लगभग सक़्क़ाख़ाना अवश्य होता है जहाँ पर लोग मोमबत्ती, अगरबत्ती जला कर इच्छा की पूर्ति के लिए प्रार्थना करते हैं। यह एक चौकोर छोटा-सा कमरा होता है जिसमें एक दरवाज़ा और एक खिड़की होती है। खिड़की पर खड़े हो कर लोग अपने दिल का हाल कहते हैं और कभी-कभी भावातिरेक में वह अपना सब-कुछ जो उस समय उनके पास रहता है, खिड़की से सक्क़ेखाने की जमीन पर फेंकते हैं। इसलिए सक़्क़ेख़ाने की गोद पेन, सिगरेट, नोट, सिक्के, लिपस्टिक, कान के बुन्दे, चूड़ी आदि से भरी रहती है। इसका रूहानी मतलब इस प्रकार से है–सक़्क़ाख़ाना उस स्थान को कहते हैं जहाँ पानी मिलता हो अर्थात् प्याऊ। यहाँ पर इसका अर्थ है प्यास बुझाने वाला स्थान अर्थात् इच्छाओं की पूर्ति का स्थान।

सादिया–यह वह ऐतिहासिक स्थान है जहाँ सादी जैसा शायर दफ़न है। क़ब्र के साथ बाग़ व लाईब्रेरी है जिसमें सादी के बारे में पुस्तकें हैं। सादी फारसी

के ऐसे शायर हैं जिन्होंने 40 साल अध्ययन किया। 40 साल संसार-यात्रा और 40 साल लिखा है। जो लिखा है, वह सीधा उपदेश तो नहीं है, पर उनके शे'रों व उपमाओं में इतने गहरे अर्थ छुपे होते हैं कि आदमी दहल जाता है। 'गुलस्तान' उनका काव्य और गद्य का मिश्रित संकलन ऐसा झरोखा है जिससे पाठक मानव-मनोविज्ञान का अध्ययन करता है और उससे कुछ सीखता है।

हरम–वह पवित्र स्थान, जहाँ मुस्लिम धर्म के अनुसार आठवें ईमाम हज़रत रेज़ा की क़ब्र है। कब्र की जाली, दरवाज़े व हरम का कलश ख़ालिस सोने के हैं। शीशे का काम और काशीकारी, दोनों के अतुल्य सौन्दर्य पर नज़र नहीं टिकती है। रोज़ प्रसाद के रूप में भेंट में दिये रुपये व उपहारों के ढेर लगे होते हैं। पहले हरम के चारों तरफ कब्रें थीं, परन्तु जनता के क़ब्रिस्तान को बराबर कर अब घास के मैदान बना दिये गये हैं। पूरी दुनिया से लोग मशहद में इस तीर्थस्थान के लिए यात्रा करते हैं।

हाफिज़िया–वह इमारत, जहाँ हाफ़िज़ की क़ब्र है। पहले मामूली-सी कच्ची क़ब्र थी पर अब शानदार क़ब्र की इमारत के साथ लाईब्रेरी व बग़ीचा भी है और लम्बे बरामदे में फाल (किस्मत का हाल) देखने की सुविधा भी। हाफ़िज फारसी के लोकप्रिय कवि हैं जिनके काव्य-संग्रह की इतनी क़दर है कि क़ुरान के बाद दूसरी प्रिय पवित्र किताब अगर ईरानियों के लिए है, तो वह है हाफ़िज का दीवान। इनके काव्य-संग्रह से लोग फाल देखते हैं। आँख बन्द करके, इच्छा करके जब संग्रह खोला जाता है तो दाहिने पेज के सातवें शे'र में पाठक को इच्छा का जवाब मिलता है। इसके अलावा चारख़ानों से भी फाल निकला जाता है। इस तरह से कई तरीके प्रचलित हैं।

हिमायते ख़ानवादेह–अदालत की ही एक शाखा है जिसमें पारिवारिक झगड़े सुने और सुलझाए जाते हैं। भारतवर्ष की तरह ईरानी स्त्रियाँ भी पिछड़ी हुई थीं। इनकी इस दशा को देख कर शाहबानो फरहा ने आर्यमेहर रेज़ा शाह से विशेष निवेदन किया कि स्त्रियों का जीवन स्तर ऊँचा करने के साथ उनको स्वतन्त्रता भी दी जाये। क़ानून को विशेष रूप से औरतों के पक्ष में स्थूल किया गया जिसका नतीजा अच्छा-बुरा, दोनों हुआ। जरा-सा झगड़ा जो पहले दब जाता था, अब सीधे तलाक़ तक पहुँचता है। हर वर्ष तलाक़ का बढ़ता प्रतिशत देख कर हिमायते ख़ानवादेह की नींव डाली गयी, जिसका काम था–स्त्री-पुरुष के आपसी कलह का मनोवैज्ञानिक विश्लेषण करके उन्हें तलाक़ जैसी लानत से दूर रखना, पर साथ ही सच्चे किस्सों में तलाक़ लेने और देने में पूर्ण सहायता करना।

उक़ाब

ज़िन्दगी की मुख़्तलिफ़ तंग गलियों से गुज़रते हुए उसके भागते क़दम थम जाते हैं और कभी-कभी किसी बन्द दरवाज़े की चौखट पर बैठ कर, जिसके नीचे से स्याह कसीफ पानी, ज़िन्दगी के पहियों की तरह ख़ामोश हरकत करता होता, वह अपनी बेतरतीब साँसों को तरतीब देने में और अपने बिखरे ख़यालात के सिरे को पकड़ने की नाकाम कोशिश करता है।

लोग उसे परिन्दा कहते हैं। अच्छे-खासे उसके बालों को परिन्दे के पैरों से उपमा देते हैं। उन बालों से ढका उसका दिमाग़! बालों से ज़्यादा बाग़ी, सरकश और आज़ाद है और ऐसे ख़यालात का मालिक है जो आसमान की बुलन्दियों से भी बुलन्द है।

मैं उसे बहुत दिनों से जानता हूँ। मेरी उससे पहली मुलाक़ात तंग गली में हुई थी। वह रास्ता इतना तंग था कि बयक वक़्त सिर्फ एक आदमी उससे गुज़र सकता था। वह पीछे लौटने को राज़ी न था, इसलिए मैं उसकी बेताबी को देख कर दोबारा चले हुए रास्ते पर मुड़ गया। मैं आगे था, वह मेरे पीछे चल रहा था। मैंने यूँ ही बातों का सिलसिला शुरू करने के लिए पूछा, ''जाना कहाँ है?''

''मालूम नहीं''...

''फिर इस तंग गली में आये क्यों हो?''

''अपने को भीड़ से दूर और ज़िन्दगी के करीब लाना चाहता हूँ।''

''मगर यहाँ ज़िन्दगी है कहाँ? बन्द दरवाज़े, गगनचुम्बी दीवारें, तंग व अन्धकारमय गलियाँ—जिनके बीच से बहता ज़िन्दगी के नासूर जैसा क़सीफ बदबूदार पानी! यहाँ तो सूर्य की किरणें भी नहीं पहुँच पाती हैं। फिर यहाँ ज़िन्दगी का तसव्वुर कैसा? ज़िन्दगी देखनी है तो आओ मेरे साथ! मैं ले चलता हूँ।''

''तुम्हारा तात्पर्य जिस ज़िन्दगी से है उसको मैं पहले ही देख चुका हूँ! उस मौत के रक़्स के बाद ही ज़िन्दगी की तलाश में भटक रहा हूँ।''

''अजीब बात है। अच्छा आओ, पास में मेरा घर है। ज़रा दम ले लो, फिर चले जाना।''

''नहीं भाई! दम लेना मेरी आदत नहीं है। यह दूसरी बात है कि मैं एक

परिन्दे के नाम से मशहूर हूँ और नहीं चाहता कि कबूतर की तरह तुम्हारे घर के किसी रोशनदान में पनाह लूँ...मेरे विचारों के पंख कभी नहीं थकते, वह सदा हर लम्हे मुझे नयी रोशनी देते हैं।" उसने मेरा कंधा थपथपाया।

"अच्छा दोस्त! तुम घर में चलो तो मैं आगे बढ़ूँ।"

मैं घर का दरवाज़ा खोल कर चौखट पर खड़ा हो गया। वह गुज़र गया और मैं बाहर आया। दूर से चलता हुआ सचमुच वह एक पक्षी लग रहा था जिसको उड़ाने वाला उसका सर और उसके बालों के बलिष्ठ डैने थे, जो उसे आगे की ओर खींच रहे थे।

इसके बाद उससे कई बार मुलाक़ात हुई मगर हमेशा मैं आगे चलता, वह मेरे पीछे। फिर मैं घर की चौखट में खड़ा हो जाता और वह गली पार कर लेता। एक दिन बोला, "मुझे डर है। वैसे मेरे जीवन में डर, ख़ौफ़, भय जैसी भावना का कभी कोई वजूद नहीं रहा है। यह एक नया एहसास है जो मैं अपने अन्दर महसूस कर रहा हूँ। लोग मुझे परिन्दों के वर्ग में लाने की कोशिश में हैं और परिन्दे मुझसे उदासीन हैं। कितनी बार मैंने समझाया कि मैं एक इन्सान हूँ मगर दोनों वर्गों को न समझा सका कि मैं एक मामूली मज़दूर हूँ जिसकी ज़िन्दगी का वसीला यह क़लम है। देखो, मेरी उँगलियाँ सीधी नहीं हो पाती हैं। उन्हें क़लम की संगत की आदत पड़ गयी है। पता नहीं क्यों, लोगों को मेरी इन उँगलियों से पंजों का धोखा होता है। यह इन्सानी हाथ हैं, सौ फ़ीसदी इन्सानी हाथ हैं। तुम ही बताओ इस वहम का क्या इलाज है?"

मैं ख़ामोश रहता हूँ क्योंकि अँधेरे में उसकी मुड़ी उँगलियाँ मुझे वाक़ई परिन्दे के पंजों की तरह लग रही थीं। शायद बीच में क़लम आने से यह कैफ़ियत दूर हो जाए। वह ग़ौर से मुझे देखता है, "अच्छा दोस्त! चलता हूँ। फिर मुलाक़ात होगी।"

•

बहुत दिन गुजर गये। मैं इन्तज़ार करता रहा कि किसी दिन मुझसे अँधेरे में टकरायेगा और अपने बारे में कुछ बतायेगा। मगर ऐसा नहीं हुआ और मैं इसी आस में उस तंग गली को बिना पीछे मुड़े एक बार में पार कर रौशनी के शहर में जाता हूँ और उस रौशनी से नहाई चौड़ी सड़कों पर मेरी बैचेन निगाह उसको ढूँढने में लगी रहती है।

फिर एक दिन वह डगमगाता हुआ गली में मिल गया। मैं आगे चल पड़ा और वह मेरे पीछे। उसकी पीठ पर कुछ था जिसको दोनों हाथों से सँभाले हुए था। फिर वह वहीं एक घर की दहलीज़ के निकले पत्थर पर बैठ गया और अपने कंधे पर रखे थैले के बोझ को उतार कर मेरे हवाले कर दिया और बोला "इससे

पहले कि मैं किसी उक़ाब के पंजे की लपेट में आ कर अपना सब कुछ खो दूँ, तुम इसे रख लो। मेरी ज़िन्दगी भर की कमाई। मेरे विचारों, मेरे ख़यालों की .ख़ुशबू इसमें क़ैद है। लोगों को मेरी उड़ान पसन्द नहीं है और मुझे अपनी क़लम को कुन्द करना बर्दाश्त नहीं है। बहरहाल''...वह रुका। लम्बी साँस खींची और कहने लगा...''कितना विचित्र है। खुद ही इल्ज़ाम तराशा कि मैं परिन्दा हूँ और खुद ही मेरी जान के दुश्मन हो रहे हैं। इनसे बाज़ी आगे न ले जाऊँ। आसमान की बुलन्दियों के उस पार न पहुँच जाऊँ और वे केवल बादलों को छू कर अपनी झूठी मर्यादा का सिक्का न जमा सकें। इस ख़ौफ़ ने उन्हें दीवाना कर रखा है और इस बीच कितनी बार उनके तेज पंजों से अपने इस दुर्बल शरीर को बचाया है! मुझे जिस्म का डर नहीं है। इस थैले में क़ैद खुशबू का डर है। कहीं यह क़ैद की क़ैद न रह जाये या फिर किसी ग़लत जगह को जा कर सुगन्धित न कर दे! अच्छा दोस्त! मेरे मोहसिन! चलता हूँ।''

वह लड़खड़ाता हुआ उठता है और डगमगाते क़दमों से आगे बढ़ जाता है। तंग पेंचदार गलियों में उसका वजूद डूब जाता है।

और मैं सोच में डूबा खड़ा रह जाता हूँ कि आखिर इस धरोहर को ज़ालिम सफ़्फ़ाक उक़ाबों से किस तरह बचा कर इन्सानों की बस्ती तक पहुँचाऊँ?

❑❑❑